Klaus Sulzbacher
Moselglut

Klaus Sulzbacher

Moselglut

Bootsreise mit bösen Überraschungen

Kriminalroman

edition fischer

Bibliografische Information der Deutschen Nationalbibliothek
Die Deutsche Nationalbibliothek verzeichnet diese Publikation in der Deutschen Nationalbibliografie; detaillierte bibliografische Daten sind im Internet über http://dnb.d-nb.de abrufbar.

Orber Str. 30, D-60386 Frankfurt/Main

Titelbild: Jörg Hackemann © www.fotolia.de
Schriftart: Bergamo
Herstellung: ef / NL
Printed in Germany
ISBN 978-3-89950-916-8

»… im Schilf verglüht die letzte Sonnenspur,
ein blasses Wölkchen rötet sich und schimmert …«

(aus dem Gedicht *Sommerabend*
von Richard Dehmel, 1863–1920)

1. Kapitel

Endlich war es soweit. Nun hatte Uwe Bach alle Zeit der Welt. Dem verlorenen Landtagsmandat trauerte er nicht nach. Dafür war der jahrzehntelang aufgestaute Frust über das einflusslose Hinterbänklerdasein einfach zu groß. Endlose Ausschusssitzungen zu Scheinproblemen, der unausweichliche Zwang, im Wahlkreis zu jeder Tages- und Nachtzeit präsent zu sein, rigorose Netzwerke und schmutzige Allianzen, der lokale Medienzirkus, die Klüngelei in der Partei, bei der es meist um Einfluss und Ämter, weniger um das Wohl der Allgemeinheit ging, hatten ihn zermürbt und enttäuscht. Weltverbesserungsabsichten hatte er nicht mehr. Die Mediendemokratie konnte ohne ihn weiterwursteln. Seine anfängliche Begeisterung, im Politgeschäft mitzumischen, war ihm im Laufe der Jahre abhanden gekommen. Das ständige Geschwätz und die leeren Worthülsen waren ihm mehr und mehr auf den Geist gegangen. Nicht nur ein Großteil seiner Wähler, auch er war inzwischen politikverdrossen.

Den Entscheidern in der Fraktion, die ihn nicht einmal über einen Listenplatz abgesichert hatten, fühlte er sich ohnehin nicht verpflichtet. Auch eine Wiederaufnahme seiner früheren Anwaltstätigkeit kam nicht in Betracht. Der Senior seiner alten Kanzlei hatte ihm wider Erwarten kein entsprechendes Angebot gemacht. Er verspürte aber auch wenig Lust, sich von den inzwischen angestellten dynamischen Junganwälten darüber belehren zu lassen, wie sich die Rechtsprechungspraxis im Oberlandesgerichts-Bezirk und beim Bundesgerichtshof während seiner langjährigen Abwesenheit entwickelt hatte.

Nein, Uwe hatte sich anders entschieden. Er hatte die sechzig gerade überschritten und fühlte sich körperlich fit. Trotz graumelierter Haare und Gesichtsfalten wirkte er nicht wie Methusalem. Er war groß, schlank, muskulös. Sein federnder Gang machte ihn zu dem, was er auch selbst gerne sein wollte, einem drahtigen Burschen. Zudem strahlte er eine ruhige Gelassenheit aus. Er war freundlich, meist gut gelaunt und lächelte gern. Vielleicht war es das, was ihn für Frauen besonders anziehend machte. Solange es ihm gesundheitlich gut ging, wollte er fort, unterwegs sein mit dem Boot. Über Flüsse und Kanäle zu neuen Ufern aufbrechen, neue Erfahrungen und Eindrücke sammeln, der Natur nahe sein, anderen Menschen begegnen, schlechthin frei sein von Alltagszwängen. Irgendwo trieb ihn noch immer diese unbestimmte Lust auf Abenteuer. Die hatte er schon als Junge bei seinen Kanufahrten auf heimatlichen Gewässern verspürt und später, als Mann, bei Segeltörns auf Seen und den Meeren der Welt nie verloren. Wer so lange wie er gemeinwohlorientiert tätig war, konnte es sich leisten, seine privaten Wünsche und Vorlieben zu erfüllen. Er konnte auf der Suche nach dem verlorenen Paradies auf Traumreise gehen, ohne gleich als schrulliger Aussteiger belächelt zu werden.

Finanziell war er abgesichert. Mit der Rundumsorglos-Alimentierung, die er als Volksvertreter erhalten hatte, war er, das musste er zugeben, mehr als zufrieden. Auch die Altersbezüge für ehemalige Parlamentarier waren hervorragend. Von Diäten und Nebeneinnahmen aus Verbandstätigkeit hatte er sich zusätzlich über die Jahre ein gediegenes Depot aufgebaut. Sein Geld hatte er vorwiegend in Bundesobligationen, Schatzbriefen und Aktien, überwiegend Bluechips, mit passablen Zins- und Dividendenerträgen angelegt. Irgendwann, wenn kein Staatsbankrott dazwischen kam, würde die Wirtschaft wieder florieren und Dax, Dow Jones, Honkong Stock Exchange und Nikkei-Index wieder alte Höchststände erreichen. Davon war Uwe überzeugt. Wenn die globale Krise und die weltweite Rezession erst einmal vollständig überwunden waren, konnte auch er wieder mit einer positiven

Entwicklung seines Portfolios rechnen. Derweilen hielt er es mit dem »Börsenguru« Kostolany und wartete ab. Für die Börse galten nun mal die vier großen Gs: Geld, Gedanken, Geduld und Glück. Im übrigen war seine Frau Julia wohlhabend. Aufgrund weiblicher Intuition hatte sie ihre Wertpapiere rechtzeitig vor der Subprime-Krise verkauft und verfügte über eine ansehnliche Menge Bargeld

2. Kapitel

Eigentlich war Uwe Segler. Trotzdem hatte er sich vor zwei Jahren zum Kauf eines Stahlmotorkreuzers entschlossen. Alle schönen Segelreviere waren mehrere hundert Kilometer von seinem Wohnsitz entfernt. Aber die Flüsse Rhein, Mosel und Lahn lagen quasi vor der Haustür. Für das Befahren von strömungsreichen Flüssen und schmalen Kanälen war ein Motorboot besser geeignet als ein Segelboot. Der wegen zahlreicher Brücken umgelegte Mast war auf diesen Gewässern irgendwie immer im Weg.

Julia hätte sich für die alten Tage lieber ein kleines Ferienhaus im Luberon oder der Provence zugelegt. Sie betrachtete das Treiben ihres Mannes kritisch und unter Vorbehalt. Da sie seinen Wasser- und Bootstick aber seit langem kannte, versuchte sie nicht ernsthaft, ihn von seinen Plänen abzubringen. Ohne dass sie es zugeben wollte, konnte sie seinem Argument, ein Boot biete ab einer bestimmten Größe den Komfort eines kleinen Ferienhauses, sei im Gegensatz zu diesem aber beweglich, wenig entgegensetzen. Letztlich konnte auch sie sich vorstellen, wie schön es sein musste, über ruhige Wasserwege Berlin, Amsterdam, Brügge, Gent oder Paris anzulaufen, das Ijsselmeer oder die Müritz zu befahren, Törns auf Nord-, Ostsee und Mittelmeer zu unternehmen, die

Port Grimaud an der Côte d´Azur

Îles d'Hyeres zu besuchen und im mistralgeschützten Port Grimaud, nicht weit von der geliebten Provence, zu überwintern.

Uwe und Julia lebten seit einer halben Ewigkeit zusammen. Kennengelernt hatten sie sich während ihrer gemeinsamen Studienzeit in einem Berliner Studentenheim. Er war seinerzeit als Tutor, sie in der Heimvertretung aktiv. So hatten sie ständig irgendwelche Projekte zu besprechen und durchzuführen. Obwohl sie damals mit anderen Partnern liiert waren, trafen sie sich immer öfter auch »privat«. Irgendwann kamen sie sich dann näher und zogen in eine gemeinsame Wohnung. Nach Abschluss ihrer Examen und Aufnahme der beruflichen Tätigkeit kamen in den nächsten drei Jahren Iris und Sven zur Welt. Die Kinder wuchsen schneller heran, als sie es erwartet hatten. Iris hatte Pharmazie studiert und verdiente bereits ihr eigenes Geld. Vor ein paar Wochen hatte sie das Elternhaus verlassen und war mit einem Freund nach Heidelberg gezogen, wo sie ihre erste Stelle in der »Alten Apotheke« angetreten hatte. Sven, der unbedingt Musiker werden wollte, absolvierte seine letzten beiden Semester an der Musikhochschule Berlin. Aber auch er war eigentlich nur noch selten zu Hause. Mit einigen Freunden hatte er eine Band gegründet. Sie nannten sich »BOP«, Band ohne Publikum. Natürlich waren alle fest davon überzeugt, dass sie kurz über lang einen Hit landen würden. Sie übten fleißig und hatten ihre erste Demo-CD aufgenommen. Mit drei eigenen Stücken präsentierten sie sich auch bei Youtube im Internet, um bei einem größeren Publikum bekannt zu werden. Insgeheim hofften sie natürlich, hier von einem Musikproduzenten entdeckt und unter Vertrag genommen zu werden. Uwe, der selbst Gitarre spielte, fand die Musik seines Sohnes und dessen Gruppe gar nicht schlecht, wusste aber, wie schwer es war, als Profimusiker seinen Lebensunterhalt zu verdienen. Oft hatte er Sven auf diesen Umstand hingewiesen. Erfolg hatte er mit seinen wohlgemeinten Ratschlägen allerdings nicht. Aber wer kann es jungen Leuten verübeln, wenn sie mit Mitte zwanzig noch nicht ans Rentenalter und die Altersversorgung denken?

Die Kinder waren erwachsen und flügge geworden. Sie waren selbstständig und führten ihr eigenes Leben. Da auch Julia ihre nach sechsjähriger Kinderpause wiederaufgenommene Tätigkeit als Chemikerin in einem pharmazeutischen Betrieb vorzeitig beenden und mit einer schönen Abfindung in Alterszeit gehen konnte, stand längerer Abwesenheit von zu Hause nichts entgegen. Zwei Freundinnen übernahmen die Aufgabe, abwechselnd in und um das Haus herum nach dem Rechten zu sehen.

Aquanaut »Andrea Doria«

3. Kapitel

Die Aquanaut Drifter 1150 AK, die im Jahre 2000 auf der gleichnamigen niederländischen Werft in Sneek auf Kiel gelegt worden war, schien Uwe mit ihren 11,65 Meter Länge und 3,85 Meter Breite für lange Wanderfahrten geeignet. Mit dem geringen Tiefgang von 1,05 Meter können auch relativ flache Gewässer befahren werden. Die Höhe der Decksaufbauten über der Wasserlinie war so gewählt worden, dass das Schiff eine konservativklassische Linie aufweist. Die teilweise niedrigen Kanalbrücken in Frankreich und andernorts sind bei normalem Wasserstand gefahrlos zu unterfahren. Die holländische Flybridge mit dem Außensteuerstand gewährt viel Platz auf dem Oberdeck. Mittschiffs liegt der geräumige Salon. Hier sorgen je drei große Fenster an der Backbord- und Steuerbordseite sowie drei weitere Fenster im Frontbereich für einen genügend hellen Innenraum. Auf dem entlang der rechten inneren Bordwand eingebauten gemütlichen

Sofa, welches sich unterhalb des hölzernen Bücherregals in einer Rundung bis zum Niedergang erstreckt, finden vier bis sechs Personen Platz. Die passable Eignerkabine im Achterschiff mit ihrem Doppelbett und einer dahinter liegenden licht- und luftdurchlässigen Fluchtluke, ist gefällig. Auch in diesem Bereich sind sechs kleinere Fenster in die seitlichen Bordwände eingebaut worden. Gegenüber der drei Stufen tiefer liegenden Pantry befindet sich eine knuffige Sitzecke, in der vier Personen gemütlich frühstücken und essen können. Im Bugbereich des Schiffes ist die Gästekabine untergebracht. Die vordere Koje ist naturgemäß kleiner, verkraftet aber auch 2-Meter-Männer. Die handwerklich gut verarbeitete Inneneinrichtung aus warmen Mahagonihölzern vermittelt insgesamt einen urgemütlichen Eindruck.

Uwe hatte sein Schiff *Andrea Doria* genannt. Namenspate war nicht etwa der italienische Passagierdampfer gleichen Namens, der am Spätabend des 25. Juli 1956 auf seiner Fahrt von Genua nach New York, einige Seemeilen vom Feuerschiff Nantucket entfernt, bei dichtem Nebel mit der »Stockholm« zusammengestoßen und gesunken war. Zur Wahl des Schiffsnamens hatte ihn vielmehr Udo Lindenbergs Song »Alles klar auf der Andrea Doria« inspiriert. Das in diesem Lied vermittelte positive Lebensgefühl sollte einfach auf Schiff und Mannschaft übergehen. Und in der Tat: Die Erwartung erfüllte sich. Jedes Mal, wenn er aufs Wasser ging, waren alle Sorgen, Probleme und die Tageshektik wie weggeblasen. Er war entspannt, zufrieden und nicht selten sogar glücklich. Auch nach Tagen hoher geistiger oder körperlicher Beanspruchung war letztlich immer alles klar, sobald er auf dem Boot war.

Bevor Uwe auf große Fahrt ging, hatte er sein Boot bei der in Friedrichssegen an der Lahn gelegenen Münch-Werft mit einem Spezialkran aufs Trockene hieven lassen. Hier wurde das Unterwasserschiff mit einem Hochdruckreiniger abgestrahlt und von

»Andrea Doria« auf der Münch-Werft

Algen und Muscheln befreit. Dann wurde der Rumpf vollständig abgeschliffen und grundiert. Danach wurde ein Antifouling, das schnellen Bewuchs verhindern und für eine glatte Oberfläche sorgen sollte, aufgebracht. Als diese Arbeiten erledigt waren, reinigte Uwe die oberhalb der Wasserlinie befindlichen Rumpfteile des Schiffes. Er wachste sie ein und polierte die bearbeitete Fläche so lange, bis er sich darin spiegeln konnte. Obwohl seine Arme bei der tagelangen Arbeit in brütender Hitze länger und schwerer wurden: Nach Vollendung seines Werks sah er aus wie ein Bergmann, der nach der Grubenschicht aus der Zeche gefahren kommt. Er hatte jede Menge Staub geschluckt, war aber mit sich und der Welt richtig zufrieden.

Die beiden letzten Wochen hatte er das Schiff für die Flussfahrt ausgerüstet und die erforderlichen Wartungsarbeiten durchgeführt. Wasser- und Dieseltanks waren randvoll gefüllt; Starter- und Servicebatterien mit destilliertem Wasser versehen und aufgeladen. Das alte Motoröl hatte er abgepumpt und neues einge-

Schutzhafen Koblenz-Ehrenbreitstein

füllt. Auch Öl- und Dieselfilter hatte er, oder genauer gesagt sein motorbooterfahrener und technisch versierter Freund Reiner gewechselt. Vorsichtshalber hatten sie auch einen neuen Impeller eingebaut und den Wasserfilter gereinigt. Kompass und Echolot funktionierten. Nur das die Fahrgeschwindigkeit des Schiffes messende Log zeigte eindeutig eine niedrigere als die gefahrene Geschwindigkeit an. Vermutlich hatten sich schon wieder Algen oder Kleinmuscheln am Paddelradgeber an der Rumpfaußenseite festgesetzt und verhinderten den reibungsfreien Rundlauf. Darüber konnte Uwe hinwegsehen. Die jeweilige Geschwindigkeit konnte er im Display des GPS-Empfängers, der auf See zur Standortbestimmung dient, ohnehin viel genauer ablesen.

4. Kapitel

Uwe freute sich auf die bevorstehende Bootsreise. Wasser hatte ihn schon seit frühester Jugend fasziniert. Außerdem ist die Mosel, die er zunächst bergwärts befahren wollte, einer der reizvollsten europäischen Flüsse überhaupt. Von ihrer Quelle am Col de Bussang in den südlichen Vogesen bis zur Mündung am römischen Castellum apud cofluentes, dem heutigen Koblenz, schlängelt sich der Fluss 545 Kilometer durch ein liebliches Tal Vater Rhein entgegen. Von den 278 Kilometern, die sie als la Moselle durch französisches Land strömt, sind 152 Kilometer schiffbar, und zwar die Strecke zwischen Neuves-Maisons und Apach. Von dort bis Grevenmacher ist die Mosel Grenzfluss zwischen Luxemburg und Deutschland. Nachdem der früher je nach Wasserstand teils unbändige und teils nicht befahrbare Fluss in den Jahren 1956 bis 1964 von Koblenz bis Thionville, später bis Metz und Neuves-Maisons durchgehend kanalisiert worden war, entstanden 28 Staustufen und ebenso viele Schleusen. Zwölf liegen auf deutsch-luxemburgischen Gebiet. Sie sind in der Regel 170 Meter lang und 12 Meter breit. Die Schleusen in Frankreich haben Ausmaße von 180 und 11.40 Meter. Koblenz verfügt über eine zweite Kammer, die 122 Meter lang und 12 Meter breit ist. Zwei Kammern hat auch die Doppelschleuse Zeltingen. Für Sportboote mit einem Tiefgang bis 1,50 m stehen zwischen Apach und Koblenz 14 besondere Schleusen mit einer Länge von 18 Meter und einer Breite von 3,50 bzw. 3,40 Meter zur Verfügung.
Schleusenvorgänge führen oft zu unliebsamen Unterbrechungen einer Bootsreise. Ohne Schleusen wäre das Befahren der meisten Flüsse und Kanäle aber nicht möglich, da das zu überwindende Gefälle zwischen Quelle und Mündung meist beachtlich ist.

Teilansicht der Festung Ehrenbreitstein

5. Kapitel

Zwei Wochen vor der Abfahrt hatte sich Marie, die vierzehn Jahre jüngere Schwester von Julia, spontan dazu entschlossen, sie den ersten Teil der Moselfahrt zu begleiten. Sie war als Brokerin einer weltweit agierenden Bank in Frankfurt tätig. In den letzten Monaten hatte sie täglich bis zu vierzehn Stunden geschuftet. Wie tausend ihrer Kollegen rechnete auch sie nach einer unbedachten Äußerung des Vorstandsvorsitzenden ihrer Bank mit Massenentlassungen. Die Subprimekrise in den USA, bei der faule Immobilienkredite in großer Zahl geplatzt waren, hatte nicht nur in Amerika den einen oder anderen Bankenkollaps verursacht, sondern auch deutsche Banken und Finanzinstitute hart getroffen und in Schieflage gebracht. Es war nicht auszuschließen, dass auch Marie Opfer der Hypothekenkrise werden konnte. Während der aufreibenden Arbeitsphase hatte sie sich zwar von ihrem sich vernachlässigt fühlenden Freund Gunther getrennt. Doch als »Moselfahrt aus Liebeskummer« wollte sie ihr Mitkommen nicht gedeutet wissen. Und anders als die in der Novelle von Rudolf G. Binding beschriebene Reisebekannte, der die ruhige Leichtigkeit und Heiterkeit der Mosellandschaft half, ihr Gefühlsleben neu zu ordnen, trat Marie die Flussreise in guter Laune an. Ihrer Schönheit und ihrer optimistischen Grundeinstellung hatte weder die harte Arbeitsphase noch der Verlust des Freundes geschadet. Mit fünfundvierzig Jahren steckt man solche Belastungen noch weg. Sie joggte regelmäßig am Mainufer und besuchte an den freien Wochenenden ein Fitness-Studio, um ihre schlanke, sportliche Figur und die gute Kondition zu erhalten. Ob sie ihre braune Gesichtsfarbe der Sonnenbank, einer Bräunungscreme, geschickt aufgetragenem Make-up, natürlicher Veranlagung oder dem in der beschränkten Freizeit gefrönten Sonnenanbeten verdankte, ließ sich auf Anhieb nicht feststellen. Jedenfalls passte der braune Teint gut zu den hellblonden, bis weit über die Schultern reichenden Haaren, die sie meist zu einem kecken Pferdeschwanz zusammenband. Als Uwe sie erstmals mit geöffneten Haaren sah, dachte er unwillkürlich, dass Marie, wie die Loreley, einem Schiffsmann schon zum Verhängnis werden könne. Sie war eine höchst anziehende Frau.

Ihr fein geschnittenes Gesicht, die ebene Nase, die anmutig geformten Lippen und die strahlend grün-blauen Augen mit den großen Wimpern und die umwerfende Figur verfehlten ihre Wirkung nicht. Außerdem war sie klug, witzig und vielseitig interessiert. Uwe war daher begeistert, als er hörte, dass seine Schwägerin bis Metz mitfahren wollte. Julia, die ein tolles Verhältnis zu ihrer Schwester hatte, war vor allen Dingen darüber froh, dass diese ihr beim leidigen Schleusen des Bootes helfen konnte.

6. Kapitel

Der Kunst- und Drogenhändler Piet van der Valk war tief beunruhigt. Rastlos lief er in seiner im historischen Zentrum von Amsterdam gelegenen Designerwohnung hin und her. Die knarrenden Holzdielen nahm er ebenso wenig wahr wie die wunderschönen Muster, die die Sonnenstrahlen durch die farbigen Ornamentgläser des denkmalgeschützten Giebelhauses auf die Wohnungswände malten.
Piet hatte dafür jetzt kein Auge. Er dachte an seine Geschäfte. Und die gingen momentan schlecht. Seit Einführung des Euros und des damit verbundenen Kaufkraftverlustes ging der Antiquitätenhandel im mittleren Preisbereich stetig zurück. Auch er sah, dass in bestimmten Auktionshäusern Rekordpreise für Gemälde, Zeichnungen und Skulpturen alter und neuer Meister gezahlt wurden. Die eigenen kunstbeflissenen Kunden besuchten zwar noch regelmäßig seine Vernissagen und schauten sich die ausgestellten Bilder und Exponate nach wie vor interessiert an. Nach der Finanz- und Wirtschaftskrise waren sie aber als Käufer sehr zurückhaltend geworden. Es war schon gut und wirtschaftlich sinnvoll, dass er sich in den letzten Jahren ein zweites Standbein als Drogendealer aufgebaut hatte.

Aber auch in dem bis dahin noch gut laufenden Rauschgiftgeschäft musste er neuerdings finanzielle Rückschläge hinnehmen. Im Lauf des vergangenen Jahres waren drei Drogenkuriere festgenommen worden. Seine Freundin Henja hatte es vor etwa acht Monaten am Flughafen Frankfurt erwischt. Die 400 Gramm Kokain, die sie in mehreren Präservativen verteilt in ihrer Scheide versteckt hatte, waren, wer weiß wie, gefunden und sichergestellt worden. Der Kumpel Geert, der drei Kilo Cannabis mit hohem Wirkstoffgehalt im PKW über Luxemburg nach Trier bringen sollte, war zwei Monate später bei einer Grenzkontrolle in Wasserbillig ins Visier einer Sonderkommission geraten. Der von den Beamten mitgeführte Spürhund wollte sich gar nicht mehr von der Radkappe des rechten Vorderreifens des Mietfahrzeugs trennen. Die dahinter versteckten Haschischplatten hatte er erschnüffelt, obwohl sie in Plastikfolie eingeschweißt waren. Nur einen Monat danach war Dirk im Intercity zwischen Amsterdam und Köln Zollfahndern in die Hände gefallen. Obwohl er das gut verpackte Paket mit den 900 LSD-Trips und den 1500 mit dem Aufdruck »Love« versehenen Ecstacy-Pillen nicht an seinem Körper, sondern in einer unscheinbaren Tasche in der Ablage deponiert hatte, konnte ihm das Rauschgift zugeordnet werden. Versehentlich hatte er eine an ihn gerichtete Handwerkerrechnung, auf der sein Name und seine Anschrift standen, als Packpapier benutzt. Seine Ausreden halfen ihm nicht. Keiner glaubte ihm. Das gegen ihn sprechende Indiz war einfach zu stark.

Und dann war auch Piet selbst vor zwei Wochen nur mit knapper Not einer Festnahme entgangen. Trotz seiner Kenntnisse der Rauschgiftszene und der hier agierenden Typen war er einem V-Mann der Polizei aufgesessen. Als er dem »Scheinaufkäufer« die bestellten zwei Kilogramm Kokain auf dem Parkplatz der Autobahnraststätte Winningen nach dem üblichen Geldvorzeigen und der Stoffprobe übergeben wollte, fielen ihm zwei in der Nähe abgestellte, mit männlichen Personen besetzte Pkws auf. Sein ausgeprägter Instinkt signalisierte ihm, dass er in Gefahr war. Unter dem Vorwand, austreten zu müssen, verließ er den Parkplatz. Sozusagen in letzter Minute gelang es ihm, sich durch ein Toilettenfenster der Raststätte zu zwängen. So konnte er dem Zugriff der Drogenfahnder entkommen. Gut, dass er das mitgebrachte Kokain vor dem Treffen in einem Wäldchen am Rand der Autobahnbrücke vergraben hatte. Einige Zeit später grub er es wieder aus. Trotzdem waren die finanziellen Einbußen, die er durch die Sicherstellung des Rauschgifts bei Henja und seinen Kurieren erlitten hatte, erheblich. Da er den größten Teil dieses Rauschgifts auf Kommission erhalten hatte, saßen ihm jetzt seine Lieferanten, böse Jungs der chinesischen Drogenmafia, im Nacken. Er wusste, dass sie nicht mehr lange auf ihr Geld warten würden. Er stand tief beunruhigt am Fenster seiner Wohnung und grübelte. Wie konnte er dieses Geld beschaffen? Wie waren künftige Drogenexporte nach Deutschland, wo seine Hauptabnehmer saßen, zu organisieren?

Unter ihm, auf der Prinsengracht fuhr ein Motorkreuzer und glitt langsam der tiefstehenden Sonne entgegen. Im Radio erklang Herman van Veens »An eine ferne Prinzessin«. Unwillkürlich dachte er an Henja, die jetzt in einer kargen Zelle des Untersuchungsgefängnisses Preungesheim auf ihre Anklage wartete. Als Piet sich wieder dem Boot zuwandte, kam ihm die Idee, wie er sich aus seiner Misere befreien könnte.

7. Kapitel

In dieser Nacht konnte Uwe kaum schlafen. Er war unruhig und freudig erregt. Heute begann die Flussreise.

Der Bug der *Andrea Doria* hob und senkte sich behäbig in die blaubraungelben Wellen des vielbesungenen, aber auch vielbefahrenen Rheins. Von Südwesten her zog eine Schlechtwetterfront auf. Über der Festung Ehrenbreitstein, von deren Plateau man den Zusammenfluss von Rhein und Mosel und damit eine der spektakulärsten Aussichten des Weltkulturerbes Mittelrhein genießen kann, hingen dunkle Kumuluswolken tief und bedrohlich. Zwei versprengte Sonnenstrahlen lugten vorwitzig aus einem Wolkenhügel und tauchten das Bollwerk tausendjähriger Militärgeschichte in ein unwirkliches, magisches Licht. Während Julia und Marie sich dem beeindruckenden Schauspiel hingaben, musste

Gesamtansicht Festung Ehrenbreitstein

Uwe sich der Bootsführung widmen. Die starke Strömung, der Schiffsverkehr und die hoch stehenden Kreuzwellen forderten seine ganze Aufmerksamkeit. Doch bald war der Fluss überquert. Über Kanal 10 des UKW-Sprechfunks informierte er sich, ob aus der stromabwärts nicht einsehbaren Mosel Schiffe in den Rhein fahren wollten. Als er auf seinen Funkruf keine Antwort erhielt, bog er in einer engen Kurve, unmittelbar an der Kaimauer des Deutschen Ecks vorbei, nach links in die Mosel ein und lenkte kurz gegen, da die starke Rheinströmung das Heck der Yacht wegdrückte.

Hoch zu Ross schaute Kaiser Wilhelm I., der sich selbst »der Große« nannte, dem Einbiegemanöver zu. Im Jahre 1897, bei der Einweihung des historischen Reiterdenkmals, konnte er noch nicht ahnen, dass ihn im März 1945 amerikanische Soldaten vom Sockel schießen würden. Seine in Stein gemeißelte Prophezeiung »Nimmer wird das Reich zerstöret, wenn ihr einig seid und treu« war damit fragwürdig geworden. Aber egal. Wie immer man die

Zusammenfluss von Rhein und Mosel / Deutsches Eck

Taten Wilhelms des Großen rückblickend auch beurteilen mag, mit Bürgerhilfe schaffte er es 1993 wieder auf seinen angestammten Platz. Und was wäre ein Kaiserdenkmal auch schon ohne Kaiser und Pferd?

Im ruhigen Wasser der Mosel glitt das Boot an der historischen Altstadt vorbei. Sie bewunderten den gotischen Giebel des zurückliegenden Deutschherrenhauses, die Türme von St. Kastor, Liebfrauen und St. Florian, das alte Kauf- und Danzhus, in dem zurzeit noch das Mittelrhein-Museum untergebracht ist, das Schöffenhaus mit seinen barocken Erkertürmchen, den Barockgiebel des Bürresheimer Hofes und die alte Burg. Gleich daneben schließt sich die den linken Moselarm überspannende altehrwürdige Balduinbrücke an. Da Uwe in die bei Stromkilometer 1,8 liegende große Schleuse fahren musste, lenkte er die *Andrea Doria* in den rechten Arm der hier geteilten Mosel. Julia und Marie brachten die Fender aus und legten die Leinen zurecht. Uwe fragte über Kanal 20 bei den Schleusenwärtern nach, ob er hinter der in die

Blick auf Koblenzer Altstadt und Moselufer

linke Schleusenkammer einlaufenden »La Paloma« mitschleusen könne. Einer der Schleusenwärter fragte nach, wie lang und wie breit die Motoryacht sei. Uwe legte in einiger Entfernung von dem Fahrgastschiff an einer der völlig mit Algen bewachsenen Eisentreppen an. Dann ließ er eine zweite Leine über den hinteren Poller legen. Die beiden Schiffe hatten reichlich Platz in der 122 Meter langen Schleusenkammer. Das durch Flutklappen mit Druck einströmende Wasser verursachte beachtliche Wellen, die vom Obertor nach hinten strömten. Nach etwa 15 Minuten war das Wasser der Kammer auf Höhe des Stauseeniveaus angehoben. Das obere Schleusentor senkte sich wie von Geisterhand unter den Wasserspiegel. Als zwei grüne Ampeln die Ausfahrt freigaben, verließ das Fahrgastschiff »Volle Kraft voraus« die Schleuse. Der Kapitän schien es verdammt eilig zu haben. An die durch die Vollgasfahrt entstehenden Verwirbelungen und Querströmungen, die für kleinere Boote gefährlich werden können, dachte er wohl weniger. Uwe wartete, bis sich das von dem ausfahrenden Fahrgastschiff aufgewühlte Wasser in der Schleusenkammer etwas beruhigt hatte. Erst dann verließ er den sicheren Platz an der Kammerwand.

Der Moselstausee lag nun breit und friedlich vor ihnen. Zwei fröhliche Mädchen des Postsportvereins wieselten in einem Vaurien um die *Andrea Doria* herum. Stromaufwärts fuhren die Besatzungen von drei Dias-Segelbooten des Yacht-Clubs-Rhein-Mosel Regatta. Die gemischten Mannschaften der »Kermit«, der »Chrismichnich« und der »Mogli« schauten verdutzt, als sie von der »Albatros«, einer behäbigen Sprinta, deren Skipper den überraschenden Schub einer lokalen Windschiene ausnutzte, abgehängt wurden. Die surrenden und klickenden Winschen machten deutlich, dass die Segel auf Teufel komm raus getrimmt wurden. Irgendwie waren die von den Dias-Seglern hektisch ergriffenen Gegenmaßnahmen wie Gewichtverlagerung auf die Leeseite, Großsegel auffieren oder dicht holen, Wechsel der Fock von der Steuer- auf die Backbordseite schon belustigend. Zur Freude des Dickschiffseglers nutzten sie nichts. Er segelte auf seiner Windschiene den an sich schnelleren Booten selig davon.

Ungezählte Boote, die in den Steganlagen der ortsansässigen Segel- und Motorsportclubs vor sich hin dümpelten; warteten darauf, von den Skippern auch einmal bewegt zu werden. Zwischen dem »Fährhaus am Stausee« bis hinter dem Wassersportzentrum Grühn schwammen Hunderte von Schwänen, Enten und Blesshühnern. Haubentaucher und Kormorane stellten Fischen nach. Einige Nilenten, die weit von ihrem Ursprungsland hier heimisch geworden waren, schwammen auf das Boot zu, sahen mit ihren schwarzumränderten Augen zum Cockpit. Offensichtlich waren sie daran gewöhnt, gefüttert zu werden.

Rechts voraus tauchten die spitzen Türme der Gülser Kirche auf, die von den Bootsfahrern der Gegend respektlos als Zahnstocher bezeichnet werden. Uwe hielt sich innerhalb der durch zwei

Steganlage des Yacht-Clubs-Rhein-Mosel

Schwanenfähre

Moselgemeinde Güls

Tonnen markierten Fahrrinne, als er auf den von den Römern Gulisa genannten zweitausend Jahre alten Ort zufuhr.

Hinter der Eisenbahnbrücke und dem dann auftauchenden Gülser Moselbogen erreichten sie den Ort Lay. Der Fährmann der vor den Fachwerkhäusern liegenden Motorfähre winkte ihnen freundlich zu und wartete ein paar Minuten, bis er selbst ablegte.

Wenig später lagen rechts bereits die weitläufigen Weinberge von Winningen vor ihnen. Auf der weiteren Fahrt flussaufwärts passierten sie die weltbekannten Lagen Hamm, Uhlen, Domgarten, Röttgen und Brückstück. Typische Moselrieslinge dieser Lagen erhält man beispielsweise bei den Weingütern Heymann-Löwenstein, Knebel und Kröber.

Es war klar, dass in der bei Stromkilometer 12 in einem Altarm außerhalb des Fahrwassers gelegenen Marina Winningen angelegt werden musste, um zu Fuß in den sehenswerten Ortskern

Moselort Lay mit Fähre

Weinberg Winninger Röttgen

Weinhaus Höreth in Winningen

zurückzugehen. Sie fuhren in eine der mit frei gezeichneten Gästeboxen und meldeten sich im Hafenbüro an. Dann spazierten sie über den Uferweg zum Ort. Nur zehn Minuten später standen sie zwischen rebenumrankten Winzerhöfen, alten Fachwerkhäusern und dem Weinhexbrunnen und waren begeistert. Sie schauten sich den Fronhof an, der noch vor hundert Jahren als Zufluchtsstätte für Verfolgte gedient hatte. Natürlich durfte auch das Geburtshaus von August Horch, dem Gründer der Horch-Werke, die später in der Auto-Union aufgingen, nicht fehlen. Ein besonders schönes Exemplar der von ihm konstruierten Kraftfahrzeuge ist heute als Oldtimer im Landesmuseum auf der Festung Ehrenbreitstein zu bewundern.

Uwe hatte insgeheim gehofft, nun einer der flotten Weinhexen persönlich zu begegnen. Er war leicht enttäuscht, als ihm Julia erzählte, die letzten seien im 17. Jahrhundert auf dem Hexenhügel über dem Ort verbrannt worden. Bis heute sollen sie sich gelegentlich an den in den Wingerten arbeitenden Nachfahren des

Ortes durch die gezielte Abgabe von Schüssen ins Kreuz rächen. Dieses Phänomen hat selbst in der medizinischen Wissenschaft Beachtung gefunden und wird dort als Lumbago oder laienhaft als Hexenschuss beschrieben.

Der Genuss eines edelsüßen Winninger Uhlens des hervorragenden Jahrgangs 1976, den die Wirtin des Weinlokals Höreth-Schaf aus der Schatzkammer ihres Weinkellers hervorgezaubert und ihren Besuchern im anheimelnden Innenhof stilvoll kredenzt hatte, versetzten Skipper und Crew in gute Laune. Diese edle Auslese wäre von dem Weinexperten Robert M. Parker und im Gault-Millau sicher mit 90 bis 100 Punkten als hervorragend oder außerordentlich bewertet worden. Trotz seines hohen Alters hatte der Wein sein wuchtiges, an Honigsüße erinnerndes, üppiges Bukett erhalten und war nicht firn geworden. Gleich nach dem Entkorken verbreitete sich ein köstlicher Duft über dem polierten Holztisch und schmeichelte sich in die Nasen ein. Die warme Bernsteinfarbe des fast ölig wirkenden Rieslings verstärkte das Gefühl, etwas ganz Besonderes zu genießen. Und, wie bereits der erste Schluck zeigte, es war auch so. Uwe lehnte sich zurück und flüsterte nur ein Wort: »göttlich!« Hier könnte man bleiben. Eigentlich hatte keiner große Lust zurückzugehen und weiterzuschippern.

In ausgelassener Stimmung wanderten sie jedoch zwei Stunden später zum Hafen. Bis sie die *Andrea Doria* losgebunden hatten, war der Alkohol abgebaut. So fuhren sie weiter flussaufwärts. Inzwischen hatte auch ein warmer Südwestwind die dunklen Wolken verweht. Nur vereinzelt trieb hier und da ein Sonntagsmalerwölkchen durch den strahlend blauen Himmel. Von der Winninger Halbinsel Ziefurth grüßten gutgelaunte Camper. Die Schiffer winkten zurück. Die zwischen den ausgelegten Tonnen zu befahrende Fahrrinne war schmaler geworden. Auch die Strömung hatte zugenommen. Auf der 113 Meter über dem Fluss

Marina Winningen und Autobahnbrücke

schwebenden Autobahnhochbrücke fuhren Personen- und Lastkraftwagen in Nord- und Südrichtung. Von unten sahen die Fahrzeuge wie an Bindfäden aneinandergereihte Spielzeugautos aus. Als die Brücke achteraus lag, passierte das Boot den von Bäumen weitgehend verdeckten Obst- und Weinort Dieblich. Die hier in der Hauptstraße liegende Halferschenke ist ein gut geführtes Landgasthaus und einen Besuch wert. Der Name des 1832 erbauten Bruchsteinhauses erinnert an alte Zeiten. Damals zogen Halfer mit Pferden, die sie über Treidelpfade führten, Schiffe vom Ufer aus mühsam stromaufwärts. Aber die Zeiten, in denen das alte Gebäude den Treidlern als Rast- und Ruhehaus dienten, sind unwiederbringlich vorbei.

Heute werden die Blicke der Schiffsreisenden jedoch kaum mehr von Dieblich angezogen. Das übernehmen die auf der anderen Seite auftauchenden drei kegelförmigen Hügel, deren mehrstufige Terrassen mit unzähligen Weinstöcken bepflanzt sind. Auf dem höchsten der Hügel steht die im Jahre 1225 erbaute Matthias-

Kobern-Gondorf mit Matthiaskapelle

kapelle, ein spätromanisches Kleinod des Moseltals. Auch der Bergfried der Oberburg ist zu sehen. Da dort, wo eine Oberburg ist, eine Niederburg nicht weit sein kann, taucht auch diese bald auf. Die Stationen eines Kreuzwegs, die optisch eine Verbindung zwischen den beiden auf verschiedenen Hügeln stehenden Burgen bilden, sind vom Schiff aus gut zu erkennen. Der Zahn der Zeit ist an der im zwölften Jahrhundert errichteten Burg nicht spurlos vorübergegangen. Heute erfreut sie die Besucher des Weinortes Kobern-Gondorf als nicht weniger reizvoll anzusehende Ruine. Weiter unten am Hang steht der alte Wehr- und Glockenturm, dessen Uhr zeigt, was die Stunde geschlagen hat. Gleich hinter dem Ortsteil Kobern liegt die große Wasserburg.

Das eindrucksvolle und aus der Flussperspektive seine volle Pracht entfaltende, direkt am Ufer liegende Bauwerk ist, trotz des in den siebziger Jahren erfolgten rabiaten Durchbruchs für die Bundesstraße 316, einzigartig. Die um 1560 von dem Trierer Kurfürsten Johann VI. von der Leyen erbaute weitläufige Anlage, die aus einer

Wasserburg Kobern-Gondorf

Vorburg mit Kirche und Torbau sowie der Hauptburg besteht, ist die einzige Wasserburg an der Mosel. Schade, dass Kobern-Gondorf keinen Anlegesteg für Sportboote gebaut hat, dachte Uwe. Den mittelalterlichen Marktplatz und den Tatzelwurm werden daher viele Bootsfahrer nicht zu sehen bekommen.

Bei Kilometer 20,8 erreichten sie die Schleuse Lehmen. »Schon wieder so ein Fahrstuhl für Boote«, meinte Uwe, als er sich über Kanal 78 bei den Schleusenwärtern anmeldete. Das Untertor war noch geschlossen. Da nur einige Sportboote vor ihnen waren, wurden sie bald in die Kammer gelassen und konnten nach etwa 45 Minuten durch das Obertor in den 7,45 Meter höher gelegenen Lehmener Stausee einlaufen. Querab lag die Insel Reiherschuss in einem kleinen Naturschutzgebiet. Wenig oberhalb sahen sie die Orte Oberfell und dahinter das auf der anderen Seite liegende Kattenes. Uwe hielt Kurs auf den romantischen Weinort Alken.

Einfahrt in die Schleuse Lehmen

Die weit über das Moseltal ragenden zwei Rundtürme der im Jahre 1192 von einem Sohn Heinrichs des Löwen erbauten Burg Thurant wiesen den Weg und dienten ihm als Ansteuerungsmarken. Der Anblick der Burg, die in der Zeit von 1245 bis 1248 drei Jahre lang einer Belagerung durch die Kurfürsten von Trier standgehalten hatte, ist nicht nur am Tage, sondern auch bei Nacht beeindruckend. In Höhe der Kirche legte Uwe an dem für Sportschiffer gebauten flachen Steg an. Julia erschien der Aufstieg zu der doppeltürmigen Felsgratburg zu beschwerlich. Es war auch ganz gut, wenn einer beim Boot blieb, da die Wellen schnellfahrender Ausflugsschiffe und Sportboote für Unruhe sorgten.

Marie und Uwe stiegen daher allein durch die Weingärten zur Burg hoch. Der behutsam ansteigende Serpentinenweg schien ihnen zu lang. Sie wählten den mühsameren, aber direkten Aufstieg zwischen zwei Rebstockreihen. Wie unbedacht dies war, zeigte sich bald. Im letzten Drittel des steilen Aufstiegs rutschte Marie auf dem losen Schiefergestein aus. Uwe gelang es gerade

Alken mit Burg Thurant

noch ihre rechte Hand zu erfassen, um sie vor einem Abrutschen zu bewahren. Hand in Hand kletterten sie die letzten Meter des steilen Bergs hoch. Erst kurz bevor sie den Eingang zur Burg erreichten, wurde Uwe plötzlich bewusst, dass er Maries warme, anschmiegsame Hand noch immer hielt, obwohl auf dem flachen Plateau schon längst keine Absturzgefahr mehr drohte. Auch Marie war das so selbstverständlich vorgekommen, dass sie es nicht einmal bemerkt hatte. Gedankenversunken ließen sie den schönen Ausblick auf sich einwirken. Eine traumhafte Kulisse. Uwe wollte am liebsten mit Marie dort oben verweilen bis der Mond sich langsam über den Burgberg erheben und das Moseltal sanft beleuchten würde. Ohne ihr diesen heimlichen Wunsch anzuvertrauen, gingen sie, diesmal über ausgetretene Pfade, zum Fluss zurück, wo Julia und die *Andrea Doria* schon auf sie warteten.

Etwa zwei Flusskilometer hinter Alken steuerte Uwe das Boot ans rechte Ufer. Hier, bei Stromkilometer 25,4, lag die durch mehrere kleine, zusammenhängende und mit Weiden bewachsenen

Hafen Löf

Inselchen zum Strom hin gut geschützte Steganlage des Yachtclubs Löf.

Da jedoch kein einziger Platz frei war, ging es gleich weiter nach Brodenbach. Bereits beim Einlaufen in den schönen Schutzhafen des Wasser- und Schifffahrtsamtes kam die aufmerksame und liebenswerte Hafenmeisterin Lilo gestikulierend über den Damm gelaufen. Sie dirigierte Uwe zu dem Stegplatz eines Clubmitglieds, der zur Zeit mit seinem Schiff zum Ijsselmeer unterwegs war.
Gut, dass gerade das vom ADAC jährlich ausgetragene internationale Powerbootrennen, das regelmäßig in Brodenbach ausgetragen wird, nicht um diese Zeit stattfand. Auf riesige Menschenansammlungen und höllischen Lärm konnten die Wasserwanderer verzichten. An einem der vielbesuchten Renntage hätten sie hier sicher keinen Liegeplatz gefunden. Zum Besichtigen der drei Brodenbacher Burgen Rauschenberg, Schloss Schöneck und Ehrenburg waren sie heute Abend zu müde. Auch in die wildromantische Ehrbachklamm wollten sie nicht kraxeln. Da sie auch

zum Kochen zu faul waren, aßen sie auf der Terrasse des gegenüberliegenden Restaurants »Bei Toni« zu Abend. Ein saftiges Winzersteak war ganz nach ihrem Geschmack. Der dazu eingeschenkte würzige »Lehmener Ausoniusstein« erinnerte natürlich daran, dass der Dichter Magnus Ausonius die »Mosella« bereits im Jahre 371 überschwänglich beschrieben und bedichtet hat. Zufrieden gingen sie zum Boot zurück. Dort setzen sie sich zusammen ins Cockpit und plauderten. Als die Dämmerung hereinbrach, hängte Julia eine Petroleumlampe an die Reling. Im Schein des behaglichen Lichts ließen sie den Tag bei einem Glas Wein ausklingen.

8. Kapitel

Piet musste aus dem Haus. Er brauchte einen klaren Kopf um nachzudenken. Langsam schlenderte er die Gracht entlang, genoss die anheimelnde Stimmung und das Spiel von Licht und Schatten zwischen Häusern, Bäumen und Wasser. Auch das Gezeter und Geschubse einer Gruppe junger Leute, die über einen schmalen Landesteg alle gleichzeitig auf ein am Ufer vertäutes Hausboot drängten, regte ihn nicht auf. Er wusste, dass hier eine besondere Party stattfand. Seit die Stadt ihr Substitutionsprogramm für Heroinabhängige ins Leben gerufen hatte, standen die Fixer an, um ihre tägliche Methadongabe abzuholen. Geschäftsschädigend fand Piet das nicht. Auch das waren potentielle Kunden. Letztlich nutzten die meisten Junkies das Methadon nur als Ausweichdroge, wenn ihnen das Geld zum Ankauf von Heroin ausgegangen war. Am Leidse Plein, wo Piet sich auf einem der letzten freien Plätze in einem Straßencafé niederließ, beobachtete er eine Reihe von Jugendlichen, die mit Sack und Pack vor dem Denkmal herumlümmelten, ihre Joints rauchten, sich ungeniert einen

Schuss Heroin setzten, vor sich hindösten oder gelegentlich Passanten um ein paar Euros anbettelten. Da das traurige Bild der Fixergemeinde nicht ins touristische Konzept der Stadtoberen von Amsterdam passt, erschien auch bald die Feuerwehr. Mit einem Spritzenwagen setzten die Brandbekämpfer den Platz und die herumliegenden Leute unter Wasser und erreichten so, dass diese sich zumindest vorübergehend in den nahen Vondelpark zurückzogen. Wenn Klamotten und Schlafsäcke auf den Parkwiesen getrocknet waren und auch der Leidse Plein wieder ohne Gummistiefel begehbar war, kamen die jungen Leute zurück. Irgendwann begann das Spiel von Neuem.

Piet kannte das und interessierte sich nicht mehr dafür. Junkies waren nun mal kaputte Typen. Die miese Behandlung durch die Stadtverwaltung an diesem Touristikbrennpunkt bekamen sie kaum mit oder ertrugen sie teilnahmslos. Sie waren immer auf der Jagd nach neuem Stoff und hatten den Kopf, wenn er nicht gerade total zugedröhnt war, voll mit Beschaffungsproblemen. Piet hatte seine eigenen Probleme. Er musste klären, wie er die Drogen ohne seine Kuriere an den Mann bringen konnte. Sollte er sich für künftige Rauschgifttransporte ein Boot mieten? Sollte er das Boot selbst fahren? Wie die meisten Holländer hatte er schon in jungen Jahren Erfahrungen im Umgang mit Booten gesammelt. Sein Großvater hatte früher in Muiden am Markermeer einen Stahlkutter liegen. Auf dem Schiff hatte die Familie viele schöne Wochenenden verbracht und Piet hatte, ganz nebenbei, gelernt, wie man ein Motorboot fährt. Er wusste daher, dass ein Stahlverdränger langsam war. Nur mit einem Speed-Boot konnte man im Falle einer Kontrolle den Polizei- oder Zollbooten davonjagen. Andererseits waren diese »Flitzer« laut und auffallend. Welche Route sollte er wählen? Über Land oder über Wasser? Vielleicht über den Dollart von Delfzijl nach Emden? Die Rheinstrecke von Nijmegen nach Emmerich schloss er aus, da an den Grenzorten Lobith/Tolkamer gleich mehrere Zoll- und Wasserschutzpolizeiboote den Schiffsverkehr überwachten. Die Maas hoch oder runter? Zu weit, zu viele Schleusen. Nach langen Überlegungen war er davon überzeugt, dass der Landweg zwischen den Niederlanden, Luxemburg und Frankreich der ungefährlichste sei. Von dort aus wollte er das Rauschgift über die Mosel im Schiff nach Deutschland bringen. Die konkreten Gegebenheiten musste er vor Ort erkunden. Eine Moselfahrt war unvermeidlich.

9. Kapitel

Als Uwe am nächsten Morgen aufwachte, war es bereits kurz vor neun Uhr. Das Boot hatte die ganze Nacht wie ein Brett am Steg des schwellfreien Hafens gelegen. Auch die Geräusche des erwachenden Tages, insbesondere das Grundrauschen der auf der Bundesstraße 49 fahrenden Fahrzeuge, hatten ihn nicht wecken können. Nicht einmal Lilo, die frühmorgens die Tüte mit den

»Andrea Doria« im Hafen Brodenbach

bestellten knusprigen Brötchen an die Bootsreling gebunden hatte, hatte er bemerkt. Eigentlich lockte ihn erst der aufmunternde Geruch frisch zubereiteten Kaffees aus der Koje. Julia schlief noch. Als Uwe die paar Stufen zum Salon hochgestiegen war, sah er Marie, die das Frühstück zubereitete. Sie stand barfuss in der Pantry, mit dem Hauch eines schwarzen Bikinihöschens und einem knallroten T-Shirt bekleidet, das so eng anlag, dass es ihre wohlproportionierten Körperformen mehr betonte als verdeckte. Ein überraschend lang ausgedehnter Gutenmorgenkuss brachte Uwe aus dem Gleichgewicht. Leicht irritiert verzog er sich unter die kalte Dusche. Anscheinend war sein Sexualtrieb doch noch stärker als sein Steuerersparnistrieb. Immerhin eine nette Erfahrung. Wenig später saßen sie alle drei gemeinsam beim Frühstück im Cockpit und ließen sich von der bereits wärmenden Sonne bescheinen. Uwe ahnte, dass es ein schöner Tag werden würde.

Während die beiden Frauen das Frühstücksgeschirr abräumten, spülten und wieder wellensicher verpackten, hob Uwe die Bodenplatten unter dem Salontisch hoch. Bevor sie weiterfuhren, wollte er einen Blick in den Maschinenraum werfen. Zunächst kontrollierte er mit Hilfe des Messstabs den Ölstand des inzwischen abgekühlten Motors. Danach schraubte er den Deckel des Kühlwasserfilters ab, nahm den Filter heraus und reinigte ihn unter laufendem Wasser. Aufgrund vorausgegangener Erfahrungen mit durchgeschmorten Gummilaufrädern der Seewasserpumpe hatte er diesmal daran gedacht, vor dem Entfernen des Filterdeckels den Außenbordwasserhebel zu schließen. Bevor er die Abdeckung wieder aufschraubte, füllte er aus einer Gießkanne Wasser in die Filterschläuche. Unwillkürlich fiel ihm der in einem holländischen Hafen aufgeschnappte Spruch: »Kauf dir ein Boot und du werkelst dich tot!« ein. Dann wandte er sich angenehmeren Tätigkeiten zu. Nach Anwerfen des Motors blieb er noch so lange am Steg liegen, bis er sah, dass Kühlwasser am Heck austrat. Erst dann legte er ab. Danach übernahm Julia das Ruder. Am Ende

der Hafenmole steuerte sie die *Andrea Doria* in einer weiten Linkskurve zur Flussmitte.
Außer dem aufgeregten Geschnatter eines stromabwärts treibenden, in seiner Ruhe durch das herannahende Boot gestörten Entenpaares, war es still auf dem Wasser. Hoch über ihnen zogen zwei prächtige Milane ihre Kreise. Auch das bei vier Knoten und der niedrigen Umdrehungszahl sonore Geräusch des Dieselmotors war kaum zu hören. Eine leicht entgegenwehende Brise hatte die Wasseroberfläche gekräuselt. Die kleinen Wellen plätscherten sanft gegen den Schiffsrumpf. Uwe, Julia und Marie hatten das Gefühl, auf dem Fluss still zu stehen. Nur die weiße Gischt des Kielwassers zeigte an, dass die *Andrea Doria* fuhr. Geradeso wie in einem Film kam die Landschaft mit ihren Weinterrassen, Dörfern und Kirchtürmen auf das Boot zu und zog an ihm vorbei. Waren sie einer Sinnestäuschung erlegen? Nein! Bei einer Flussfahrt erlebt man dieses unwirkliche Gefühl. Die versteckte Schönheit einer Landschaft, an der man mit schnelleren Fahrzeugen achtlos vorbeifährt, erschließt sich in ganz besonderer Weise vom Boot aus. Obwohl es sich nur langsam fortbewegt, eröffnen sich jeden Augenblick neue Aussichten, die sich beim Näherkommen verändern. Beim Fahren mit einem Verdränger entdeckt man die Langsamkeit. Der Eindruck unzerstörbarer Gemütlichkeit entschleunigt dich. Irgendwann wird dir klar, dass nicht die Länge der zurückgelegten Strecke für dein Wohlbefinden entscheidend, sondern der Weg das Ziel ist. Und auf diesem Weg fesselte die Schiffsreisenden jetzt der Ausblick auf die malerisch in den Weinbergen von Hatzenport gelegene, im Jahre 1280 erbaute Johanneskirche mit dem sehenswerten Fenster einer Kreuzigungsszene.

Unmittelbar am Ort, vor der Häuserzeile, steht ein aus Bruchsteinen erbauter Fährturm, der auf dem Weg ist, nach und nach so schief zu werden, wie der Turm von Pisa. Obwohl der Namensbestandteil Port (lat. portus = Hafen) darauf schließen lassen könnte, hat Hatzenport keinen Hafen. Immerhin können Bootsfahrer in

Johanniskirche in Hatzenport

Passagierschiff Jever/Buga hinter Hatzenport

Burgruine Bischofstein mit Kapelle

dem Seitenarm hinter der Insel »Das untere Werth« ankern und mit dem Beiboot an Land gehen, um Ort und Kirche zu besuchen.

Ganz anders ist das in dem etwa einen Kilometer hinter der Insel bereits auftauchenden Weindorf Burgen. Dieser Ort verfügt über einen schönen Ortskern und die im gegenüberliegenden Hang gelegene, von Erzbischof Arnold von Trier um 1170 erbaute Burgruine Bischofstein. Der Moselmaler Carl Bodmer hat den Turm des im Jahre 1270 zum Schutz des Mayfeldes gegen herannahende Raubritter erbauten und später verfallenen Schlosses und die beiden tiefer im Berg liegenden Kapellen auf seiner Wanderung von Zürich nach Koblenz im Jahre 1828 gezeichnet.

Für Sportbootschiffer gibt es gleich zwei Anlaufmöglichkeiten. Das Bootshaus »Klabautermann« mit seiner Steganlage liegt kurz vor der Hochseilfähre, die hier die Mosel überspannt. Ungefähr bei Stromkilometer 32 befindet sich das durch einen schmalen Damm vor Wellen geschützte »Boots- und Camping-Center

Blick auf den Moselort Burgen

Laguna Burgen«, wo ebenfalls Gastliegeplätze für Boote mit einer Wassertiefe von nicht mehr als 1,35 Meter zur Verfügung stehen.

Marie hatte es sich auf dem Deck des Vorschiffes unmittelbar vor den Salonfenstern bequem gemacht und sonnte sich. Vom Cockpit aus war sie durch den Kajütaufbau verdeckt. Nur die Füße waren gelegentlich zu sehen. Da eine längere, übersichtliche Flussstrecke vor ihnen lag, ging auch Uwe nach vorne, um ihr ein wenig Gesellschaft zu leisten. Als er sich auf der Matte neben ihr niederließ, waren ihre Augen geschlossen, die vollen Lippen leicht geöffnet. Dem verführerischen Anblick konnte Uwe einfach nicht widerstehen, beugte sich über sie, sog ihren betörenden Duft in sich auf und küsste sie. Mit Zeige- und Mittelfinger strich er über ihre Wangen und glitt dann abwärts über Hals und Schulter bis zum Dekolleté. Marie öffnete die Augen. Die Berührung hatte sie elektrisiert. Gerade als sie Uwes Hand ergriff, hallte der aufgeregte Ruf Julias aus dem Cockpit: »Uwe, übernimm das Ruder! Ein riesiger Schubverband kommt auf uns zu.«

Schubschiff Malta

Da Uwe die Angst seiner Frau vor diesen 170 Meter langen stählernen Ungetümen auf dem Wasser kannte, stand er auf, verließ mit einem bedauernden Schulterzucken den anheimelnden Platz. »Ich komme gleich wieder«, flüsterte er. Dann ging er zum Ruderstand und übernahm die Schiffsführung. Er lenkte das Boot nicht rechts, sondern links an dem Stahlkoloss vorbei. Dem in der Linksbiegung nach rechts austriftenden Heck wollte er nicht zu nahe kommen. Rechtsfahrgebot hin, Rechtsfahrgebot her: Das war ihm zu gefährlich.

Kurz darauf erreichten sie Moselkern. Den Ort hatte Uwe früher oft besucht. Ab seinem zwölften Lebensjahr war er Kanute und Mitglied des Koblenzer Kanu-Klubs. Nachdem er seine ersten Kanuerfahrungen in dem strömungsgünstigen und von der Berufsschifffahrt weitgehend freien Rheinarm zwischen Urbar, Niederwerth, Vallendar und Bendorf gemacht hatte, wagte er sich auch in den Hauptstrom. Er war oft bis ans Deutsche Eck, in die Rheinlache, zum Schwimmbad Oberwerth oder zum Wellenreiten unter die Horchheimer Brücke gepaddelt. Alle Jahre zu Pfingsten fuhren die Mitglieder des Kanu-Klubs die traditionelle Wanderfahrt von Eller nach Koblenz. Als er ein paar Jahre älter war, durfte er diese Fahrten mitmachen. Die Paddelboote wurden zwei Tage vor Pfingsten im Kanuheim des Deutschen Kanu-Verbands in Urbar verladen und an die Mosel gebracht. Die Kanuten fuhren dann Freitagabends mit einem Bus nach Eller. Auf der Uferwiese wurde gezeltet. Am nächsten Morgen wurden die Zelte abgebaut, die Boote bepackt und ins Wasser getragen. Dann fuhr die Armada, die oft aus bis zu zwanzig Paddelbooten bestand, weiter nach Moselkern. Nachdem die Boote dort an Land gezogen und die Zelte errichtet worden waren, lief das immer gleiche Ritual ab. Einer der älteren Mitglieder des Klubs war mit dem Inhaber des »Ankers« verwandt. So zog der ganze Verein am Abend geschlossen in die in Sichtweite liegende Gastwirtschaft, wo, oft zum Leidwesen der Hotelgäste, bis spät in die Nacht gegessen, gelacht und gezecht wurde. Es kam natürlich zu allerlei netten Begebenheiten, die später im Klub ausführlich durchgehechelt und im Laufe der Zeit fantasievoll ausgeschmückt oder als verfälschte Anekdötchen weitergegeben wurden. Auch Uwe hatte ein spezielles Erlebnis gehabt, an das er sich gerne erinnerte. Lange Zeit war es Gegenstand wildester Gerüchte im KKK. Nach ausgiebigem Genuss eines stark in den Kopf gestiegenen Weines hatte Uwe sein kleines Zweimann-Mehler-Zelt nicht mehr gefunden und war versehentlich in einem ähnlich aussehenden Zelt gelandet. Kaum hatte er sich zwischen Decken und Luftmatratzen einigermaßen zurechtgefunden, merkte er, dass nicht sein Freund Herbert, mit dem er Zelt und Boot auf dieser Moselfahrt teilte, sondern eine Frau neben ihm lag. Sein Erstaunen wurde noch größer, als diese weder erschrocken aufschrie, noch Anstalten machte, ihn aus ihrem Zelt zu werfen. Nach seiner Bemerkung, dass er sich wohl verlaufen habe, hatte sie ihn, den Eindringling, vielmehr nett angelächelt. Erstaunt war er erst einmal liegen geblieben und hatte abgewartet, was kommen würde. Als sie ihm dann über die Haare strich und sich dabei der nur halb geschlossene Reißverschluss ihrer Trainingsjacke weiter öffnete und verlockende Ausblicke auf ihren erstaunlichen Busen zuließ, hatte er keine Lust mehr aufzustehen und zu gehen. Zumal ihn die damals etwa zehn Jahre ältere, ebenfalls leicht angesäuselte Klubkameradin Helga nicht nur freundlich aufgenommen hatte, sondern trotz seines angetrunkenen Zustands behutsam in die Technik des Zungenkusses einführen wollte und eingeführt hat. Dummerweise hatten ihn einige seiner besorgten Clubkameraden und Kameradinnen am nächsten Morgen aus Helgas Zelt krabbeln sehen. Natürlich hatten sie nichts Eiligeres zu tun gehabt, als ihrem abwesenden Verlobten gleich nach Rückkehr im Kanuheim Urbar, wo er seine Helga erwartete, zu berichten, was sie gesehen und vor allen Dingen vermutet hatten. Helga durfte nie wieder ohne ihren Verlobten in den Kanu-Klub kommen. Auch an den jährlichen Paddeltouren zu Pfingsten nahm sie nicht mehr teil. Uwe, der damals der Rennmannschaft des Klubs angehörte und schon deswegen mindestens dreimal die Woche zu den Trainingsstunden im Bootshaus und auf dem Wasser war, sah sie nur sehr selten und immer in Begleitung ihres Verlobten.

Einige Jahre später, er studierte bereits in Berlin, besuchte er seine Eltern, fuhr nach Koblenz und saß im Innenhof eines Cafés. Während er seinen Cappuccino schlürfte beobachtete er wie ein zwei- bis dreijähriger Junge auf den Rand eines Brunnens geklettert und ins Straucheln gekommen war. Da er in der Nähe saß, sprang er auf, fasste das Kind rechtzeitig und bewahrte es vor dem Fall in den Brunnen. Während er den lebhaften Jungen auf die Bodenplatten stellte, kam die aufgeregte Mutter angerannt und hob ihn schützend an ihre Brust. In dem Moment, in dem sie sich bei Uwe bedankte, schauten sie sich an und erkannten sich. Die besorgte Mutter war Helga. Uwe setzte sich zu ihr und ihrem Söhnchen an den Tisch. Die nächsten beiden Stunden erzählten sie sich, was sie in den letzten Jahren gemacht und erlebt hatten.

Schließlich sprachen sie auch die unvergessene Nacht in Moselkern an. Obwohl Helga mit ihrem Verlobten, der übrigens nicht ihr Ehemann geworden war, damals viel Ärger hatte, fand sie die nächtliche Begegnung im Zelt sehr schön und überaus lustig. Nachdem sie ihre Erinnerungen an die damalige Situation ausgetauscht und über die drolligen Einzelheiten, die ihnen nach und nach wieder eingefallen waren, herzlich gelacht hatten, verabschiedeten sie sich fröhlich und verloren sich auf Dauer aus den Augen.

Obgleich in dem für Uwe mit Erinnerungen behafteten Moselort die älteste nachrömische Skulptur des Rheinlands, das Merowingerkreuz aus dem 7. Jahrhundert, seiner Entdeckung harrte und gleich hinter dem Ort der an der Elz vorbeiführende romantische Wanderweg zur Burg Eltz liegt, schipperte er schmunzelnd weiter. Die alte Geschichte, an die er beim Passieren des Ortes Moselkern denken musste, behielt er für sich. Mit seinen Damen sprach er lieber über die Burg. Zu dem märchenhaften Gebäude, das die alten 500-DM-Scheine zierte, wollten sie vom nächsten Hafen aus mit den Fahrrädern zurückfahren. Der Anblick des alsbald hinter ihnen liegenden zuckerhutförmigen Kegelberges, den die Altvorderen Druidenstein genannt hatten, erinnerte daran, dass sich bereits die Treverer Kelten um 500 vor Christus in dieser Gegend angesiedelt und ihre Kultstätten mit Vorliebe auf solchen Bergspitzen errichtet hatten.

Es war mal wieder Zeit zum Schleusen. Uwe meldete sich über UKW-Kanal 79 bei der in Sicht kommenden Schleuse Müden bei Stromkilometer 37 an. Entsprechend den im Handbuch für den Binnenschifffahrtsfunk festgelegten Regeln nannte er den Schiffsnamen, gab den Standort durch, beschrieb Art und Größe des Boots und teilte die beabsichtigte Fahrtrichtung mit. Als er über längere Zeit keine Antwort bekam, prüfte er, ob die Steckverbindung zum UKW-Handfunkgerät fest saß. Dann sah er auf

Kegelberg Druidenstein

dem Display nach, ob er den zutreffenden Kanal eingegeben hatte. Als dies alles überprüft war, wiederholte er seine Anmeldung und bat sie zu bestätigen. Lange Zeit erhielt er keine Antwort. Da weder moselauf- noch abwärts andere Schiffe zu sehen und auch in der Schleusenanlage keine Bewegungen zu erkennen waren, setzte er schließlich einen dritten Funkspruch ab und bat den Schleusenwärter, sich umgehend zu melden. Schließlich schnarrte es unfreundlich im Funkgerät: »Sportboote interessieren mich nicht!« Erst der nachdrückliche Hinweis auf die Regelungen der Moselschifffahrtspolizeiverordnung und die Ankündigung einer umgehenden Beschwerde beim Wasser- und Schifffahrtsamt Koblenz führten dazu, dass das untere Schleusentor geöffnet wurde und sie einfahren konnten. Inzwischen waren über zwei Stunden seit ihrer Ankunft vergangen. Hier war offensichtlich der Name Müden Programm geworden. Als die Schleusenkammer gefüllt war, stieg Julia in Windeseile vom Boot, um Uwe daran zu hindern ins Schleusenhäuschen zu steigen und das unmögliche Verhalten mit diesem müden Mann eingehender zu »diskutieren«.

Karden mit Stiftskirche St. Kastor

Ein Glück, dass derart unfreundliche Schleusenwärter selten sind. Sie beschlossen, sich den weiteren Tag durch den Vorfall nicht verderben zu lassen, und steuerten das Schiff nun geradewegs auf den »Weißen Riesen«, die Stiftskirche St. Kastor, in Karden zu.

Mit den gewaltigen drei Türmen und dem langen Mittelschiff erscheint das 800 Jahre alte, strahlend weiß gestrichene Bauwerk wie ein Moseldom. Die Gebeine des heiligen Kastor, die ursprünglich dort untergebracht waren, wurden allerdings bereits im 9. Jahrhundert in die Kastorkirche nach Koblenz umgebettet. Nichtsdestoweniger ist ein Besuch der Kirche schon deshalb lohnenswert, weil hier die älteste erhaltene Orgel der Familie Stumm, die im Jahre 1728 erbaut wurde und noch immer bespielbar ist, steht. Außergewöhnlich ist auch das rechts von der Kirche am Moselufer stehende, fast 500 Jahre alte Haus des kurtrierischen Schultheißen Simon Burg. Der beachtliche Bruchsteinbau mit den dunklen Basaltfensterrahmen wirkt vom Wasser aus wie eine Trutzburg.

Yachthafen Treis-Karden

Gleich gegenüber von Karden liegt die Moselgemeinde Treis. Von der Burg gleichen Namens steht nur noch der Verteidigungsturm. Die Waldburg ist zwar gut erhalten, kann aber nur von außen besichtigt werden, da sie sich in Privatbesitz befindet. In dem nicht durchgängig befahrbaren linken Seitenarm, der eine Wassertiefe von 3 Metern aufweist, liegt hinter dem Pommerer Werth der Yachthafen des Mosel-Boating-Centers Treis-Karden.

Die gut geschützte und ausgestattete Anlage verfügt über ausreichende Gastliegeplätze mit Wasser- und Stromanschluss. Der Sanitärbereich ist in einem auf der Insel stehenden Haus untergebracht. Den Schlüssel zum Öffnen der Türen und Duschmarken erhält man auf dem Hausboot. In diesem befindet sich auch das Restaurant, in dem der Hafenmeister und seine Frau eine passable Küche betreiben, die herzhaftes Essen bietet. Von der Insel aus überspannt eine flache Brücke den nicht schiffbaren Altarm. Entlang der Mosel, vorbei an gut gepflegten Obst- und Gemüse-

gärten, führt ein schöner Fußweg bis zum Flaumbach. Von dort ist es nicht mehr weit zum eigentlichen Ortskern.
Da sie Cochem als nächsten Zielhafen ausgesucht hatten, schipperten sie weiter am Pommerer Goldberg und den Weinlagen Rosenberg und Sonnenuhr vorbei in Richtung Klotten. Alsbald tauchte rechts am Hang über den Weinbergen die im 10. Jahrhundert erbaute Burg Koraidelstein auf. Die Burgruine gehört zu den ältesten Verteidigungsbauwerken des Moseltals.
Heutzutage wohnen friedlichere Leute auf dem Burggelände. Bis zu seinem Tode töpferte in einer seitlich gelegenen Halle der Westerwälder Keramiker Wendelin Stahl. Seine Vasen, Töpfe und Schalen wirken durch ihre aparten Formen, die besondere Farbgebung, die außergewöhnlichen Glasuren und den Brand in einem aus dem Kannenbäckerland mitgebrachten Salzofen leicht und feingliedrig. Heute setzt die Keramikerin Ayca Riedinger sein Werk fort und wird von Kennern und Liebhabern für ihre Kristallglasuren gelobt.

An der Hochseil-Autofähre vorbei tuckerte die *Andrea Doria* jetzt in den Cochemer Krampen, ein hufeisenförmig verlaufendes Stück Mosel zwischen Klotten und Ebernach. Nach Durchfahren der zwischen den Stromkilometern 49 und 50 liegenden, fast rechtwinkligen Kurve, lag rechts voraus bereits die über dem Ort Cochem schwebende, im Jahre 960 erbaute Reichsburg. Cochem ist bei Touristen aus aller Welt beliebt. Der Aufstieg zu dem glanzvollen Bauwerk ist bereits wegen der sich bietenden wundervollen Aussicht auf den Fluss ein Muss. Wie Funde aus römischer Zeit belegen, gehört der Ort selbst zu den ältesten der Mosel.

Zielgerichtet steuerte Uwe den unmittelbar hinter der zweiten Brücke links liegenden Sportboothafen an. Julia stand am Bugspriet und entdeckte in dem kleinen, bereits ziemlich belegten Hafen gerade noch einen freien Liegeplatz. Da nicht erkennbar war, ob die freie Fläche an der inneren Hafenwand ausreichen

Stadt Cochem mit Reichsburg

würde, ließ Uwe das Boot langsam in den Hafen gleiten, bis sie parallel zu der freien Stelle lagen. Dann manövrierte er das Boot vorsichtig, mit Hilfe von Bug- und Heckstrahler, an die Mauer. Zwei freundliche Skipper von Nachbarbooten, die den Anlegevorgang beobachtet und kommentiert hatten, nahmen von Julia und Marie die bereitgehaltenen Festmacherleinen entgegen, um sie an den Außenpollern fachmännisch zu belegen. Sicherheitshalber legte Uwe später noch eine Spring. Als die erforderlichen Handgriffe erledigt waren und Ruhe ins Boot gekommen war, ließen sie sich im Cockpit nieder. Sie waren froh, nicht an der Außenmole festmachen zu müssen, da der Schwell der vorbeifahrenden Schiffe dort für eine fortwährende Unruhe sorgt. Bei einer erfrischenden Weißweinschorle entspannten sie sich beim Blick auf die Mosel, den Ort und die auf dem Hügel darüber liegende Burg. Wie bestellt wurde sie von der untergehenden Sonne rosafarben und violett beleuchtet.

10. Kapitel

Piet van der Valk dachte nach. Dass Henja ihn bei der Staatsanwaltschaft Frankfurt nicht verraten hatte und dies auch künftig nicht tun würde, stand für ihn fest. Henja liebte ihn. Sie würde ihm nie schaden. Aber dafür, dass seine Freunde Geert und Dirk dem Druck der polizeilichen und staatsanwaltschaftlichen Vernehmungen Stand hielten und schweigen würden, wollte er seine Hand nicht ins Feuer legen. Auch in holländischen Dealerkreisen hatte sich herumgesprochen, dass deutsche Staatsanwälte in ihrem Bestreben, den Drogensumpf auszutrocknen, immer wieder versuchten, verhaftete Rauschgiftkuriere als Aufklärungsgehilfen zu nutzen. Denjenigen, die bereit waren, Hintermänner und Drahtzieher zu nennen, bandenmäßige Organisationsstrukturen und Schmuggelwege zu offenbaren und willens waren, als Kronzeugen der Anklage vor Gericht aufzutreten, versprach man regelmäßig Strafmilderung, gelegentlich sogar Straffreiheit für die eigenen Taten. Da Piet also nicht sicher ausschließen konnte, dass seine Identität und der Umfang seiner Rauschgiftgeschäfte einem der beteiligten Staatsanwälte bekannt geworden war, musste er vorsichtig sein. Es war ihm klar, dass man in diesem Falle in Deutschland ein Ermittlungsverfahren gegen ihn eingeleitet, einen Haftbefehl erwirkt und ihn im Rahmen der Personenfahndung zur Festnahme ausgeschrieben hätte. Mit ziemlicher Sicherheit wäre auch sein Fahrzeug in die Sachfahndung einbezogen worden. War er aber erst einmal im EDV-Fahndungssystem und im Deutschen Fahndungsblatt –INPOL– oder gar international – bei INTERPOL– registriert, konnte er einen Grenzübertritt mit seinen Papieren und seinem Kraftfahrzeug nicht mehr wagen, ohne Gefahr zu laufen, festgenommen zu werden. Daher beschloss er, sich vor seiner Fahrt nach Deutschland zunächst gefälschte Ausweispapiere zu beschaffen. Seinen aufgemotzten Lamborghini stellte er vorübergehend in die Garage. Mit den falschen Papieren wollte er sich später einen unauffälligen Passat-Kombi leihen.

11. Kapitel

Nach dem Abendessen an Bord schlug Marie vor, in die Stadt zu gehen. »Dazu habe ich keine Lust«, sagte Julia. Sie sah, dass noch etliche Busse am Ufer parkten und viele Touristen vor den Häusern der Moselfront auf und ab spazierten. Ihr war der Ort einfach zu voll. So gingen Marie und Uwe schließlich allein über die Brücke ans andere Ufer. Uwe, der während seiner Zeit als Rechtsanwalt oft auch Mandanten von der Mosel vertreten hatte, führte Julia geradewegs am Amtsgericht vorbei, um ihr eine Städte seines früheren Wirkens zu zeigen. Er war immer gern zu Sitzungen nach Cochem gefahren. Er mochte diese Autofahrten entlang der Mosel, weil er die überwältigende Flusslandschaft liebte. Während der Fahrt konnte er sich mental auf die bevorstehende Hauptverhandlung vorbereiten und sein Plädoyer überdenken. Voraussetzung war natürlich, dass die Beweisaufnahme so lief, wie er sich das ausmalte.

Der damalige Amtsgerichtsdirektor war ein jovialer Mann. Er hatte ein gesundes Gefühl für Recht und Gerechtigkeit und verstand es gleichermaßen zu arbeiten und zu leben. So kam es, dass er die mittäglichen Sitzungspausen immer großzügig bemaß und Rechtsanwalt und Sitzungsvertreter der Staatsanwaltschaft Koblenz einlud, mit ihm gemeinsam auf die andere Moselseite zu spazieren. In der in Cond liegenden »Brixiade« wurde dann ein meist vorzügliches Essen eingenommen. Eines seiner Hauptvergnügen war es dann, seinem alten Freund, dem Wirt Brixius, die Gäste aus Koblenz mit großer Geste vorzustellen. Dieser wiederum nahm das zum Anlass, einen guten Tropfen Cochemer Rosenberg oder Arzlay auszuschenken. Wer die Verfahrensbeteiligten bei ihrem fröhlichen Miteinander während der Mittagspause beobachtet hatte, konnte eigentlich nicht mehr so recht glauben, dass sie, kaum hatte die Nachmittagssitzung begonnen, wieder aufeinander herumhackten, sich austricksten und aufführten, als wären sie die härtesten Gegner der Welt. Nun, das war Vergangenheit und Uwe wollte seine Schwägerin nicht länger mit alten Justiz-Geschichten langweilen. So überquerten sie auf einer kleinen Brücke im Ort die »wilde Endert«, einem nach Regenperioden gelegentlich zum Wildwasser anschwellenden Bach, und kamen in die Fußgängerzone. Zuvor besichtigten sie das Enderttor von 1322, ein Teilstück der alten Stadtmauer aus dem frühen 13. Jahrhundert und schlenderten an der »Alten Thorschenke«, die regionale Spezialitäten und Weine aus eigenem Anbau anbietet, vorbei. Der unweit davon liegenden Talstation der zum Pinnerkreuz, einem famosen Aussichtspunkt, führenden Sesselbahn schenkten sie keine größere Aufmerksamkeit. Marie sah sich lieber die Auslagen der vielfältigen Geschäfte an. Als sie merkte, dass sich Uwe mehr für die aus einer Diskothek dringenden Salsaklänge interessierte, schleppte sie ihn kurzerhand auf die Tanzfläche. Uwe, der Salsa lieber hörte, als auf seinen Rhythmus zu tanzen, war froh, als der Discjockey »Nights in White Satin« von den Moody Blues auflegte. So bewegten sie sich langsam und eng umschlungen auf der kleinen Tanzfläche, schmiegten sich aneinander und fühlten sich wie zwei Jungverliebte. Irgendwie war klar, dass ihr Tanz nicht ewig dauern konnte und sie aufs Schiff zurück mussten. Und so machten sie sich wieder auf den Weg, schlichen in ihre Kojen und träumten davon, wie es hätte weitergehen können.

12. Kapitel

Am späten Vormittag des nächsten Tages radelten sie nach Moselkern, durchquerten das Dorf und bogen dann in das dahinterliegende Tal ab. Als sie am Ende des befahrbaren Tals das Flüsschen Elz erreichten, legten sie die Räder auf einer Kiesbank ab und gingen zu Fuß weiter.

Eine gute Stunde wanderten sie über den felsigen, aber gut ausgebauten Weg durch das lauschige Elzbachtal. Es war schattig und still dort. Unten murmelte die Elz. Nur gelegentlich, wenn ein paar größere Steine den Weg des Wassers versperrten oder das Gefälle stärker wurde, begann der Bach zu säuseln und zu rauschen. Hier und da drangen einige Sonnenstrahlen durch das sattgrüne, dichte Laub der Bäume. Die flackernden Lichtpunkte huschten über den Waldboden und den Bach. Begleitet vom klaren Gesang einer Singdrossel kletterten sie bergaufwärts. Plötzlich standen sie vor der zuvor vom Wald verdeckten, auf einem Felsen thronenden Burg Eltz. Der Anblick des hochaufragenden, mit Giebeln, weiß bemalten Erkern und schiefergedeckten Türmchen filigran bestückten Bauwerks versetzte sie in eine andere Zeit. Mit den drei um den Innenhof gebauten Geschlechterhäusern ist die Burg, die seit dem Jahre 1157 Stammsitz der Grafen von Eltz ist, geradezu das Idealbild deutscher Burgenromantik. Bilderbuchburg ist sie aber nicht nur von außen. Auch das Gebäudeinnere ist sehenswert. Die drei warteten daher, bis die nächste Führung losging. Die lebhaft vorgetragenen Anekdoten, Legenden und Sagen und die Erklärungen über die Entstehung bekannter Sprichwörter wie »Einen Zahn zulegen« oder »Eine Lanze brechen« waren ebenso interessant wie amüsant. Wer nicht so sehr auf Militärisches fixiert ist und auch von anderem als einer Waffenkammer mit Hellebarden, Spießen, Schwertern und Rüstungen begeistert werden kann, wird sich im Fahnensaal, dessen Decken-

Burg Eltz

gewölbe, dem grün gekachelten Kamin, dem anheimelnden Sitzplatz oder der mit Gold- und Silberarbeiten reich ausgestatteten Schatzkammer wohler fühlen, als zwischen den ganzen Mordinstrumenten. Neben wertvollen Gobelins und kostbaren Tafelbildern war auch ein Madonnenbild von Lukas Cranach dem Älteren zu bewundern. In den vierzig Minuten der Burgführung lernten Julia, Uwe und Marie mehr über das Mittelalter als in mehreren Stunden Geschichtsunterricht während ihrer Schulzeit.

13. Kapitel

Piet hielt ständig brieflichen Kontakt zu Henja. Da er gehört hatte, dass die in die Justizvollzugsanstalt an Untersuchungshäftlinge gerichteten Briefe vor Aushändigung von dem mit der Sache befassten Staatsanwalt geöffnet und gelesen wurden, achtete er peinlich darauf, keine verfahrensrelevanten Dinge anzusprechen. Nur so konnte er verhindern, dass seine Post beschlagnahmt wurde. Als Absenderanschrift nutzte er regelmäßig einen Aliasnamen und eine Scheinadresse. Über das Verfahren, den Ermittlungsstand und das taktische Verhalten in der bevorstehenden Gerichtsverhandlung vor der Strafkammer des Landgerichts sollte ein Rechtsanwalt mit Henja sprechen. Piet hatte einen ihm bekannten Anwalt aus Amsterdam beauftragt, einen deutschen Kollegen ausfindig zu machen, der auf Rauschgiftdelikte spezialisiert war. Der »Rechtsverdreher« sollte der Cleverness mehr verpflichtet sein als dem Gesetz. Schon bald war der niederländische Advokat auf eine Rechtsanwaltskanzlei im Bonner Raum gestoßen. Einen der Teilhaber, Rechtsanwalt Michael Lachmann, der sich ausschließlich mit Straftaten gegen das Betäubungsmittelgesetz befasste, beauftragte er mit der Vertretung Henjas. Sein Verteidigungskonzept war so angelegt, dass er Staatsanwälten und Richtern Teilgeständnisse seiner Mandanten in Aussicht stellte. Damit war ein kurzer Strafprozess ohne ausufernde Beweisaufnahme ziemlich sicher. Da er wusste, dass die permanent überlasteten Staatsanwälte und Strafrichter aus Gründen der Zeitersparnis nahezu immer darauf eingehen würden, hatte er mit seiner vielfach erprobten Vorgehensweise meist Erfolg. Für seine Mandanten zahlte sich das aus. Sie waren mit ihrem Anwalt und seiner Masche zufrieden. In Gerichtsverhandlungen gaben sie in der Regel nur zu, was ohnehin durch vorhandene Beweismittel, wie z.b. Zeugenaussagen, aufgezeichnete Gespräche aus der Telefonüberwachung, sichergestellte und beschlagnahmte Rauschgiftmengen und die zu deren Wirkstoffgehalt erstatteten Gutachten, nachzuweisen war. Mit seiner Taktik gelang es dem Strafverteidiger oft auch, die eigentlichen Hintermänner der Drogengeschäfte aus den Verfahren herauszuhalten. Deren Namen wurden während der Hauptverhandlung erst gar nicht genannt. Wurden auf staatsanwaltschaftliche Nachfrage ausnahmsweise einmal andere Personen aus dem Rauschgiftmilieu ins Spiel gebracht, handelte es sich garantiert um Fantasiefiguren. Diese Verteidigungsstrategie sagte Piet zu. Der Anwalt und seine Masche gefielen ihm. Pluspunkte gewann er auch dadurch, dass er unmittelbar nach Beauftragung und Vorschusszahlung – ohne Schuss kein ius – für sich per Telefax eine Besuchserlaubnis bei der Staatsanwaltschaft Frankfurt beantragte und versprach, Henja gleich am nächsten Tag im Untersuchungsgefängnis aufzusuchen. Dem sympathischen Rechtsanwalt Lachmann war es bei dem Gespräch mit Piet zugleich gelungen, zwei seiner Kanzleipartner, die Anwälte Luchs und Fromm, als Verteidiger für die ebenfalls in Deutschland inhaftierten Kumpel Geert und Dirk zu empfehlen. Seine wortreich vorgetragene Versicherung, nur auf diese Weise könne sichergestellt werden, dass Piet immer über den Stand und den Verlauf aller drei Ermittlungsverfahren informiert sei, leuchtete diesem ein und nahm ihm das unsichere Gefühl des Nichtwissenden. Das Versprechen von Rechtsanwalt Lachmann, ihm nach erfolgter Akteneinsicht die Ermittlungsakten aller drei Verfahren zu kopieren und Ablichtungen zur eigenen Durchsicht vorzulegen, fand er genial. Das eröffnete ihm die Möglichkeit, sich über bislang ohne sein Wissen erfolgte Durchsuchungen, Beschlagnahmen, Zeugen- und Beschuldigtenvernehmungen einschließlich der aus etwaigen Telefonüberwachungsprotokollen aufgezeichneten Gespräche eingehend zu informieren.

14. Kapitel

Früh am Morgen trieb Uwe ein unbestimmtes Gefühl aus dem Bett. Um seine Mitfahrerinnen nicht zu wecken, schlich er leise aus der Koje, schob behutsam die durchsichtige Einstiegsklappe über dem Niedergang zurück und stieg aufs Deck. Die Nacht hatte die Schwüle des vergangenen heißen Tages verdrängt. Über

Blick zurück auf Cochem

die Mosel zogen leichte Nebelschwaden. Morgentau hatte sich auf dem Schiffsdeck niedergeschlagen. Alles war nass und feucht. Auf dem Nachbarschiff war der Skipper schon dabei, den Tau auszunutzen, sein Boot zu reinigen und dann trocken zu wischen. Uwe holte aus der Backkiste den Baumwollmopp, schraubte ihn an den Alustiel und tat es ihm nach. Ein paar schon vorbeispazierende Touristinnen waren von dem Anblick richtig angetan. Lautstark machten sie ihre Männer auf die beiden Putzteufel mit der Bemerkung: »Das müsstet ihr zu Hause doch auch mal bringen!«, aufmerksam. Nachdem Uwe die Kajütdächer, die Fenster und sogar das Teakdeck gereinigt hatte, stieg ihm von unten der Geruch von Eiern mit Speck in die Nase. Er bedauerte es daher nicht, dass die beiden Damen von den, trotz aller Rücksichtnahme, ins Schiffsinnere dringenden Arbeitsgeräuschen geweckt worden waren und ein opulentes Frühstück bereitet hatten.

Immer eine »Handbreit Wasser unter dem Kiel«, wünschten die beiden Nachbarlieger, als sie gegen 10 Uhr den Hafen Cochem verließen. Hinter der engen Flussbiegung bei Sehl wurde die Mosel etwas breiter. Während der nächsten halben Stunde passierten sie die Moselorte Valwig, Ernst und Bruttig und beobachteten hinter den Baumreihen am Ufer die steil ansteigenden Weinberge der Spitzenlagen Herrenberg und Pfarrgarten. Nach vierzig Minuten erreichten sie die Schleuse Fankel bei Stromkilometer 59,5. Vor der *Andrea Doria* hatte das Motorschiff »Vaya Con Dios« im vorderen Bereich der Schleuse festgemacht. Dahinter war noch reichlich Platz. In nur 30 Minuten war der Schleusenvorgang abgeschlossen. Nachdem sie sich über UKW-Kanal 81 bei den Schleusenwärtern für die prompte Bedienung bedankt hatten, liefen sie weiter stromaufwärts. Am Ende der nun folgenden geraden Flussstrecke lag das »Dornröschen der Mosel«, der romantische Ort Beilstein. Das im Jahre 1268 erstmals erwähnte Dorf hat noch heute den Charakter einer mittelalterlichen Siedlung. Außer den Häusern an der Moselfront und den auf der Ebene dahinter stehenden, sich eng ans Tal schmiegenden Gebäuden, prägt der darüber liegende Klosterberg mit der Kirche der Karmeliter das einzigartige Ortsbild. Den stimmungsvollen Hintergrund bietet die rechts vom Ort über einem kleinen Buschwald und Weinbergen liegende Burgruine Metternich. Gleich hinter den Anlegern für die Personenschifffahrt wartete der Fährmann auf seiner frisch gestrichenen Fähre auf Gäste.

Und diese kommen reichlich. Dafür, dass an dieser schiffshistorisch bedeutsamen Stelle bereits im Jahre 1129 die erste Moselfähre über den Fluss gependelt ist, interessierten sich die wenigsten Besucher. Ja, das waren noch Zeiten, als die Moselaner mit Gierfähren den Fluss überquerten. Damit sich diese Fähren bewegten, hatte man an beiden Seiten der Mosel Türme errichtet und ein Drahtseil dazwischengespannt. Etwa in der Mitte der Fähren wurde dann ein zweites Seil befestigt, das mit dem Hochseil verbunden war. Am Ende des Fährseils war eine Rolle, die über das Hochseil lief. Sobald der Fährmann seine Fähre quer

Moselort Beilstein mit Fähre

zum Strom stellte, drückte die Strömung sie gemächlich auf das gegenüberliegende Ufer. Das ging langsam, aber die Menschen hatten keine Eile. Spätestens mit der Moselkanalisierung und dem Bau der Staustufen verschwanden die umweltschonend betriebenen Fähren. Die Strömung des Flusses war einfach zu schwach geworden.

Direkt gegenüber der Fähre, zwischen dem Wirtshaus »Alte Stadtmauer« und dem Hotel »Villa Beilstein«, führt der Weg in den mittelalterlichen Stadtkern. Vorbei an liebevoll restaurierten Fachwerkhäusern mit steilen, schiefergedeckten Satteldächern geht man durch verwinkelte Gassen zu dem malerischen Marktplatz aus dem Jahre 1322. Ganz in der Nähe findet sich das alte Amtshaus und das Winneburger Zehnthaus von 1577, in dem heute ein Weinmuseum untergebracht ist. Um die aus dem 12./13. Jahrhundert stammende »Schwarze Madonna«, die Spanier nach dem dreißigjährigen Krieg in Beilstein zurückgelassen haben, zu sehen, muss man die 112 Stufen zur Klostergruppe mit der spätbarocken Kirche der Karmeliter erklimmen. Vom

Klostertreppe in Beilstein

Klosterberg führt ein direkter Weg zur Burgruine Metternich. Hier eröffnet sich ein herrlicher Blick über das Moseltal. Der unweit dahinter liegende Judenfriedhof mit über hundert verwitterten Grabsteinen zeugt davon, dass Ritter Johann von Braunshorn bereits im Jahre 1309 jüdische Familien angesiedelt hat. Ein sehenswerter Ort der Ruhe.

Trotz des schiffigen Hintergrunds des auch bei Filmemachern – z.B. »Moselfahrt aus Liebeskummer«; »Der fröhliche Weinberg«; »Wenn wir alle Engel wären« beliebten Moselorts, gibt es keine Anlegemöglichkeit für Sportboote. Der nächste Hafen für Sportboote ist in Senheim. Die sieben Kilometer bis dorthin fuhren Uwe, Julia und Marie an Briedern und Mesenich vorbei, in ruhiger Fahrt. Eine knappe Stunde später liefen sie in den Schutzhafen ein. Da die Plätze am Seitensteg besetzt waren, machten sie an einem freien Platz des Mittelstegs, gleich unterhalb des Hafenbüros und der angrenzenden Gaststätte, fest. Es war noch früh am Tag. Also packten sie die Räder aus und fuhren nach Beilstein, wo sie sich bereits zwanzig Minuten später in einem gepflegten Lokal an der Moselfront gastronomisch verwöhnen ließen.

15. Kapitel

Dass er seine Drogengeschäfte auch nach der Verhaftungswelle fortführen wollte, besprach Piet mit den Anwälten nicht. An einem der nächsten Abende ging er ins »Walletjes«, den weltberühmten Rotlichtbezirk Amsterdams. Über den Ouderzijds Achterburgwal drängelten sich tausende von Touristen aus aller Herren Länder. Da, wo halbnackte »leichte« Mädchen von Innen an die rot beleuchteten Bordellscheiben klopften, um Männeraugen auf ihre sexuellen Reize zu lenken, bildeten sich Menschentrauben. Offensichtlich war die Fensterprostitution für viele interessanter als alle Rembrandts und van Goghs, die in Amsterdamer Museen auf Betrachter warteten. Man sah Paare, vereinzelt Frauen, aber überwiegend hin- und herlaufende Männer. Einige waren sportlich und lässig angezogen. Andere trugen Business-Klamotten. Die Bessergewandeten wirkten wie Vorsitzende des Betriebsrats einer deutschen Auto-AG beim jährlichen Betriebsausflug. Ob die ihre Lustreisen später unter »Vertrauensspesen« abrechnen konnten? Alles möglich. Aber wo immer die Leute auch herkamen und wer immer sie waren: Alle begafften die hinter den Schaufensterscheiben in sexuell aufreizenden Posen sitzenden, auf Kundschaft wartenden, zum Teil blutjungen und bildhübschen Prostituierten oder die gut gebauten Jünglinge für gewisse Stunden. Wie die minutenlang geschlossenen Vorhänge vor den dahinter liegenden Bumsstübchen zeigten, ließen es viele der Besucher nicht beim bloßen Anschauen bewenden.
Obwohl Piet, dessen Sexualleben sich seit Henjas Verhaftung auf Null reduziert hatte, das Schauspiel interessiert verfolgte und auch

von mehreren in den Eingängen zu ihren Etablissements sitzenden Mädchen gezielt animiert wurde, erlag er der Verlockung nicht. Unbeirrt setzte er seinen Weg durch den Wijde Kerksteeg fort. Durch die düstere Gasse ging er zu der im Erdgeschoss eines Hinterhauses gelegenen Kleindruckerei eines ihm bekannten Bordellbetreibers und Passfälschers namens Gorbi. Nachdem man sich über den Preis einig geworden war, bestellte Piet Ausweis und Führerschein. Beide Papiere sollten auf den Namen seines vor Jahren nach Indonesien ausgewanderten Cousins Mark Velder ausgestellt und möglichst bald geliefert werden.

16. Kapitel

Das Boot war auf dem Weg vom Atlantik zum Pazifik und durchsegelte gerade die tosende Hölle vor Kap Hoorn. Uwe stand am Ruder und umklammerte es fest. Er sah nur wenig. Immer wieder spritzte ihm die überkommende Gischt in die Augen. Im Cockpit stand das Wasser zwanzig Zentimeter hoch und lief zu langsam ab. Die Lenzklappen waren überfordert. Vom Südwester und dem Ölzeug triefte das Wasser wie in Gießbächen herunter. Obwohl er den Lifebelt an einem Bügel unter der Steuersäule eingehakt hatte, musste er sich mit dem rechten Fuß am Deck abstützen. Trotz stark gereffter Segel zog die Leereling durchs Wasser. Achtern türmten sich riesige Wellen auf, liefen auf das Heck zu und hoben es steil in die Höhe. Dann raste die Ketsch abwärts in ein tiefes, dunkles Wellental und tauchte mit Bug und Decksaufbauten in die aufgewirbelten Fluten. Es dauerte unendlich lange, bis sich die Schiffsnase aus den weißen Schaumkronen hob und die nächste Welle erklomm. Uwe war voll konzentriert und hielt Kurs. Wenn es sein musste, gab er Stützruder. Das Boot durfte nicht querschlagen. Von allen Seiten kam Wasser über. Es sprühte, spritzte,

gluckste und rauschte. Das lang anhaltende Wasserplätschern ließ Uwe aus seinem Traum erwachen. Benommen fuhr er hoch, stieß sich den Kopf an einer offenstehenden Luke der Bordwand. Langsam kam er zu sich. Wassereinbruch? Sank das Schiff?
Nach und nach realisierte er, dass er nicht am Kap der Stürme war. Sein Motorkreuzer lag gut vertäut und sicher im Hafen von Senheim. Nur das Wasserplätschern, das nach wie vor zu hören war, irritierte ihn noch. Regnete es in Strömen? Ungewöhnlich bei diesem vorausgegangenen schönen Sommertag. Nach dem letzten Wetterbericht bewegten sie sich inmitten eines stabilen Hochdruckgebiets. Auch beim letzten Blick auf das Schiffsbarometer stand dies auf »schön«. Um sich zu vergewissern was los war, zog Uwe den weißen Vorhang vor der Ausstiegsluke am Heck beiseite und blickte hinaus. Mitten durch die wohlgeformten Beine seiner Schwägerin, die nackt auf der Badeplattform stand und duschte, sah Uwe fast bis zum Bermuda-Dreieck. Lange genießen konnte er diesen berauschenden Anblick jedoch nicht. Mit der schneidigen Bemerkung: »Nun hast du aber lange genug geglotzt!«, zog Julia, die ebenfalls wach geworden war und die Situation mit einem Blick erfasst hatte, den Vorhang vor der Sichtluke zu. Uwe kam sich wie ein heimlich ertappter Spanner vor. Des lieben Frieden willens ließ er den Vorhang geschlossen. Um die getrübte Stimmung nicht weiter aufzuheizen, blieb er so lange liegen, bis er Marie in der Küche hantieren hörte. Julia saß ziemlich wortkarg beim Frühstück. Dem fröhlichen und aufheiternden Charme ihrer jüngeren Schwester konnte sie indessen nicht lange widerstehen, so dass sich auch ihre Stimmung wieder zusehends verbesserte. Trotzdem wollte sie nicht allein in den Ort gehen, sondern bat Uwe und Marie sie dorthin zu begleiten.

Nachdem sie sich im »Schinkenkeller« mit frisch geräuchertem Schinken eingedeckt hatten, verließen sie Punkt 11 Uhr den Hafen. Beim Zahlen des Liegegelds war Uwe aufgefallen, wie schöpferisch die Betreiberin der Hafenanlage und des angrenzen-

Schinkenkeller Senheim

den Campingplatzes die Umstellung der Deutschen Mark auf den Euro gelöst hatte. Auf ihren alten, wohl in großer Zahl gedruckten und noch vorhandenen Quittungsformularen hatte sie einfach den Zusatz EUR = DM angebracht. Ihre Einkünfte hatte sie nach Einführung des Euro damit schlagartig verdoppelt.

Das heutige Ziel lag nur etwa 36 km stromaufwärts: Traben-Trabach. Die Luft war mild. Der Duft von frisch gemähtem Gras wehte vom Ufer herüber. Ein paar freundliche Schäfchenwolken verhinderten nicht, dass die Sonne das Weinlaub in den Hängen beleuchtete und die Wasseroberfläche gold und silbern glitzern ließ. Auf der Insel Taubengrün, an der sie alsbald entlang fuhren, standen drei Fischreiher unbeweglich vor den Weidenbüschen und warteten geduldig auf Beute.

Vorab fuhr das Motorschiff »Patrick« zu Berg. Es war schneller als die *Andrea Doria*. Obwohl Uwe sofort der Gedanke kam, hinter dem 120 Meter langen Motorschiff herzufahren, um damit ein

Fischreiher am Ufer (© Conny Bruchhäuser, WAKAN-MATO, Fotografie/Fotodesign)

schnelles Fortkommen zu sichern, behielt er die Fahrgeschwindigkeit bei. Schließlich hatten sie Zeit, wollten die einzigartige Kulturlandschaft bei langsamer Fahrt genießen und keine »Strecke machen«. Hinter dem großen Moselbogen bei Nehren entdeckten sie mitten in den Weinbergen die beiden säulenumrandeten Vorhallen der malerisch hoch über der Mosel stehenden römischen Doppelgrabkammer. Neben den eigentlichen Grabkammern findet sich hier der einzige in seiner Originalbemalung erhaltene Raum der Antike im Rheinland. Durchs Fernglas entdeckte Julia einige weiß gekleidete Damen und mehrere feierlich angezogene Männer. Die Bootsreisenden vermuteten daher, dass eine Hochzeitsgesellschaft die Räumlichkeiten für ihr Fest gemietet hatte. Keine schlechte Idee. Etwa eine halbe Stunde nach

Blick vom Calmont auf die Moselschleife

Fahrtbeginn lag am rechten Ufer der Weinort Ediger. Ein stabiler Gästesteg lud zum Verweilen ein. Im Hinblick auf die kurze Teilstrecke die sie bislang zurückgelegt hatten, entschlossen sie sich jedoch, die spätgotischen Häuser mit den Schwebegiebeln, die Reste der alten Stadtmauer, die spätgotische Kirche und das Steinrelief »Christus in der Kelter« in der über den Weinbergen liegenden Kreuzkapelle ein andermal zu besichtigen.

So fuhren sie weiter nach Eller, dem Weinort mit dem steilsten Weinberg der Welt, wo sich die Winzer in einem 65° steilen Hang abrackern müssen. Den 378 Meter hohen Calmont kann man besteigen. Der etwas mühsame Aufstieg, den nur schwindelfreie und trittsichere Wanderer unternehmen sollten, ist lohnenswert. Auf der Bergspitze angekommen hat man eine atemberaubende Aussicht ins Tal. Uwe, Julia und Marie tuckerten jedoch weiter. Vor ihnen lag jetzt die Moselschleife bei Bremm.

Klosterruine Stuben

Mitten in der Flussbiegung steht einsam und verlassen ein verfallenes, von Rebstöcken umsäumtes Gemäuer. Julia, die sich natürlich schlau gemacht hatte, erklärte, dass es sich um die Ruine der 1658 erbauten Klosterkirche des Augustinerstifts Stuben handele. William Turner, der wohl berühmteste englische Maler der Romantik, hat den idyllischen Ort auf einer seiner beiden Moselreisen eindrucksvoll gemalt.

Heute war der stille Ort belebt. Einige Familien hatten sich am Ufer vor dem verfallenen Kirchenschiff niedergelassen und einen lauschigen Badeplatz gefunden.

Lachende Kinder, die bis zum Bauch im Wasser standen oder auf Luftmatratzen trieben, winkten fröhlich.
Es dauerte nicht lange, bis die Schleuse St. Adelgund vor ihnen auftauchte. Zunächst war eine Gegenschleusung abzuwarten. Danach konnte Uwe gemeinsam hinter dem Motorschiff »Patrick« und zwei weiteren Sportbooten in die 170 m lange Schleusen-

kammer einfahren. Das Durchschleusen klappte jetzt schon routiniert, so dass sie bald den Moselort Alf erreichten. An der großen Kaimauer des Schutzhafens entdeckten sie das neue Boot eines Koblenzer Stegnachbarn, der ebenfalls moselaufwärts fuhr und hier mit seiner Frau ein Kaffeestündchen einlegte. Auch er hatte die *Andrea Doria* erkannt und winkte sie heran. Da Julia, Marie und Uwe die gemütliche Kaffeepause nicht stören wollten, gingen sie nicht längsseits. Nach der Feststellung, dass sie den gleichen Zielhafen anlaufen wollten, verabredeten sie sich dort für den Abend. Gleichzeitig wurde vereinbart, dass diejenigen, die den Hafen zuerst erreichten, auch einen Liegeplatz für das zweite Boot reservieren sollten.

Nach dem kurzen Klönschnack ging es weiter. Schon bald waren sie auf der Höhe von Merl. Über dem Weinort erhebt sich einer der schönsten romanischen Kirchtürme des Moseltals. Der durch drei Gurtgesimse und zwölf Rundbogenfenster gegliederte Turm steht einsam und allein vor dem Friedhof. Die einstmals zu dem aus dem 12. Jahrhundert stammenden Turm gehörende Kirche ist vor etwa 200 Jahren abgerissen worden. Die sich rechts und links neben dem Turm bergauf erstreckenden Weinberge und das Ortsbild weckten bei Uwe frühe Kindheitserinnerungen. Zu den geschmacklich bevorzugten »Tröpfchen« seines lange verstorbenen Vaters gehörte der »Merler Adler«. Da es dem alten Herrn besonderes Vergnügen bereitete, seine Weine direkt bei einer ihm inzwischen gut bekannten Winzerfamilie zu erwerben, gab es jedes Jahr, nachdem der neue Jahrgang abgefüllt und bei einer Kellerprobe verkostet werden konnte, eine Autofahrt nach Merl. Nach einer munteren Weinprobe ging es dann wohlgelaunt, den Kofferraum randvoll mit Wein bepackt, nach Hause zurück. Gut, dass damals während der Woche noch wenig Verkehr auf der Moselstraße herrschte und Alkoholkontrollen selten waren.
Während Uwe noch von längst vergangenen Zeiten träumte, entdeckte Julia das inmitten der Weinberge gelegene Wahrzeichen der

vor ihnen liegenden Stadt Zell: die »Schwarze Katz«. Der Legende nach kamen vor vielen Jahren Weinhändler aus Aachen nach Zell. Bei der Kellerprobe soll dann eine schwarze Katze auf ein Holzfass gesprungen sein. Mit gesträubtem Fell habe sie buckelnd und fauchend verhindern wollen, dass Wein aus diesem Fass entnommen wurde. Später hat sich dann herausgestellt, dass gerade dieser Wein, der später nach der Katze benannt wurde, von besonderer Qualität und Güte war. Vielleicht ist die »Schwarze Katz« auf diese Weise die bekannteste Weinlage der Mosel geworden. Jedenfalls ist Zell auch heute noch mit über 6 Millionen Weinstöcken die größte weinbaubetreibende Gemeinde im Moselland.

Kurz entschlossen machten sie an einem der hinter der Brücke liegenden Gästestege fest und begannen den Ort zu Fuß zu erkunden. Vom über der Stadt stehenden »Runden Turm«, einem übrig gebliebenen Teilstück der im Jahre 1229 erbauten Stadtmauer, genossen sie einen schönen Rundblick über die, worauf der Name *cella* schließen lässt, von den Römern gegründete Stadt, den Fluss und das gegenüberliegende Kaimt. Der Abstieg führte dann an dem aus dem Jahre 1542 stammenden trierischen Residenzschloss vorbei. Später ließen sie sich an einem der vor dem Weinhaus am Marktplatz im Freien stehenden Tische mit Blick auf den Katzenbrunnen nieder. Am oberen Rand des Wasserbeckens findet sich der Spruch. »He steht ferm wie en Zeller in dem Hamm«. Zurückzuführen ist der Spruch darauf, dass sich Mannen aus Zell, die im Jahre 1532 Trier gegen die anstürmenden Truppen des Franz von Sickingen verteidigten, als besonders standhaft erwiesen hatten. Nachdem Uwe, Julia und Marie ihren Durst mit einer Weinschorle gestillt hatten, gingen sie zum Boot zurück, machten die Festmacherleinen los und durchfuhren die große Schleife an Briedel vorbei bis Pünderich.

Um das besonders schöne Fachwerkensemble mit dem 350 Jahre alten Fährhaus gebührend bewundern zu können, nahm Uwe das

Fährhaus Pünderich

Gas weg und hielt das Boot gegen die leichte Strömung auf der Stelle. Alle waren überrascht, dass sich die sonst ständig mäandernde Mosel hinter der Kehre entschlossen hatte, ausnahmsweise einmal ein paar Kilometer geradeaus zu fließen.

Nach einer knappen Stunde Fahrt kam Enkirch in Sicht. Die Schleusentore waren geöffnet. Die beiden parallelen Lichter zeigten Grün. So fuhren sie, nachdem sie sich beim Schleusenpersonal über Funk angemeldet hatten, direkt in die Kammer. Nach zwanzig Minuten waren sie oben und konnten beim Auslaufen bereits den Schutzhafen Traben-Trabach sehen. An der Steganlage empfing sie die nette Hafenmeisterin der Firma »boote polch« und zeigte ihnen den Liegeplatz. Der Stegnachbar aus Koblenz, der sie bei ihrem Aufenthalt in Zell unbemerkt überholt haben musste, hatte schon alles klar gemacht.

Blick über den Hafen Traben-Trabach nach Enkirch

17. Kapitel

Um 7 Uhr 45 betrat Oberstaatsanwalt Börner, der »Betäubungsmittelpapst« der Staatsanwaltschaft Frankfurt, sein Büro. Kaum hatte er die Tür hinter sich geschlossen und die drei riesigen Stapel aufgeschichteter Rotakten auf der Ablage hinter seinem Schreibtisch entdeckt, fing er an zu fluchen: »Scheiß Justiz!«. Seit Jahren stiegen die Fallzahlen und damit die Bearbeitungszeiten. Die enorme Arbeitsverdichtung führte zu Qualitätsverlusten. Die Zeitspanne, die zur Bearbeitung des Einzelfalles verblieb, wurde immer kürzer. Einschlägige Kommentarstellen wurden nur noch überflogen. Beiträge in Fachzeitschriften blieben ungelesen. Rechtsprechungsübersichten wurden anhand von Leitsätzen aufgenommen. Wer sein Pensum schaffen wollte, musste sich dranhalten. Zeit, Rechtsprobleme mit der gebotenen Sorgfalt zu lösen, blieb nicht. Fehler häuften sich. Fallakten wurden nicht mehr akribisch be-, sondern so schnell es ging abgearbeitet. Akkordarbeit, natürlich unvergütet, war gefragt. Kaum ein Staatsanwalt kam ohne Wochenendarbeit aus. Einige erschienen auch samstags regelmäßig in ihren Büros. Andere nahmen sich die Akten mit nach Hause und bearbeiteten sie dort. Die von der Justizverwaltung übergestülpten, nicht ausgereiften oder wenig brauchbaren EDV-Programme brachten Mitarbeiter zur Verzweiflung. Von der viel bemühten Beschleunigung der Arbeitsabläufe konnte keine Rede sein. Überflüssige Berichtsanforderungen des Justizministeriums verschlangen kostbare Arbeitszeit und verursachten darüber hinaus Frust. Stromlinienförmige und servile Behördenleiter redeten das Dilemma schön und betonten bei jeder Gelegenheit gegenüber dem Justizministerium: »Die Arbeitsbelastung ist hoch. Aber wir schaffen das schon!« Staatsanwälte, die dem ständigen Druck nicht mehr gewachsen waren, setzten sich zu den Gerichten ab oder versuchten, dies zu tun. Statt dringend benötigte junge Juristen einzustellen, vertröstete die Ministerialverwaltung die auf den Missstand hinweisenden Staatsanwaltschaften mit wachsweichen Durchhalteparolen und Schönbetereien. Das einfältigste, aber beliebteste Argument der Ministerialbeamten, die von Staatsanwälten insgeheim als »Verwaltungshengste«, »Klugscheißer« oder »Sesselfurzer« bezeichnet wurden, war der Hinweis auf die abgewirtschaftete Haushaltslage und den dadurch bedingten knappen Personalschlüssel. Aber, wenn die Richter vom Oberlandesgericht bei einem Haftprüfungstermin mal wieder einen gemeingefährlichen Schwerverbrecher aus der Haft entlassen hatten, weil es einem überlasteten Staatsanwalt nicht gelungen war, in einer Haftsache innerhalb der Sechsmonatsfrist Anklage zu erheben, kam es zu persönlichen Schuldzuweisungen seitens der Justizverwaltung. Erforderliche Schritte zur Beseitigung des eindeutigen Organisationsmangels wurden hingegen nicht ergriffen. Auch wenn Politiker aller Parteien bei jedem spektakulären Fall oder Strafprozess in den Medien schärfere Urteile forderten und gesetzliche Strafverschärfungen durchsetzen wollten: Für Neueinstellungen war kein

Geld da. Steuermilliarden wurden anderweitig verschwendet. Bei der Justiz wurde Personal weiter abgebaut. Die sogenannte »dritte Gewalt« verlor gegenüber Legislative und Exekutive zusehends an Bedeutung.

Aber was sollte das Gejammer? Oberstaatsanwalt Börner wollte seine Kraft nicht im Ärger über Ministerialbeamte und die für die Misere politisch Verantwortlichen vergeuden. Er zog sein Jackett aus, krempelte die Ärmel hoch und nahm sich die zuoberst liegende Haftsache zur Bearbeitung vor, Henjas Akte. Eingegangen war das beim hessischen Landeskriminalamt in Auftrag gegebene Gutachten über den Wirkstoffgehalt des bei Henja sichergestellten Kokains. Die Untersuchung hatte ergeben, dass es sich bei dem Stoff um ziemlich reines Kokain mit kleineren Milchzuckerbeimengungen handelte. Mangels größerer Verschnitte war der Wirkstoffgehalt sehr hoch. Das Nettogewicht war mit 390 Gramm festgestellt worden. Oberstaatsanwalt Börner überschlug, inwieweit die von der BGH-Rechtsprechung mit 5 Gramm Kokainhydrochlorid festgesetzte Grenzwertmenge vorliegend überschritten worden war. Dass dieser Wert weit über der »nicht geringen Menge« lag, bedeutete für Henja nichts Gutes. Für den Fall einer Verurteilung musste sie mit einer mehrjährigen Freiheitsstrafe rechnen. Da für Oberstaatsanwalt Börner, der die in Trier und Koblenz gegen die Mittäter anhängigen Verfahren nicht kannte, keine weiteren Ermittlungsansätze erkennbar waren, verfügte er den Abschluss der Ermittlungen. Danach übersandte er Rechtsanwalt Lachmann die vollständigen Akten zur Einsichtnahme, bat aber um deren baldige Rückgabe.

18. Kapitel

Nachdem Rechtsanwalt Lachmann die Ermittlungsakten durchgesehen hatte, lichtete er diese zweimal ab. Eine Aktenabschrift behielt er. Das andere Aktendoppel übersandte er Piet, damit er sich über den Verfahrensstand informieren konnte. Aus dem Akteninhalt ergab sich nun zweifelsfrei, dass Henja sowohl bei ihrer vorläufigen Festnahme durch Zollbeamte am Flughafen Frankfurt als auch bei ihrer Vorführung vor dem Haftrichter des Amtsgerichts keine Angaben zur Sache, sondern lediglich Angaben zu ihrer Person gemacht hatte. Auch bei der staatsanwaltschaftlichen Beschuldigtenvernehmung, bei der Rechtsanwalt Lachmann bereits zugegen gewesen war, hatte Henja beharrlich geschwiegen. Auf das verlockende Angebot von Oberstaatsanwalt Börner, ihr für den Fall von Angaben über Mittäter und Hintermänner der Betäubungsmitteltaten bei Gericht Strafmilderung zu verschaffen, war sie nicht eingegangen. Nicht einmal die unterschwellig vom Staatsanwalt in Aussicht gestellte Unterbrechung der Untersuchungshaft brachte sie dazu, gegen Piet auszusagen.
Auch in den Ermittlungsverfahren gegen die Rauschgiftkuriere Geert und Dirk, die von Dezernenten der Staatsanwaltschaften Koblenz und Trier zügig zum Abschluss gebracht worden waren, stand Anklageerhebung bevor. Da den Partnern von Lachmann, den Rechtsanwälten Lux und Fromm, ebenfalls Akteneinsicht gewährt worden war, wussten sie, dass Piet van der Valk in keinem der drei Fälle als Drahtzieher des Drogenhandels verraten worden war. Obwohl Piet bislang immer vorsichtig agiert hatte, fühlte er sich richtig gut, als er dies von den Anwälten hörte. Jetzt konnte er sich beruhigt logistischen Problemen widmen.

Seinen ersten Plan, die Schmuggelware zu verstecken, wenn die Eigner ihr Boot verlassen hatten, verwarf er bald wieder. Sicher war zu erwarten, dass Skipper ihr Boot zum Einkaufen, zur Besichtigung der angefahrenen Ortschaften und deren Sehenswürdigkeiten sowie zu gelegentlichen Radtouren für längere Zeit verlassen würden. In den meisten Sporthäfen lagen die Schiffe indessen so dicht nebeneinander, dass den Stegnachbarn ein unbekannter Besucher schnell aufgefallen wäre. In kleineren und überschaubaren Häfen wussten auch die Hafenmeister oft, wer zu welchem Boot gehörte. Nicht selten waren Häfen auch durch Zäune und Türen, die nur von denjenigen geöffnet werden konnten, die einen Schlüssel oder die Code-Nummer vom Hafenmeister erhalten hatten, gegen das unbefugte Betreten gesichert. Das Risiko, als Eindringling entdeckt zu werden, war daher einfach zu groß. Eine weitere Möglichkeit, die Piet erwogen hatte um den Transport seiner Drogen sicherzustellen, war, sich an die Schiffseigner heranzumachen und deren Vertrauen zu gewinnen. Dabei wollte er sich als weitgereister und weltoffener Fahrensmann ausgeben, der nur deshalb gerade nicht mit seinem Boot unterwegs war, weil dies eben jetzt mit einem Getriebeschaden auf der Dupont-Werft in Nancy lag. Die vergangenen zwei Wochen habe er mehrfach versucht, die Arbeiten zu beschleunigen. Aber gegen das Laisser-faire, die vergnügliche Lebensart und die lockere Arbeitseinstellung der Franzosen komme er einfach nicht an. Spätestens dies, so meinte er, müsste das Mitleid und die Solidarität eines jeden deutschen Sportschiffers auslösen. Mit einer Einladung zur Mitfahrt über eine Teilstrecke konnte er rechnen. Für den Fall, dass er hier nicht erfolgreich werden sollte, plante Piet noch eine sichere Variante, bei der er auf die Mitwirkung der Bootsleute nicht angewiesen war.

Bei einem bekannten Schmied ließ er sich einen 30 cm langen und 6 cm breiten Behälter aus Metall, der vorne und hinten konisch zulief, bauen. Das metallene Gefäß, das einer kleinen Fliegerbombe ähnlich sah, wurde mit einem starken Magnetfuß versehen. Diesen Behälter, der seitlich zu öffnen war und in dem

er seine Betäubungsmittel wasserdicht verpackt unterbringen konnte, würde er dann am Rumpf eines Stahlschiffs, unter der Wasserlinie, befestigen. Die relativ kleine und strömungsgünstige Form des Behälters würde die Fahrt der Yacht nicht behindern. Das »Andocken« konnte er nachts vornehmen. Ein unauffälliger Neoprenanzug, die dunkle Kappe und die schwarze Taucherbrille, die er dabei tragen würde, müssten ihn für die Schiffseigner so gut wie unsichtbar machen.
Irgendeine Möglichkeit, sich an Sportschiffer heranzumachen, würde ihm schon noch einfallen.

19. Kapitel

Es wurde ein feuchtfröhlicher Abend. Um 19 Uhr 30 hatten sie sich ausgehfertig mit ihren Clubnachbarn Reiner und Marlene aus Koblenz am Hafeneingang getroffen. Dort stellten sie erschrocken fest, dass keiner die von der Hafenmeisterin mitgeteilte Code-Nummer zum Öffnen der Tür zum Hafen behalten hatte. Ein Architekt aus Darmstadt, der hier Dauerlieger war und sie unschlüssig vor der Tür herumstehen sah, kam zu Hilfe und öffnete die Tür. Diesmal wollten sie den mitgeteilten Zahlencode, zumindest bis zu ihrer Rückkehr, behalten. Vorsichtshalber notierte Uwe die Zahlen auf einen Zettel. Gemächlich schlenderten sie den gepflegten Uferweg zur etwa zwei Kilometer entfernt liegenden Stadt hoch.
Unterwegs trafen sie auffallend viele Angler, die sie ansprachen. Meist waren diese russischer Abstammung. Sie versuchten Rotaugen, Barsche, Forellen oder Moselhechte zu fangen. Ein Blick in die neben ihnen stehenden, mit Wasser und Fischen gefüllten Eimer zeigte, dass sie auch durchaus erfolgreich waren.
Etwa auf halber Strecke entdeckte Julia, die mal wieder alles im

Gedenkstein: Tiefste Stelle des Moselflusses

Blick hatte, einen Findling. Auf der in den Stein eingelassenen Kupfertafel stand, dass hier, bei Stromkilometer 105,8, mit gemessenen 16,84 Meter die tiefste Stelle der ganzen Mosel ist.

Bald erreichten die Sportschiffer ihr Restaurant. Auf der im ersten Stock befindlichen Terrasse fand sich ein Tisch mit Ausblick auf den Fluss. Angeregt durch die Gespräche mit den Petrijüngern und deren Lob über die gutschmeckenden Moselfische bestellten alle einen Mosel-Zander auf Gartenkresse, der auch eine halbe Stunde später goldbraun gebacken und wohlriechend serviert wurde. Zum Nachtisch gab es ein regionaltypisches Weinbergpfirsichkompott. Ein Traben-Trabacher Rosengarten, dessen feines Bukett und brombeerartiger Geschmack mit der Anzahl der geleerten Flaschen ständig zuzunehmen schien, rundete das vorzügliche Gericht ab und sorgte für ausgelassene Stimmung. Beschwingt ging es gegen Mitternacht zum Hafen zurück. Alsbald sanken sie ermattet in die Kojen und träumten dem nächsten Tag entgegen.

Eigentlich wollten sie lange ausschlafen. Als Julia morgens aufwachte, fiel ihr ein, dass sie vergessen hatten, am Abend zuvor frische Brötchen bei der Hafenmeisterin zu bestellen. Sie entschloss sich aufzustehen und, bevor die anderen aufwachten, in die Stadt zum Bäcker zu fahren. Obwohl sie die Luke zum Niedergang leise zurückschob und die verglaste Holztür behutsam öffnete, war Marie, welche die Tür zur Vorderkoje nur angelehnt hatte, wach geworden. Da ihre Neugierde größer war als ihr Schlafbedürfnis, beobachtete sie aus dem vorderen Bullauge, wie Julia über den Steg zu den Fahrrädern ging, sich eines nahm, es die Treppe hinaufschob und dann über den Damm in Richtung Ort davonfuhr. Marie war sofort klar, dass Julia eine zeitlang weg sein würde. Die Abwesenheit ihrer Schwester wollte sie nicht ungenutzt verstreichen lassen. Unwiderstehlich zog es sie zur Achterkoje. Ohne dass Uwe es bemerkte, krabbelte sie zu ihm unter die Decke und begann ihn wach zu streicheln. Uwe war überrascht und verwirrt zugleich, als er die Augen aufschlug und seine schöne Schwägerin, so wie Gott sie geschaffen hatte, neben sich liegen sah. Ihr unwiderstehlicher Anblick ließ ihm das Blut in Kopf und Lenden schießen. Es war ihm unmöglich, einen klaren Gedanken zu fassen. Er vergaß die Welt um sich und alle Vorbehalte, die es ihm eigentlich verbaten, sich seiner Schwägerin sexuell zu nähern. Wie zwei Jungverliebte fielen er und Marie übereinander her, küssten und liebkosten sich und versanken schweigend in einer leidenschaftlichen Umarmung. Ort und Zeit hatten sie vergessen. Sie ließen sich einfach treiben und gaben sich dem grenzenlosen Strom ihrer Begehrlichkeiten hin. Erst das metallene Klacken der zufallenden Eisentür zum Hafen und der bald darauf über den Steg ertönende Ruf Julias : »Frische Brötchen!« holte sie auf den harten Boden der Wirklichkeit zurück. Marie huschte in die Vorderkoje. Uwe tat so, als ob er noch schlief. Später saßen sie zusammen am Frühstückstisch. Julia wartete vergeblich auf ein kleines Lob für ihre Brötcheninitiative. Uwe und Marie saßen sich gedankenschwer gegenüber und fühlten sich wie Adam und Eva, die nach dem

Genuss verbotener Früchte aus dem Paradies vertrieben worden waren. Ans Frühstück dachten sie zuallerletzt, kauten auf den Brötchen herum, als ob sie aus Gummi wären, und waren auffallend schweigsam. Was mochte dieser Tag wohl bringen?

20. Kapitel

Um 9 Uhr begann die Hauptverhandlung im Strafverfahren gegen Henja. Ein Wachtmeister hatte sie bereits aus der Kellerzelle geholt und in den im ersten Stock des Landgerichts gelegenen Sitzungssaal Nr. 108 geführt. Der Verhandlungssaal war in mattem Weiß gestrichen. Bis auf eine nichtssagende Plastik hinter dem Richterpult waren die Wände schmucklos. Henja war vom Justizwachtmeister ein Platz auf der hölzernen Anklagebank zugewiesen worden. Sie sah müde und blass aus. Mit zittrigen Händen ordnete sie ein gutes Dutzend Papierblätter, auf denen sie sich Notizen gemacht hatte. Danach warf sie einen verstohlenen Blick auf die Zuschauerbänke, konnte dort aber niemanden entdecken den sie kannte. Einige Rentner, die ihre Vorliebe für Gerichtsverhandlungen nicht nur abends bei den einschlägigen Fernsehsendungen aus zweiter Hand stillen, sondern im Gericht »live« dabei sein wollten, wenn jemand verurteilt wurde, belegten zwei Stuhlreihen. Sie gehörten quasi zum Stammpublikum des Saals 108 und kamen regelmäßig, wenn interessante Hauptverhandlungen zu erwarten waren. Jetzt starrten sie Henja ungeniert an. Auf der erhöhten Anklagebank war sie den Blicken »der Öffentlichkeit« preisgegeben. Sie fühlte sich wie an den Pranger gestellt und sank in eine tiefe Depression. Auch das Erscheinen der Protokollführerin und des ihr aus den Vernehmungsversuchen bereits bekannten Anklagevertreters Börner, der ihr immerhin kurz zunickte, bevor er sich an dem Pult auf der gegenüberliegen-

den Breitseite des Gerichtssaals niederließ, konnte ihre Niedergeschlagenheit aufhellen. Sie fühlte sich einsam und schrecklich allein. Wo blieb nur ihr Anwalt?
Diese Frage klärte sich einige Minuten später, eine Zeitspanne, die Henja wie eine Ewigkeit vorkam. Der Vorsitzende Richter der Strafkammer kam aus dem Beratungszimmer und teilte den Anwesenden mit: »Rechtsanwalt Lachmann hat gerade angerufen und erklärt, er stehe in einem Verkehrsstau in der Kaiserstraße. Seine Ankunft bei Gericht würde sich um etwa 20 Minuten verzögern.« Der Vorsitzende schlug vor, dass man sich um 9 Uhr 30 wieder treffen solle. Dann verschwand er hinter der massiven, schalldichten Eichentür. Auch Oberstaatsanwalt Börner verließ den Sitzungssaal. Es war gerade genug Zeit, um in der Gerichtskantine eine Tasse Kaffee zu trinken, einige Kollegen und Kolleginnen zu treffen und sich dabei über den neuesten Justiztratsch zu informieren.
Um 9 Uhr 30 ging es endlich los. Rechtsanwalt Lachmann war inzwischen erschienen. Er hatte sich bei den Richtern der Strafkammer gemeldet und dann seiner Mandantin einige Worte der Entschuldigung über sein verspätetes Eintreffen zugeflüstert. Auf die Schnelle konnte er Henjas Stimmung, die fest damit gerechnet hatte, dass der Anwalt ihr vor Verhandlungsbeginn noch einige gute Ratschläge geben und auch Grüße von Piet ausrichten würde, nicht verbessern. Sie war maßlos enttäuscht. Das Vertrauensverhältnis zu diesem Anwalt war schlagartig getrübt. Irgendwie fühlte sie sich alleingelassen.

Der Vorsitzende der Strafkammer, Richter Krüger, der nun mit seinen beiden ständigen Beisitzern und den Schöffen den Saal betrat, war klein und dick. Sein sorgfältig gekämmtes, schlohweißes Haar, das gutmütige, rundliche Gesicht, die wachen Augen und die auf der Nasenspitze sitzende Goldrandbrille hinterließen einen seriösen, fast pastoralen Eindruck. Das makellose Weiß von Hemd und Binder über der gepflegten schwarzen Robe verlieh ihm etwas Feierliches. Im Gegensatz zu seinen verschlossen und unnahbar in den Gerichtssaal blickenden beiden Beisitzern, wirkte er freundlich und souverän. Im Gerichtsbezirk war er für seine milden Strafen bekannt. Hinter seinem Rücken hatten ihm Staatsanwälte und »Hardliner« unter seinen Kollegen den Spitznamen »Papa Gnädig« gegeben. Das war ihm längst bekannt. Es störte ihn nicht. Er wusste, wie man Urteile schreibt. Die Urteilsgründe setzte er justizförmig ab und achtete dabei peinlich genau auf die einschlägigen Verfahrensvorschriften. Es war ihm in Fleisch und Blut übergegangen, dass die vom Gericht getroffenen Urteilsfeststellungen weder widersprüchlich noch lückenhaft sein durften. Auch Verstöße gegen gesicherte Denk- oder Erfahrungssätze waren zu vermeiden. Seine sorgfältig abgesetzten Urteile wurden daher im Revisionsverfahren nur äußerst selten von dem für ihn zuständigen Strafsenat des Bundesgerichtshofs aufgehoben.

Weder die Beisitzer noch die beiden Schöffen ließen gefühlsmäßige Reaktionen erkennen. Ähnlich wie die Rentner stierten auch sie die Angeklagte an und bildeten sich offensichtlich ein, aus deren Erscheinungsbild ableiten zu können, mit wem sie es heute zu tun haben würden.
Nach Aufruf der Sache stellte der Vorsitzende fest, ob die Geladenen erschienen waren. Danach belehrte er die Zeugen und den Sachverständigen und wies alle eindringlich auf ihre Wahrheitspflicht und die strafrechtlichen Folgen von falschen Aussagen hin. Als die beiden Zeugen, die Beamten des Zollamtes Frankfurt, und der Sachverständige des Landeskriminalamtes ihre Aussagegenehmigungen vorgelegt und den Sitzungssaal zunächst verlassen hatten, begann Richter Krüger Henja zur Person zu vernehmen.

Da stand sie nun wie ein Häufchen Elend vor ihren Richtern. Sie war relativ groß, hatte lange Beine und eine ausgeprägte Taille. Ihr Gesicht war offen und eben. Die Nase war klein. Ein paar Som-

mersprossen schmückten die blasse Haut. Das volle, braune Haar fiel offen in den Rücken. Die dunklen Augen blickten fragend in die Welt. Sie war keine von diesen Schönheiten, die einem beim ersten Blick ins Auge fallen. Aber wer sie länger anschaute, bemerkte, wie anmutig sie war.
Heute trug sie ein blau-graues, hochgeschlossenes Kleid. Rechtsanwalt Lachmann hatte es bei Piet bestellt und erhalten. Dabei hatte er ihn gebeten, ein unauffälliges Kleidungsstück auszusuchen, damit sie am Sitzungstag bei Gericht einen guten Eindruck hinterlassen würde. Bei einem seiner letzten Besuche in der Justizvollzugsanstalt hatte er es mitgebracht. Da sie während der Untersuchungshaft ein paar Pfund abgenommen hatte, sah sie in ihrem Kleid etwas verloren aus. Aber auch das verfehlte die beabsichtigte Wirkung bei den Schöffen nicht.

Ihren Lebenslauf schilderte Henja stockend. Sie erzählte, wie sie zwischen Grachten und Windmühlen in der Provinz Friesland aufgewachsen und zur Schule gegangen war. Im friesischen Seengebiet habe sie eine schöne, unbeschwerte Kindheit verlebt.
Nach dem Besuch der Grundschule habe sie die »zentrale Prüfung« abgelegt. Da das Ergebnis nicht schlecht gewesen sei, sei sie auf eine weiterführende Schule gegangen, um dort die Fachhochschulreife zu erlangen. Im Anschluss daran habe sie ein einjähriges Vorpraktikum in einem Kindergarten absolviert. Dann habe sie sich auf der Hogeschool, der Amsterdamer Fachhochschule für Sozialpädagogik, beworben und einen Studienplatz erhalten. Während des Studiums habe sie drei Jahre in einem angeschlossenen Studentenheim gewohnt. Das Diplom habe sie gut geschafft. Danach sei sie in Amsterdam, wo es ihr gefallen habe, geblieben und habe eine Stelle als Sozialpädagogin in einer Kindertagesstätte gefunden.

Nachdem die Vernehmung zur Person beendet war, verlas Oberstaatsanwalt Börner im Stehen, aber ohne Pathos, den Anklage-

satz. Danach ließ er sich erwartungsvoll in seinen Sessel zurückfallen.
Richter Krüger übernahm die Verhandlungsführung. Zunächst belehrte er Henja, dass es jeder Angeklagten nach dem Gesetz freistehe, sich zur Sache einzulassen oder zum Anklagevorwurf zu schweigen. Obwohl dem Richter Anwalt Lachmann und dessen Art, Strafverfahren zu führen, bekannt war, richtete er das Wort unmittelbar an die Angeklagte. Er wies sie darauf hin, dass seine Kammer jedes Geständnis bei der späteren Strafzumessung positiv bewerten würde. Ein solches Geständnis zeige dem Gericht, dass ein Straftäter bereit sei, das Unrecht seiner Tat einzusehen und die Verantwortung dafür zu übernehmen. Ein freimütiges Geständnis lasse auch Rückschlüsse darauf zu, ob sich jemand künftig straffrei führen werde oder nicht. Die ihr zur Last gelegten Verbrechenstatbestände der Einfuhr und des Handeltreibens von und mit Betäubungsmitteln in nicht geringer Menge seien schwerwiegend. Sie sei sicher nicht darauf erpicht, ihre besten Jahre hinter Gefängnismauern zu verbringen. Schließlich folgten noch einige allgemeine Anmerkungen über die Gefährlichkeit des Drogenhandels. Um keinen Befangenheitsantrag zu provozieren, formulierte der Vorsitzende diese jedoch sehr allgemein und wenig fallbezogen.

Rechtsanwalt Lachmann flüsterte seiner Mandantin etwas ins Ohr, was aber weder Richter noch Staatsanwalt verstanden. Dann begann Henja ihre Schilderung. Sie erzählte, dass sie den Stoff auf dem Flughafen in Amsterdam von einem unbekannten Mann erhalten habe. Sie habe nicht gewusst, was in den bereits fertig verpackten und verschweißten Präservativen gewesen sei. Der Unbekannte habe ihr gesagt, dass sie die Gummis in die Scheide einführen und derart versteckt nach Frankfurt bringen solle. Im Hinblick auf die für die Fahrt versprochenen 500 Euro habe sie sich zwar schon gedacht, dass es sich um Rauschgift handeln könne. Zu Art und Menge des Rauschgifts habe sie keine Angaben erhalten. Ihr habe der Mann lediglich mitgeteilt, dass sie nach ihrer Ankunft am Flughafen Frankfurt die Falkstrasse aufsuchen sollte. In der zwischen den Häusern Nr. 50 und 60 gelegenen Kneipe werde sie gegen 16 Uhr ein etwa dreißigjähriger Mann mit den Worten: »Ist doch alles Schnee von gestern!« ansprechen. Der Mann müsse ihr dann eine genau beschriebene Zahlungsbestätigung vorlegen. Danach könne sie auf der Toilette den verpackten Stoff aus der Scheide fischen, in eine Plastiktüte legen und ihm übergeben. Bei ihrer Rückkehr in Amsterdam-Schiphol hätte sie dann den Lohn von ihrem Auftraggeber erhalten sollen. Auf die Schmuggelfahrt habe sie sich nur eingelassen, weil sie knapp bei Kasse gewesen sei. An dem eigentlichen Betäubungsmittelhandel sei sie nicht beteiligt gewesen.

Nun schaltete sich Rechtsanwalt Lachmann in die Verhandlung ein. Blumenreich und mit eindringlicher Geste trug er vor, dass seine Mandantin an den Drogengeschäften des unbekannten Dealers mit seinen Abnehmern nicht teilgenommen habe. Die Kunden habe sie weder gesehen noch mit ihnen gesprochen. Kauf und Verkaufspreise der Drogen habe sie nicht gekannt. Die Verkaufsanbahnungen, die Vereinbarungen über Lieferung und Preise seien ohne sie geführt worden. Ihr sei lediglich der Transportweg und die Übergabemodalitäten in Frankfurt mitgeteilt worden. Wegen Handeltreibens könne sie daher vom Gericht auf keinen Fall verurteilt werden. Einen Willen zur Tatherrschaft habe sie faktisch nie gehabt. Sie sei lediglich die fremdbestimmte Kurierin gewesen, ein ahnungsloses Werkzeug. Von dem Unbekannten, der alleine den finanziellen Gewinn aus dem Weiterverkauf des Kokains bezogen habe, sei sie schamlos ausgenutzt worden. Nur ihre Unerfahrenheit, die finanzielle Notlage und die Aussicht, schnell 500 Euro zu verdienen, hätten sie dazu verleitet, den Kurierflug durchzuführen. Dafür könne man sie nicht als Mittäterin zum Handeltreiben mit Betäubungsmitteln in nicht geringer Menge verurteilen. Dieser Anklagepunkt müsse fallengelassen werden.

Oberstaatsanwalt Börner konnte sich ein leichtes Schmunzeln nicht verkneifen. Im Laufe seines langen Berufslebens hatte er sich daran gewöhnt, die tollsten Geschichten zu hören. Die Fantasie mancher Angeklagter, aber auch mancher Strafverteidiger, war schier unerschöpflich. Die Wahrheit und die forensische Wahrheit waren eben doch zwei sehr verschiedene Dinge. Als der Vorsitzende ihm Gelegenheit zur Stellungnahme bot, lehnte er sich daher entspannt zurück und erklärte, dass er die Ausführungen des Verteidigers zwar interessant, aber rechtlich unbeachtlich finde. Abgesehen davon, dass er die von der Angeklagten vorgebrachte Tatschilderung, auf die sich der Verteidiger gestützt habe, für vollkommen unglaubhaft halte, stünden auch die Rechtsausführungen der Verteidigung nicht im Einklang mit der ständigen Rechtsprechung.

Dann beugte er sich leicht vor und sagte: »Im Übrigen will ich meine kostbare Zeit nicht in Märchenstunden vergeuden.«

Rechtsanwalt Lachmann sprang auf. Mit wehender Robe und wild fuchtelnden Armen stürzte er vor die Richterbank und schrie: »Das lasse ich mir nicht bieten! Diese unfairen Unterstellungen seitens der Staatsanwaltschaft verbitte ich mir! Auch Rechtsanwälte sind gleichberechtigte und unabhängige Organe der Rechtspflege und der Wahrheitsfindung verpflichtet. Ich beantrage die Ablösung des Anklägers wegen Befangenheit!«

Richter Krüger, der aufgrund langjähriger Berufserfahrung ein sicheres Gespür dafür hatte, wann eine Hauptverhandlung aus dem Ruder zu laufen drohte, tuschelte kurz mit seinen Beisitzern. Dann ordnete er eine zwanzigminütige Sitzungspause an.

Blick von der Grevenburg in Trabach

21. Kapitel

Eine Pause ganz anderer Art erlebten Julia, Marie und Uwe. An ihrem Liegetag in Traben-Trabach wollten sie nicht nur ausruhen, sondern den Ort näher erkunden. Da sie wussten, dass man den schönsten Ausblick auf die Doppelstadt von der über Trabach wachenden Grevenburg hat, entschlossen sie sich, den mühsamen Aufstieg noch während der Morgenstunden zu wagen. Julia, die für anstrengende Wanderungen sonst nicht so schnell zu begeistern war, erklärte mit dem Ausspruch: »navigare necesse est«, dass nicht nur die Schifffahrt, sondern auch die Bewegung Not tue. Obgleich Marie und Uwe sofort an ihre leidenschaftlichen Bewegungen während Julias Brötchenkauf dachten, stimmten sie ihr uneingeschränkt zu. Also machten sie sich auf den Weg. Unterwegs bewunderten sie die am Ufer stehenden Häuser und Villen, die teilweise im Jugendstil erbaut und von sehr gepflegten Vorgärten umgeben waren. Das gut erhaltene Brückentor, das glei-

chermaßen Elemente des Jugendstils als auch des wilhelminischen Historismus in sich vereinte, war ebenfalls sehenswert. Die darin befindliche Schenke suchten sie allerdings nicht auf. Die 140 Meter zur Burgruine konnten sie aufsteigen, ohne sich zuvor zu stärken. Auch wenn von der im Jahre 1350 von den Grafen Sponheim-Starkenburg erbauten Burg nur noch klägliche Reste stehen, lohnte sich die Kraxelei. Das Felsplateau und das hinter der Ruine liegende Ausflugslokal war voll junger Leute. Ihr fröhliches, unbeschwertes Lachen belebte diesen Ort des Zerfalls in besonderer Weise. Der Blick auf die Stadt und das Moseltal waren den mühsamen Aufstieg wert.
Beim späteren Abstieg erzählte Julia, die wie immer gut vorbereitet war, dass die Franzosen die Burg 1735 gesprengt hatten. Das gleiche Los war der ganz in der Nähe von Ludwig XIV., dem Sonnenkönig, erbauten Festung »Montroyal« beschieden. Auch das zwischen 1687–1697 von dem bekannten Festungsbaumeister Vauban errichtete Bauwerk, dass mit seinen 8.500 Soldaten Frankreichs Rheingrenze sichern sollte, musste, so wie es im Friedensvertrag von Rijswijk 1697 festgelegt worden war, zerstört werden. Die alten Pläne des gewaltigen Festungswerks können noch heute im Mittelmosel-Museum eingesehen werden. Julia, Marie und Uwe verspürten keine Lust, die von Unkraut überwucherten Kasematten und Gänge zu besuchen. Seinerzeit soll der Sonnenkönig seinen Baumeister wegen der ständig steigenden Kosten, welche die Errichtung des Bauwerks verschlang, angeschrien haben: »Baut man an der Mosel mit Steinen oder mit Ecus?« Ja, über Sinn und Unsinn von Verteidigungsausgaben ließ sich damals wie heute trefflich streiten.

Am frühen Nachmittag waren sie zurück auf dem Boot. Jeder tat, was er wollte. Julia las. Marie döste auf dem Vordeck. Uwe klönte mit einigen alten Fahrensleuten, die mit ihrem Plattbodenschiff von Nijmegen aus die Maas hoch und von Toul aus die Mosel herunter bis Traben-Trabach gekommen waren. Als sie so zusammen

Fahrensleute auf einem Plattbodenschiff

auf dem Achterdeck des schönen Oldtimers saßen, beobachteten sie, wie ein »Neuer« aus Richtung Enkirch die Mosel heraufkam. An den Bordwänden des Bootes baumelten mindestens zehn Fender. Sofort hielt man ihn für einen Anfänger, der die gute alte »Seemannschaft«, Fender während der Fahrt einzuholen, noch nicht beherrschte. Um so gespannter war man natürlich, wie der Skipper sein rundum geschütztes Boot in eine der freien Boxen fuhr. Wider Erwarten fuhr der jedoch sein Schiff in einem eleganten Bogen in die freie Box, die die Hafenmeisterin ihm zugewiesen hatte. Das von den Zuschauern heimlich erhoffte »Bootsbowling« blieb aus. Das Anlegemanöver war perfekt. Kein Grund zu lästern. Vorurteile bestätigen sich eben doch nicht immer. Uwe bekannte nun, dass auch er, aus reiner Bequemlichkeit, seine Fender auf längeren Fahrten meist an der Bordwand hängen ließ. Später schwammen Uwe, Julia und Marie in dem ausgedehnten Hafenbecken. Einer der Dauerlieger hatte bei eigenen Messungen festgestellt, dass das Wasser sauber war. Jedenfalls war es warm genug und trotzdem erfrischend. Danach beobachteten sie vom

Torbogen im Weinberg

Bootsdeck aus, wie sich der Abenddunst langsam über die Kirchturmspitze von Enkirch senkte und nach und nach im ganzen Tal verbreitete. Die liebliche Landschaft versank im Dämmerlicht.

22. Kapitel

Langsam öffnete sich die Tür an der Rückwand des Sitzungssaals. Mit fester Stimme kündigte Wachtmeister Knoll das Erscheinen des Gerichts an und bat die im Saal anwesenden Personen aufzustehen. Wie im Gänsemarsch kamen die Mitglieder »des hohen Gerichts« aus dem unmittelbar hinter dem Saal 108 gelegenen Beratungszimmer heraus und nahmen ihre Plätze ein. Der Vorsitzende, der in der Mitte saß, ergriff das Wort. Mit salbungsvollen Sätzen redete er noch einmal auf die Angeklagte ein und verdeutlichte ihr die bei einem Geständnis zu erwartenden Vorteile.

Dabei fixierte er nicht nur die Angeklagte, sondern behielt auch ihren Verteidiger im Auge. Dessen Reaktionen wollte er frühzeitig erkennen. Um keinen Befangenheitsantrag zu provozieren, wählte er seine Worte allgemein und achtete peinlich darauf, ja keine Nachteile für den Fall anzudrohen, dass die Angeklagte bei ihrer bisherigen Darstellung bleiben würde.
Irgendwie gelang es ihm, die Angeklagte davon zu überzeugen, dass nur ein Geständnis sie vor mehrjähriger Haft bewahren konnte. Und so begann diese schließlich, trotz heftiger Interventionen ihres Verteidigers, zu erzählen, wie sich aus ihrer Sicht alles in Wahrheit zugetragen hatte.
Sie habe Piet vor drei Jahren in einem Amsterdamer Café kennengelernt. Er sei die Straße heraufgeschlendert, habe sich an einen Nachbartisch gesetzt und ihr zugelächelt. Auf Anhieb sei er ihr sympathisch gewesen. Um seine blauen Augen hätten sich erste Lachfalten gebildet. Das wellige Haar habe er schulterlang getragen. Seine schwarze Leinenjacke und die kognakfarbene Hose, die er durch ein offen getragenes, grün-gelb-blau kariertes Hemd belebt habe, hätten ihm ausnehmend gut gestanden. Auch die farblich auf die Garderobe abgestimmten Socken und die blankgewienerten Schuhe hätten darauf schließen lassen, dass er sich nicht nur mit Sorgfalt kleide, sondern auch einen erlesenen Geschmack habe. Da ihr der unbekannte Mann, den sie auf Anfang 40 geschätzt hatte, auf Anhieb gefallen habe, habe sie seine höflich und mit sanfter Stimme vorgetragene Bitte, doch an ihren Tisch kommen zu dürfen, akzeptiert. Bereits das erste Gespräch sei unterhaltsam, anregend und vor allen Dingen amüsant gewesen. Obwohl sie sich das erste Mal gesehen hätten, sei es ihnen so vorgekommen, als würden sie sich schon ewig kennen. Bevor sie auseinander gegangen seien, hätten sie sich verabredet. In den nächsten Wochen hätten sie sich regelmäßig getroffen. Seine gewinnende Art, sein Auftreten, das geschmackvolle Ambiente seines Hauses an der Prinsengracht, das kleine aber feine Ladenlokal mit den ausgesuchten Antiquitäten, dass er ihr kurze Zeit

später zeigte, habe nicht darauf schließen lassen, dass er auch Drogen verkauft hätte. Erst Monate später sei sie dahintergekommen. Sie hätten lange darüber diskutiert. Letztlich habe sie seine Erklärung, er würde Betäubungsmittel nicht an Jugendliche, sondern nur an Erwachsene verkaufen, die diese Drogen wollten, ja geradezu brauchten, etwas beruhigt. Erwachsene müssten selbst entscheiden können, ob sie Drogen nehmen oder nicht. Er würde nur die bestehende Nachfrage frei entscheidender und selbst bestimmender Betäubungsmittel-Konsumenten befriedigen, die sonst von anderen Personen befriedigt würde. Letztlich würden ja auch die Behörden den Verkauf von Haschisch und Marihuana tolerieren. Bis zu 500 Gramm Cannabis pro Tag dürften daher in jedem der zahlreich vorhandenen Coffeeshops verkauft werden. Seit November 2006 sei es sogar niederländischen Apothekern gestattet, Cannabisprodukte als Schmerz- und Beruhigungsmittel an Kunden abzugeben. Schließlich hätten die Junkies es doch geschafft, sich als entrechtete, übervorteilte, kranke und hilfsbedürftige Opfer einer unbarmherzigen Gesellschaft darzustellen. Die Folge dieser hochgespielten Opferrolle sei die Einrichtung subventionierter Druckräume, in denen ihnen Drogen oder Ersatzstoffe zu Lasten der Steuerzahler kostenlos abgegeben würden. Von solchen Vorteilen könnten normale Raucher, die man als Gesellschaftschädlinge schmähte, mit ständig höheren Steuern belaste und per Gesetz aus Lokalen und von öffentlichen Plätzen vertreibe, nur träumen. Die Argumente Piets hätten sie zwar nicht gänzlich überzeugt, doch habe sie ihn besser verstanden. Im Laufe der Zeit habe sie sich allerdings überreden lassen, Kurierdienste für ihn zu übernehmen. Direkte Geldzuwendungen habe sie dafür nur in Ausnahmefällen erhalten. Von dem hohen Lebensstandard Piets habe sie indessen, insbesondere nachdem sie zu ihm gezogen war, profitiert.

Erst während der Untersuchungshaft habe sie erstmals über alles nachgedacht. Eingehende Gespräche mit dem Drogenberater der Justizvollzugsanstalt und dem Anstaltspsychologen hätten ihr gezeigt, dass ihre Handlungsweise nicht nur strafbar, sondern auch moralisch verwerflich sei. Unrechtsbewusstsein habe sie früher kaum gehabt. Jetzt tue ihr die ganze Sache schrecklich leid. Unter Tränen versprach sie dem Gericht, nie wieder Betäubungsmittel anzufassen. Auch ihren Freund, dessen Namen und Anschrift sie nicht nennen werde, wolle sie vom Betäubungsmittelhandel abbringen.

»Papa Gnädig« war zufrieden. Er glaubte Henja und war, trotz langer Berufserfahrung und vieler Enttäuschungen, der festen Überzeugung, einen Menschen auf den besseren Weg gebracht zu haben. Er wollte die Beweisaufnahme schließen und hoffte, dass weder Rechtsanwalt Lachmann noch der Vertreter der Staatsanwaltschaft weitere Fragen hatten oder gar noch Beweisanträge stellen würden. Da es für den Anwalt nicht besser laufen konnte, vertraute er auf die tränenreichen Ausführungen seiner Mandantin. Besser als sie mit ihren Tränen konnte er die Schöffen mit seinen Worten nicht beeindrucken.

Auch Oberstaatsanwalt Börner verzichtete auf weitere Fragen. Sicher wäre die eingehendere Aufklärung des Umfelds der Angeklagten und ihres Freundes noch interessant gewesen. Andererseits hatte auch er Mitleid mit dieser zerbrechlich wirkenden jungen Frau. Sollte er den unerbittlichen Ankläger spielen? Seine Anklageschrift war schließlich durch die bisherige Beweisaufnahme untermauert worden. Das Verfahren konnte abgeschlossen werden. Arbeit hatte er ohnehin im Überfluss.

Der Vorsitzende quittierte dies mit einer gewissen Genugtuung und zog sich mit seinen Schöffen zur Urteilsfindung ins Beratungszimmer zurück.

23. Kapitel

Zehn Uhr, die Sonne stand schon hoch, 23 Grad warm. Ein leichter Dunstschleier schwebte über dem Wasser. Das reichhaltige Frühstück lag hinter ihnen. Uwe hatte das Boot klar gemacht. Die Festmacherleinen waren gelöst. Auch die Stromleitung lag ordentlich aufgeschossen an ihrem Platz. Diesmal hatte er nicht vergessen, sie aus dem Stecker zu ziehen und aufs Boot zu nehmen. Den Batterieumschalter hatte er auf die Stellung Both geschaltet, damit das Ladegerät die Batterien während der Fahrt füllen konnte. Die heutige Tagesetappe begann ohne unliebsame Zwischenfälle. Rückwärts verließen sie die Box. Nachdem sie frei waren, schob Uwe den Vorwärtsgang ein. Langsam glitt das Boot an der Steganlage vorbei in Richtung Hafenausfahrt. Auf der linken Moselseite lag ein Tankschiff vor der Schleuse und wartete darauf, dass die Einfahrt freigegeben würde. Andere Schiffe waren nicht zu sehen. Uwe bog um den Buhnenkopf herum und lenkte die *Andrea Doria* nach rechts ins Fahrwasser. Auf der Bugreling ließ sich eine Bachstelze nieder, wippte vergnügt mit dem Schwanz auf und ab und ließ sich von den drei Schiffern nicht stören. Auch die waren gut gelaunt, freuten sich über den ungewöhnlichen Besuch an Bord und auf die weitere Fahrt moselaufwärts. Schon bald erschien am linken Ufer das zwischen Bäumen versteckte Vereinshaus des Ruderclubs 1881. Die Gastliegeplätze waren gut besucht. Auch an der Bootstankstelle lag ein Sportboot. Bis zu der die Stadtteile Traben und Trabach verbindenden Brücke war es nun nicht mehr weit. Nach einem letzten Blick auf das verspielte Brückentor, verließen sie die große Moselschleife und fuhren in die mehrere Kilometer lange Gerade bis zur Moselgemeinde Wolf. Gleich hinter der nächsten Biegung tauchte rechts der Moselort Kröv auf. Es war einfach unvermeidlich, das über den »Kröver Nacktarsch« gesprochen wurde. Julia gab gleich zwei

Versionen dazu, wie dieser ebenso originelle wie weltweit bekannte Name dieser Mosellage entstanden sein soll, zum Besten. Einmal, so erklärte sie, könne der Name auf das keltische Wort nackas (felsige Höhle) zurückzuführen sein und sei damit nichts anderes als eine germanisierte Variante. Möglicherweise stamme der Begriff aber aus dem Altdeutschen, wo mit nuck eine felsige Erhöhung und mit arch eine Hecke bezeichnet wurde. Wie dem auch sei. Kröver Winzer hatten eine ganz andere Erklärung parat. Sie erzählen die Anekdote von einem Kellermeister, der zwei Jungen dabei erwischt hatte, wie sie sich in seinem Keller an einem der in den Holzfässern gelagerten Wein gelabt hätten. Dies habe ihn so aufgebracht, dass er ihnen zur Strafe an Ort und Stelle den nackten Arsch versohlt habe. Auf den Etiketten vieler Kröver Weine findet sich daher bis heute eine Abbildung, die dieses Geschehen bildlich darstellt.

Da sie gerade erst eine gute Stunde auf dem Wasser waren und es für das Mittagessen noch zu früh war, beschlossen sie, in Kröv nicht anzulegen. Das Fehlen einer vernünftigen Steganlage für Sportboote und die Aussicht, durch den Wellenschlag vorbeifahrender Schiffe an die Ufermauer gedrückt zu werden, unterstützten ihren Entschluss. Die vielfältigen Übersetzungen des wohlweislich bekannten Zitats des Götz von Berlichingen, die an den Wänden der Reichsschenke »Zum Ritter Götz« zu bestaunen sind, mussten eben auf andere Entdecker warten. Im Vorbeifahren erhaschten die drei Sportschiffer immerhin einen Blick auf das vom Wasser aus zu sehende Dreigiebelhaus, dessen wohlgeformte schwarze Holzbalken sich kontrastreich von der schneeweißen Hauswand abhoben. An den Stühlen und Tischen des davor liegenden schönen Bauerngartens hatten es sich Sommergäste bequem gemacht. Ihr fröhliches Lachen war bis zum Schiff zu hören. Dann fuhren sie langsam an den Weinorten Kinheim, Kindel und Lösnich vorbei. Ab dem Ort Erden, der von Gott gleich nach dem Himmel erschaffen worden sein soll, nahmen die

Kloster Marienberg

Hänge eine andere Farbe an. Der Boden, auf dem die Reben standen, war jetzt rötlich. Selbst die Felsen, in die Winzer vor vielen Jahren Steintreppen geschlagen hatten, schimmerten in Rottönen. Schon von weitem entdeckten die Wasserwanderer den steilen Weinberg, der das Spitzengewächs »Erdener Treppchen« hervorbringt. Die auf den roten Schieferboden zurückgehende Tönung der Hänge blieb bis zu den der Sonne zugeneigten Steillagen des alten und schönen Moselortes Ürzig, den sie zur Mittagszeit erreichten, erhalten.

Obwohl die Traubenernte noch längst nicht begonnen hatte, bemerkten sie immer wieder Menschen, die in den Weinbergen arbeiteten. Als die mit dem Landleben wenig vertraute Marie nachfragte, was sie dort jetzt tun würden, klärte Julia sie bereitwillig auf: Winzerarbeit sei Knochenarbeit. Pro Hektar Anbaufläche seien bis zu 1200 Arbeitsstunden zu erbringen. Wingertarbeiten fielen das ganze Jahr an. Bis zu zwanzig verschiedene Arbeitsvorgänge seien erforderlich, um den Wein in die Flaschen zu brin-

Weinort Ürzig

gen. Von Dezember bis März müssten die Reben zur Regulierung des Ertrags geschnitten werden. In den Monaten März und April seien die Fruchtruten zu biegen und am Biegedraht festzumachen. In der Zeitspanne zwischen April und August fielen Bodenarbeiten an. Der Grund zwischen den Rebstöcken sei zu reinigen, zu lockern, muss abgestreut und mit Nährstoffen wie Stickstoff, Phosphor, Kali, Stallmist oder Trester gedüngt werden. Zwischen Mai und August sei regelmäßig mit tierischen Schädlingen wie Spinnmilben, Raupen, Rebläusen und sonstigen Käfern zu rechnen. Dagegen und gegen den Pilzbefall mit Botrytis, Esca, Mehltau müsse mit Handpumpen oder vom Hubschrauber aus mit Schädlingsbekämpfungsmitteln gespritzt werden. Alte, brüchige Weinbergspfähle, von den Winzern Stickel genannt, würden entfernt, entsorgt und durch neue ersetzt. Auch der Reifegrad der Trauben, der Oechsle-Gehalt, werde regelmäßig überprüft. Vor der eigentlichen Traubenlese im September und Oktober und der dann anstehenden Kellerarbeit seien die Rebstöcke mit Netzen gegen allzu hungrige Vögel abzudecken. Mit Hilfe von Schieß-

und Knallanlagen, die installiert und überwacht würden, seien insbesondere Stare, die in Scharen in die Weinberge einfielen, zu vertreiben. Auch wenn die nun in vielen Weinbergen zu sehenden Monorak-Bahnen den Weinanbau in den Steillagen der Mosel erleichtern würden, sei die Arbeit der Winzer hart.
Marie war beeindruckt. Darüber, wie viele Stunden Arbeit ein Winzer draußen in den Weinbergen, insbesondere den schwer zugänglichen Steillagen verbringen musste, hatte sie sich noch nie Gedanken gemacht.
Aber eines war ihr jetzt klar. Mosel und Wein gehören zusammen. Die Weinberge prägen diese ganz besondere Kulturlandschaft. Der Wein bestimmt das Leben der Winzer, der Weinhändler, der Einwohner der alten Weindörfer und der Besucher. Der Einfluss des Weins ist unübersehbar.
Wein ist beliebt. Schon lange. Der römische Dichter Ausonius schrieb bereits im 4. Jahrhundert nach einer Reise durch das Moseltal:
» Sei mir gegrüßt, du Strom, dich preisen die Triften, dich, die hier wohnen.
Du Strom, dich umranken die weintragenden Höhen, wo Bacchus lässt reifen schön duftenden Wein.«

Gelegentlich bestimmte der Wein nicht nur landespolitische Aktivitäten, sondern sogar weltpolitische Entscheidungen. Rheinlandpfälzische Minister und ihre Gefolgsmänner üben sich traditionsgemäß im Küssen von Weinköniginnen. Sie glauben dadurch ihre Volksnähe zu beweisen. Ehemalige Weinköniginnen streben nach höchsten Ämtern im Land. Im trinkfreudigen Mittelalter soll es Konrad dem Dritten im Jahre 1138 nur deshalb gelungen sein, in Koblenz zum ersten Staufer-König gewählt zu werden, weil er die Wahlmänner mit Wein bestochen haben soll. Wahlunwilligen Fürsten ließ er ganze Wagenladungen mit Moselwein zukommen, um sie für sich einzunehmen. Ob die Fürsten bei ihrer Wahl angesäuselt waren, ist nicht überliefert. Jedenfalls hat-

Sonnenuhr

ten Wahlgeschenke schon damals die erhoffte Wirkung. Und das hat sich bis heute nicht geändert.

Etwa bei Stromkilometer 120 machten sie die *Andrea Doria* am soliden Schwimmsteg des Hotels »Mosel-Schild« fest. Auf der Terrasse fanden sie einen freien Tisch und ließen sich einen frisch gebackenen Moselaal, eine besondere Empfehlung des Wirts, schmecken. Ein dreijähriger, noch frisch und spritzig mundender »Ürziger Würzgarten« rundete das Geschmackserlebnis ab. Wohlgestärkt und beschwingt gingen sie auf Entdeckungstour. Zunächst wanderten sie zu dem neubarocken Weingut Mönchhof, dass sie schon vom Boot aus gesichtet hatten, besichtigten die römische Kelteranlage und schlenderten danach vergnügt durch die engen Gassen an den altehrwürdigen Fachwerkhäusern aus dem 16. und 17. Jahrhundert entlang. Kein Wunder, dass die Fernsehmacher diesen romantischen Ort als Kulisse für die Fernsehserie »Moselbrück« ausgewählt hatten. Natürlich waren die Ürziger stolz, dass ihr Ort nun filmreif geworden war. Das

Anlegesteg des Hotels Mosel-Schild in Ürzig

Tourismusgeschäft erfuhr einen Aufschwung. Andererseits hätte man sich als Besucher auch schon einmal ein ruhigeres, beschauliches Eckchen, an dem man ausspannen und über »die gute alte Zeit« ungestört nachdenken konnte, gewünscht. Aber überall pulsierte das Leben. Neben vertrautem Deutsch hörte man niederländische, französische, englische, ja sogar russische Wortfetzen. Beachtliche Scharen von Touristen, oft in Gruppen, bevölkerten die schmalen, engen Gassen. Insbesondere vor Haus- und Kellereingängen, in denen Weine, Trester, Liköre, Öl aus Traubenkernen und andere Produkte der Region angeboten wurden, bildeten sich Menschentrauben. Irgendwie kam man sich vor wie in der Rüdesheimer Drosselgasse.

So interessant dieses Treiben auch war: Uwe, Marie und Julia waren froh, als sie wieder allein auf ihrem Boot waren. Sie banden es los, lenkten zur Strommitte und hielten Kurs flussaufwärts. Hinter ihnen verklang der Lärm der Stadt. Die ruhige und stille Weiterfahrt war indessen nicht von Dauer. Schon eine gute halbe

Stunde nach dem Ablegen erreichten sie die Doppelschleuse von Zeltingen bei Stromkilometer 124. Die Schleusentore waren geschlossen.

Vor der Einfahrt lagen ein 110 m langes Frachtschiff, ein etwa 25 m langes Fahrgastschiff, ein 12 m langer Segler und zwei Motorboote etwa gleicher Länge. Nachdem über Funk geklärt war, dass sie später in die Schleuse fahren konnten, warteten sie, bis sich die Tore öffneten und ein Talfahrer ausgelaufen war. Dann fuhren zuerst die beiden Berufsschiffe in die Kammer. Um Platz für die drei Sportschiffe zu bekommen, bat der Schleusenwärter die beiden Kapitäne, ihre Schiffe weit vorne festzumachen. Der Skipper der Segelyacht, der an der Pinne stand, wollte an der rechten Wand anlegen. Bei dem Manöver scheuchte er seine Mitfahrerin, die zwei überlange Seile in der Hand hielt, hektisch schreiend vom Bug zum Heck und umgekehrt. Schließlich forderte er sie im Befehlston auf, die glitschige, sechs Meter hohe Eisentreppe hinaufzuklettern, um die Seile über die oberen Poller zu legen und von dort zum Boot zurückzuführen. Es kam, wie es kommen musste. Nachdem die Vorleine befestigt war, fiel der offensichtlich verängstigten Seglerin die Achterleine aus der Hand und landete im Wasser. Das Segelboot trieb nun mit dem Heck auf die gegenüberliegende Schleusenwand zu, an der inzwischen eines der Motorboote festgemacht hatte. Der weit über das Heck ragende Mast verfing sich in der Reling des Motorboots und bohrte ein Loch in das dort befindliche Sicherheitsnetz. Statt auf das sich anhebende laute Geschrei der Motorbootbesatzung besonnen zu reagieren, legte der Segler in der Hektik nicht den Vorwärts-, sondern den Rückwärtsgang ein und gab Vollgas. Das Segelschiff, das zwischenzeitlich mit viel Mühe von der Motorbootbesatzung in Richtung der gegenüberliegenden Wand weggedrückt worden war, schoss nach hinten und lief unkontrolliert auf das Motorboot zu. Das überhängende Mastende traf eine der Relingstützen mit voller Wucht. Unter lautem Knirschen bog sich die Nirosta-

Stange nach innen durch, riss aber nicht ab. Das verbogene Gestänge ließ die Bugreling traurig aussehen. Der ganze unseemännische Vorgang wurde nicht nur von den in der Schleusenkammer befindlichen Schiffern beobachtet. Der oben in seinem Turm sitzende Schleusenwärter starrte entsetzt auf seinen Monitor, auf den zwei Außenkameras das Geschehen in der Schleusenkammer übertrugen und ihm so einen ständigen Überblick verschafften. Schließlich öffnete er sogar eines der vorderen Fenster seines Hochsitzes und krakeelte verschiedene Anweisungen über die Lautsprecheranlage. Inzwischen hatte sich auch eine Vielzahl von Gaffern zu Fuß, auf Inlineskatern oder Fahrrädern auf der Schleusenbrücke eingefunden. Die Schaulustigen beobachteten aufmerksam, was sich in der Schleusenkammer tat. Das aufgeregte Geschrei, das hektische Durcheinander und die Aussicht, etwas noch Aufregenderes zu erleben, hatte sie magisch angezogen. Aus der Kammer des Schreckens für Schiffer waren Kammerspiele für Zuschauer geworden. Teilweise rief man dem Segler gute Ratschläge zu. Zur Besserung der Situation trug das indessen nicht bei. Durch die Zurufe wurde der Segler nur noch unsicherer und nervöser. Es dauerte geraume Zeit, bis alle Schiffe festlagen und die Schleusentore endlich geschlossen werden konnten. Als die Schleusenkammer vollgelaufen und sich das Obertor öffnete, wartete Uwe, der ganz hinten lag, bis alle Schiffe draußen waren. Erst dann ließ er die Festmacherleinen lösen und fuhr mit langsamer Fahrt hinaus.

Die beiden an der Havarie beteiligten Schiffer hatten ihre Boote stromaufwärts festgemacht und waren immer noch dabei, sich gegenseitig zu beschimpfen. Ja, das Schleusen kann eine nervenaufreibende Angelegenheit sein. Maritime Missgeschicke treffen aber nicht nur Neulinge und ungeübte Charterbootfahrer, sondern auch erfahrene Skipper.

An den Weinbergen der Moselorte Wehlen und Graach vorbei lief die *Andrea Doria* in bedächtiger Fahrt auf ihr heutiges Etappen-

Blick auf Bernkastel

ziel, Bernkastel-Kues, zu. Auf diesem Moselabschnitt wird das Landschaftsbild deutlich von den üppigen Weinbergen geprägt. Anders als auf den kunstvoll angelegten Terrassen der Untermosel ziehen sich hier Tausende von Rebstöcken vom Ufer bis zu den Hügelkuppen hinauf. Meist wird hier Riesling, die »Königin der weißen Reben«, angebaut. Es ist die wichtigste Rebsorte an der Mosel überhaupt. Das milde Klima, der einzigartige Boden, alte Rebstöcke und viel Sonne lassen die Rieslingtrauben langsam reifen, so dass besonders fruchtige, mineralische, elegante, feine und langlebige Weine entstehen. Der noch im Mittelalter überwiegend angebaute Elbling, der von den Römern an die Mosel gebracht worden sein soll, findet sich heute nur noch auf den Muschelkalkböden der Obermosel. Riesling und Rivaner, auch Müller-Thurgau genannt, haben ihn weitgehend verdrängt. Zu Recht, denn der sehr trockene Elbling ist doch mehr etwas für ausgesprochene Herbweintrinker, während der Rivaner weniger säurebetont ist und aromatischer schmeckt. Grau- und Weißburgunder (Pinot blanc) erfreuen sich hingegen zunehmender

Beliebtheit. Sie liegen im Trend. Natürlich werden an der Mosel, der allgemeinen Nachfrage folgend, auch die Rotweinsorten Dornfelder und Spätburgunder (Pinot noir) erzeugt. Die roten Rebsorten bedecken indessen nur etwa neun Prozent der gesamten Anbaufläche. Da aber inzwischen nachgewiesen werden konnte, dass der mäßige Genuss von Rotwein das Infarktrisiko senkt und der Arterienverkalkung vorbeugt, wird sich die Nachfrage nach Rotweinen sicher erhöhen. Nicht auszuschließen ist sogar, dass Wein demnächst als Arzneimittel zugelassen wird. Eine unkomplizierte Darreichungsform braucht erst gar nicht entwikkelt zu werden. Da es schon heute mehr alte Winzer als alte Ärzte gibt, erscheint die These von der gesundheitsfördernden Wirkung des Weins nicht einmal abwegig. Riesling und Elbling werden in vielen Gebieten auch zu Sekt veredelt. Im traditionellen Flaschengärungsverfahren – wie in der Champagne – entstehen nach mindestens neunmonatiger Lagerung Winzersekte von besonderer Güte. Wenn sie die Bezeichnung Cremant führen wollen, muss der Grundwein aus Ganztraubenpressung mindestens zwölf Monate in der Flasche gereift sein.

Vor Stromkilometer 131 bog Uwe nach rechts in den weitläufigen Hafen ein. An der Steganlage des BC Bernkastel fand er, in unmittelbarer Nähe des Clubschiffs, einen freien Gastliegeplatz. Dort machten sie das Boot mit freundlicher Hilfe einer französischen Familie, die ihr Schiff in der Nachbarbox liegen hatte, fest. Nachdem die erforderlichen Arbeiten erledigt waren, stellten sie Tisch und Klappstühle auf und nahmen in der untergehenden Sonne einen Absacker. Sie beschlossen, den Abend an Bord zu verbringen. Die Sehenswürdigkeiten der Doppelstadt wollten sie am folgenden Tag erkunden. Als es zu dämmern begann, leuchtete ihnen die moselabwärts über dem Ort liegende und in grünes Licht getauchte Burgruine Landshut entgegen. Der märchenhafte Anblick strömte eine wohlig ermüdende Ruhe auf sie aus, so dass sie sich bald zum Schlafen niederlegten.

Blick auf den Hafen Bernkastel

Blick vom Hafen auf die Burgruine Landshut

24. Kapitel

Es war etwa eine gute Stunde vergangen, als die Mitglieder der Strafkammer den Sitzungssaal wieder betraten. Der Vorsitzende erhob das Wort:
Im Namen des Volkes!
»In der Strafsache gegen die Erzieherin Henja Stehen, geboren am 22.3.1980 in Sneek, wohnhaft Prinsengracht 46 in Amsterdam, niederländisch, ledig, wegen Verstoßes gegen das Betäubungsmittelgesetz, hat die 8. Strafkammer des Landgerichts Frankfurt am Main für Recht erkannt:

Die Angeklagte wird wegen gemeinschaftlichen Handeltreibens mit und der Einfuhr von Betäubungsmitteln in nicht geringer Menge zu einer Freiheitsstrafe von zwei Jahren verurteilt. Die Vollstreckung des nach Anrechnung verbüßter Untersuchungshaft verbleibenden Strafrestes wird zur Bewährung ausgesetzt. Die Bewährungszeit beträgt drei Jahre.«

Als Henja den letzten Satz hörte, begann sie zu schluchzen. Die vom Vorsitzenden vorgetragene Kostenentscheidung und die Aufzählung der vom Gericht angewandten Strafvorschriften bekam sie nicht mehr mit. Wozu auch. Sie wollte nur noch raus aus dem Sitzungssaal und nach Hause. Rechtsanwalt Lachmann gelang es sie zu beruhigen und ihr klarzumachen, dass das Urteil jetzt begründet werden würde. Sie müsse warten und sehen, ob der Urteilsspruch überhaupt rechtskräftig werde. Dies sei nur dann der Fall, wenn auch der Staatsanwalt das Urteil anerkennen und auf die Einlegung eines Rechtsmittels verzichten würde.
»Papa Gnädig« gab sich bei der Urteilsbegründung alle erdenkliche Mühe. Er erläuterte umfassend die tat- und schuldrelevanten Umstände. Wiederholt hob er das für ihn glaubhafte Geständnis

der Angeklagten als positiv hervor. Danach wog er die für und gegen die Angeklagte sprechenden Strafzumessungsgründe so ab, dass der milde Urteilsspruch auch von Seiten der Staatsanwaltschaft akzeptiert werden konnte. Schließlich wies er darauf hin, dass das Gericht fest davon überzeugt sei, dass die Angeklagte künftig ein straffreies Leben führen werde.

Oberstaatsanwalt Börner wollte nicht päpstlicher sein als der Papst. Auch wenn der Strafausspruch sehr milde ausgefallen war. Damit konnte er leben. Schließlich war er kein Racheengel des Rechtsstaats und die Gefängnisse waren ohnehin schon überfüllt. Im Übrigen war Richter Krüger durchaus in der Lage, ein Urteil »wasserdicht« abzusetzen. Die Aussichten, eine Strafmaßrevision beim Bundesgerichtshof erfolgreich durchzuführen, schätzte der Anklagevertreter als gering ein. So erkannte er das Urteil an und Henja konnte den Sitzungssaal als freie Frau verlassen. Die Justizvollzugsbeamten, die sie zum Gericht gebracht hatten, fuhren sie in der »grünen Minna« zur Justizvollzugsanstalt zurück. Hier wurde sie »ausgecheckt«. Rechtsanwalt Lachmann hatte versprochen, sie mit seinem Wagen an der Justizvollzugsanstalt abzuholen und sie mitzunehmen. Sein Angebot hatte sie dankbar angenommen, da ihr Flugticket inzwischen längst verfallen war und sie auch nicht über sehr viel Bargeld verfügte.

Nachdem Henja ihre persönlichen Sachen im Gefängnis zurückerhalten hatte und förmlich entlassen worden war, traf sie sich vor dem Eingang mit dem Anwalt. Sie war aufgewühlt. Endlich war sie wieder frei. Sie fühlte sich so gut, so überschwänglich glücklich, dass sie Rechtsanwalt Lachmann um den Hals fiel, ihn drückte und herzte. Nachdem sie ihre Freudentränen weggewischt und er beruhigend auf sie eingeredet hatte, setzte sie sich auf den Beifahrersitz des Cabriolets. Über die Bockenheimer Landstrasse verließen sie Frankfurt in Richtung A 3, die sie auch bald erreichten. Nicht zuletzt, um seine eigene Leistung gebührend herauszustellen, erläuterte ihr Rechtsanwalt Lachmann während der Fahrt, welches Glück sie gehabt habe. Einen gnädigen Kammervorsitzenden, wohlwollende Beisitzer und einen Oberstaatsanwalt, der abgeklärt genug sei, den Erfolg seiner Arbeit nicht an der Höhe des erreichten Strafmaßes zu messen, finde man nicht alle Tage. Natürlich habe seine in vielen Verfahren erprobte Prozesstaktik dazu beigetragen, einen derart günstigen Urteilsspruch zu erwirken. Aufgeregt wählte Henja die in ihrem Handy gespeicherte Nummer von Piet, musste aber bald feststellen, dass der Akku nach der langen Liegezeit im Knast leer war. Rechtsanwalt Lachmann überließ ihr sein Handy. Aber auch damit kam sie nur bis zur Mailbox durch. Um so größer war ihre Freude, als der Anwalt unvermittelt damit herausrückte, dass er Piet bereits vom glücklichen Ausgang des Hauptverhandlungstermins unterrichtet habe. Piet werde in Heerlen, wo er sie jetzt hinbringe, auf sie warten.

Da es warm und sonnig war, bat Henja den Anwalt am Kamener Dreieck, das Verdeck seines BMW-Cabriolets zu öffnen. Lachmann hielt an und tat ihr den Gefallen. Als sie weiterfuhren, lehnte sich Henja weit zurück und genoss es, wie der Wind in ihrem Haar spielte und den widerlichen Geruch der muffigen Knastzelle, der noch in ihren Kleidern hing, langsam wegwehte. Während sie den lang vermissten blauen Himmel und die weißen Wolken betrachtete, fühlte sie sich wie neugeboren. Das satte Grün der vorbeiziehenden Wälder und die ihr heute unendlich vorkommende Weite der Landschaft wirkten beruhigend. Sie war froh, endlich frei zu sein.

Burgruine über Weinberg

25. Kapitel

Von Stegnachbarn hatte Uwe gehört, dass morgens, pünktlich um 8 Uhr, eine Landbäckerei den jenseits der Landzunge liegenden Campingplatz mit frischen Backwaren beliefere. Also machte er sich, gegen seine sonstigen Gewohnheiten, rechtzeitig auf, stieg die Stufen vom Hafen aus hoch und ging dann den Weg zu den Verkaufsstellen des Campingplatzes hinunter. Er war nicht der Erste, der eintraf. Vor dem Bäckerwagen hatte sich bereits eine lange Schlange unausgeschlafen wirkender Camper eingefunden, die alle vom Wunsch nach knusprigen Brötchen beseelt waren. Es half nichts. Uwe musste anstehen. Die nächsten zwanzig Minuten kamen ihm trotzdem kurzweilig vor, da er während der Wartezeit hinreichend Gelegenheit hatte, die neuesten Trends und Auswüchse moderner Campingkleidung zu bewundern. Mit einem Baguette, drei Croissants und sechs Brötchen zog er schließlich zum Boot zurück, weckte seine beiden Damen und bereitete den Kaffee.

Die Stundenglocke von Sankt Brictius schlug 11 Uhr, als sie endlich aufbrachen. Es war eigentlich schon zu warm, um stundenlang herumzulaufen. Aber sie hatten sich leicht gekleidet und waren überzeugt, auf ihrer Entdeckungstour das eine oder andere schattige Plätzchen zum Ausruhen zu finden. Bereits unweit der Hafeneinfahrt stießen sie auf das Geburtshaus des berühmtesten Sohnes der Stadt, Nikolaus von Kues. Der im Jahre 1401 als Sohn des Schiffseigners und Fischers Chrypffs geborene Gelehrte, der sich Cusanus nannte, hatte als Junge die Fraterherrenschule von Deventer besucht und dort die Grundlagen für seine wissenschaftliche Ausbildung erhalten. Später studierte er in Heidelberg Mathematik und Theologie. Nachdem er im Alter von 22 Jahren in Padua im Kirchenrecht promoviert hatte, begann er 1425 seine Karriere als Kirchenmann, die ihn quer durch Europa führte. Am Cusanushaus findet sich ein Wappen, welches im unteren Teil einen roten Krebs auf weißem Grund zeigt. Der stehende Krebs ist noch heute im Wappen der Stadt zu sehen und deutet auf den Familiennamen des Gelehrten hin (Chrypffs = Krebs). Nach dieser Einstimmung war es unvermeidlich, dass Julia, Marie und Uwe auch das an der Moselbrücke gelegene Nikolaushospital, die berühmte Stiftung des Cusanus, besuchen mussten. In dem im Jahre 1458 fertiggestellten Gebäude waren, entsprechend dem Lebensalter Jesu, 33 Wohnstätten für arme, alte Männer eingerichtet worden, die hier ihren Lebensabend verbringen konnten. Eine Art frühes Seniorenheim mit Speisesaal, Krankensaal, Kapelle und Bibliothek also. Hier konnte man leben, krank sein, glauben oder sich bilden. Schon die ersten Schritte ins Innere ließen alles anders erscheinen. Es war ruhig, fast gedämpft. Die drei begannen unweigerlich zu flüstern. Die Gewölbe und der Kreuzgang waren menschenleer. Nur gelegentlich fiel weiches Licht auf wechselnde Punkte. Die Lichtstrahlen folgten dem Gang der Sonne.

Es war die Bibliothek, die Julia in besonderem Maße anzog. Im 15. Jahrhundert war das die bedeutendste wissenschaftliche

Privatbibliothek überhaupt. Nachdem man sich den bibliophilen Kostbarkeiten gebührend gewidmet hatte, gingen sie über die Moselbrücke auf die andere Seite. Früher war die Überquerung der Mosel beschwerlicher. Als der Landschaftsmaler Carl Bodmer 1828 die Mosel bereiste und seine Aquatinten von Kues und Bernkastel zeichnete, verband noch eine Art treibende Schiffbrücke die beiden Orte. Ohne Fährmann lief damals nichts.

Die Mandatstraße hinauf schlenderten sie zu dem von vierhundert Jahre alten prachtvollen Fachwerkhäusern umrahmten mittelalterlichen Marktplatz. Auf dem Rand des 1606 errichteten Michaelsbrunnen ruhten sie sich ein wenig aus. Das Renaissance-Rathaus und das Spitzhäuschen mit seinem Schwebegiebel lagen in unmittelbarer Nähe. Von dort gelangten sie irgendwann an das Graacher Tor, in dem das Heimatmuseum untergebracht ist. Direkt dahinter stießen sie auf den Weinberg, in dem die Spitzenlage »Bernkasteler Doctor« angebaut wird. Der Name des Weins geht nicht etwa darauf zurück, dass ein promovierter Winzer ihn anbaut. Auch wenn das hier gelegene Weingut St. Johannishof »Dr. Loosen« darauf schließen lassen könnte.
Einer Legende zufolge soll im Mittelalter der schwer erkrankte Trierer Erzbischof Beomund II versprochen haben, denjenigen reich zu belohnen, der ihn von einer schweren Krankheit heilt. Ein Bernkasteler Winzer brachte ihm ein Fässchen seines besten Weins. Nachdem der Bischof diesen Wein getrunken hatte, wurde er schnellstens gesund. Aufgrund der überragenden Heilkraft nannte der Winzer seinen Wein »Bernkasteler Doctor«.

Da geraume Zeit vergangen und sie vom Besichtigen rechtschaffen müde geworden waren, kehrten sie in der Kallenfelsstraße in die »Älteste Weinstube« ein. Über 300 Jahre lang ist dieses Haus mit dem romantischen Ambiente und dem Charme vergangener Jahre im Besitz einer Familie, die es nun in der elften Generation führt.

26. Kapitel

Bereits seit zwei Stunden wartete Piet in einem kleinen Kaffeehaus in der Coriovallumstraat in Heerlen. Obwohl er sich auf das Wiedersehen mit Henja freute, war ihm nicht ganz wohl zumute. Schließlich hatte er sie überredet, als Rauschgiftkurier für ihn tätig zu werden. Ohne seinen Einfluss wäre sie nie mit dem Gesetz in Konflikt geraten und verhaftet worden. Wie hatte sie die leidvolle Erfahrung des fast achtmonatigen Strafvollzugs verkraftet? Würde sie enttäuscht oder wütend sein? Würde sie ihn überhaupt noch lieben oder gar hassen? Der sonst so selbstbewusste Piet war verunsichert. Die Klingeltöne des Mobiltelefons stoppten seinen Gedankenflug. Lachmann teilte ihm mit, dass er mit Henja vor dem Thermenmuseum auf ihn warten würde. Piet zahlte und hastete eilig die kurze Strecke zum Museum herunter. Henja war ausgestiegen und stand neben dem Wagen des Anwalts. Sie sah blass und zerbrechlich aus, lächelte ihm entgegen, ging aber nicht auf ihn zu. Als Piet sie umarmte, liefen ihr dicke Tränen die Wangen herunter. In diesem Augenblick wusste er nicht, ob es Freudentränen waren.

Nachdem Rechtsanwalt Lachmann sich verabschiedet hatte, gingen Piet und Henja zu dem in der Nähe geparkten Wagen. Piet war fahrig und nervös. Als sie die Stadt verlassen und die Autobahn erreicht hatten, fuhr er mit viel zu hoher Geschwindigkeit in Richtung Amsterdam. In Höhe von Eindhoven fragte Henja ihn schließlich, ob sie auf der Flucht seien. Wenn nicht, solle er doch etwas langsamer fahren. Als Piet ihrem Wunsch entsprochen und sich ihre Anspannung gelöst hatte, begann sie ihm die Umstände ihrer Festnahme am Flughafen und die nachfolgende Inhaftierung eingehend zu schildern. Das musste einfach aus ihr heraus. Wie die Fahndungsbeamtinnen vom Zoll das Kokain mit Hilfe einer Ärztin aus ihrer Vagina geholt hatten, wollte sie erst gar nicht berichten. Dafür erläuterte sie ausführlich die Aufnahmeprozedur in der Haftanstalt. Alle persönlichen Dinge waren abzugeben und wurden in Verwahrung genommen. Der teilweise rüde Befehlston und das Verhalten einiger Bediensteter der Untersuchungshaftanstalt, die sie herumschubsten und regelmäßig duzten, war ihr unangenehm aufgefallen. Danach musste Piet sich anhören, wie ihre Zelle beschaffen war. Boden und Wände waren in tristem Grau gestrichen. Die bedrückende Enge, die kahlen Zellenwände, das ganz oben angebrachte kleine und zusätzlich verblendete Milchglasfenster, das jeden Blick in die Außenwelt versperrte, hatten sich tief in die Erinnerung Henjas eingegraben. Dies galt auch für die massive Zellentür, die ohne jede Vorwarnung auf- und zugeschlossen wurde. Auch den darin befindlichen Zellenspion, durch den sie sich oft heimlich beobachtet fühlte, fand sie schrecklich. Jeden Morgen, kurz vor 6:00 Uhr, habe eine Justizvollzugsbeamtin hereingeschaut und nachgesehen, ob sie noch lebe. Er könne sich gar nicht vorstellen, wie man sich fühle, wenn man den ganzen Tag auf leere Wände, ein Toilettenbecken ohne Brille und Deckel und eine öde Pritsche starren müsse. Nur während der täglichen Freistunde und dem Rundgang im Hof habe sie den Himmel sehen können. Aber auch dieser Rundgang sei ihr meist durch beleidigende Bemerkungen ihrer überwiegend hafterfahrenen und ätzenden Mitgefangenen vergällt worden.

Ihre größte Enttäuschung habe sie allerdings bei dem von Rechtsanwalt Lachmann beantragten Haftprüfungstermin vor dem Amtsgericht erlebt. Die mündliche Verhandlung habe gerade einmal fünfzehn Minuten gedauert. Der Haftrichter sei an ihrer Person nicht interessiert gewesen. Nach der Belehrung, dass sie aussagen könne oder auch nicht, habe sie erklärt, keine Angaben zur Sache machen zu wollen. Daraufhin habe der Staatsanwalt sofort herumgenörgelt, warum man denn überhaupt einen Haftprüfungstermin beantragt habe. Weder am dringenden Tatverdacht noch an den Haftgründen der Flucht- und Verdunklungsgefahr habe sich etwas geändert. Der weitere Vollzug der Untersuchungshaft sei mithin erforderlich, um die Durchführung der zu erwartenden Hauptverhandlung sicherzustellen. Im Falle ihrer Freilassung würde sich die Beschuldigte, die Ausländerin sei und nicht über einen festen Wohnsitz oder familiäre Bindungen im Inland verfüge, doch sofort nach Holland absetzen. Rechtsanwalt Lachmann, der versicherte, dass seine Mandantin im Falle der Freilassung später jeder gerichtlichen Ladung nach Deutschland Folge leisten würde, wurde nur belächelt. Auch das Angebot einer Kaution von mehreren tausend Euro, die im Falle ihres späteren Nichterscheinens zugunsten der Staatskasse verfallen würden, konnten Richter und Staatsanwalt nicht überzeugen. Als ihr Antrag, die Untersuchungshaft bis zur Hauptverhandlung auszusetzen, abgelehnt worden sei, habe sie keinerlei Hoffnung mehr gehabt. Selbst der Hinweis des Rechtsanwalts, er werde gegen die Entscheidung des Haftrichters Beschwerde bei der zuständigen Strafkammer des Landgerichts einlegen, habe sie nicht zuversichtlicher gestimmt.

Als sie schließlich in Amsterdam angekommen waren, hatte Henja Piet alles erzählt, was sie seit langem bedrückte. In der Wohnung führte ihr Weg direkt ins Badezimmer. Als Erstes ließ sie warmes Wasser in die Wanne laufen. Dann suchte sie ihre liebsten Badezusätze zusammen und versank, nachdem sie sich entkleidet hatte, in dem wohlriechenden warmen Badewasser. Sie blieb lange liegen und hatte das Gefühl alle Sorgen, alles Schmutzige, was sie erlebt hatte, abzuwaschen. Nach und nach entspannte sie sich, fühlte sich wohlig und sauber wie lange nicht. Nur als Piet nach einiger Zeit ins Bad kam, ihr über die nassen Haare strich und den Busen berührte, empfand sie dies nicht als angenehm. Für Liebkosungen war sie noch nicht bereit.

Bernkastel Innenstadtansicht

27. Kapitel

Bei Marie war das ganz anders. Am nächsten Morgen, vor dem Ablegen in Bernkastel-Kues, wollte sie unbedingt joggen gehen. Beim Frühstück erklärte sie den andern beiden, dass sie an das morgendliche Laufen gewöhnt sei und es auf der Bootsfahrt nicht missen wolle. Uwe, der ebenfalls der Ansicht war, dass man sich auf dem Schiff zu wenig bewege, schloss sich ihr an. Er wollte mit ihr laufen. Da die Sonne bereits über die gegenüberliegenden Berge gestiegen war und den Hafen mit einem warmen Morgenlicht überflutete, hatte auch Julia nichts dagegen, erst später abzufahren. Sie wollte die Zeit dazu nutzen, um auf dem Freideck ungestört ein wenig zu lesen, wozu sie sonst kaum kam.

Nachdem Marie und Uwe ihre Laufschuhe und Laufklamotten angezogen hatten, gingen sie die Hafentreppe hoch und liefen den Weg zum Campingplatz hinab. Von dort rannten sie quer über die Wiesen zum Moseluferweg, dem sie in westlicher Richtung folgten. Schon bald hatte Uwe Mühe, das Tempo der gut trainierten Marie mitzuhalten. Er ließ sich ein paar Schritte zurückfallen, damit sie seinen schwerer werdenden Atem nicht bemerkte. Als er nach ein paar hundert Metern über eine Wurzel stolperte, wurde ihm klar, dass er sich weniger auf den Weg als auf die schönen langen Beine seiner jungen Schwägerin konzentriert hatte. Insbesondere der Anblick der aus dem viel zu engen und kurzen Shorty vorwitzig herausragenden Rundungen ihres knackigen Hinterns fesselten ihn. Mit einem Zwischenspurt schloss er zu Marie auf. Als er unmittelbar neben ihr lief, fielen ihm außer dem hin- und herpendelnden Pferdeschwanz der bei jedem Schritt auf und ab wippende Busen auf. Ein aufflackerndes Verlangen erfasste ihn. Schließlich nahm er ihre Hand und zog sie zu einem kleinen, von Weidenbüschen umgebenen Wiesenstück direkt am Moselufer. Bald lagen sie eng umschlungen auf dem Boden, umarmten und küssten sich, bis es ihnen den Atem nahm. Als er die festen Spitzen ihrer Brust berührte und über die Innenseite ihres Schenkels strich, durchfuhr sie ein wohliger Schauer. So lagen sie nackt neben-, über- und untereinander und wussten nicht mehr, welche Körperteile zu wem gehörten. Ihre Begierde war so stark wie die nachfolgende Vereinigung. Auf das Nachspiel mussten sie allerdings verzichten. Das aufgeregte Gekläffe eines Dackels, der offensichtlich annahm, hier mitspielen zu können, ließ sie rasch zu sich kommen. Während sie ihre verstreut herumliegenden Sachen einsammelten und anzogen, erschien auch schon der Hundehalter. Immerhin sagte er nichts und entfernte sich umgehend, zwar kopfschüttelnd, aber still und diskret. Auch sein Dackel folgte ihm schließlich nach mehreren Zurufen.

Als sie wieder an Bord waren, kamen die beiden Julia irgendwie verändert vor. Ihr war bewusst, dass man sich bei einem Dauerlauf erhitzte, aber diese Aufgewühltheit, die sie irgendwie spürte, beunruhigte sie doch sehr.
Es war fast Mittag, als die *Andrea Doria* um die Hafenmole bog und

weiter stromaufwärts fuhr. Die Sonne brannte erbarmungslos. Es war heiß und Julia hatte das faltbare Sonnen-Segel über dem Cockpit aufgezogen. Entgegen ihrer sonstigen Gewohnheit, die vorbeiziehende Landschaft zu bewundern, hatte sie ihr Buch nicht aus der Hand gelegt und las. Marie hatte sich aufs Vorschiff verzogen und ihr Laptop geholt. Sie musste sich ablenken. Nachdem sie den UMTS-Stick für mobiles Internet installiert hatte, konnte sie die neu eingegangenen E-Mails lesen. Außer ihrem Exfreund, der sie um ein Treffen bat, hatten sich einige Kollegen gemeldet und ihr über die im Zuge der weltweiten Finanzkrise brodelnden Horrorgeschichten berichtet. Das sah alles verdammt mies und beunruhigend aus, half ihr aber, das flüchtige Glückserlebnis am Moselufer ein wenig abebben zu lassen. Außerdem konnte sie so Gesprächen mit ihrer Schwester aus dem Weg gehen. Auch Uwe hatte Mühe, seine Gefühle und die anströmende Gedankenflut zu ordnen. Schweigsam lenkte er das Boot. Bis zum Weinort Lieser verlief die Mosel übersichtlich, so dass er weitgehend geradeaus fahren konnte. Da Julia keine Erklärungen zu den Orten, den sichtbaren Bauwerken oder der Landschaft abgab, legte er sich einen kleinen Reiseführer neben die Flusskarte und machte sich während der Fahrt selbst schlau. So betrachtete er das malerisch am Ufer gelegene Renaissanceschloss und erfuhr, das der alte Posthof von Lieser früher Zwischenstation der von Thurn und Taxis betriebenen Postlinie Brüssel – Wien war. Bei Stromkilometer 134,5 passierte er die kleine Steganlage der Firma Boote-Frey. Auch die zwei folgenden Kilometer bis Brauneberg waren schnell geschafft. Schiffsverkehr war so gut wie keiner. Obwohl die Gemeinde über sehenswerte Weinhöfe und einen eigenen Schwimmsteg für Sportboote verfügt, fuhr Uwe weiter, um bloß keine Unruhe ins Schiff zu bringen. Für einen »Brauneberger Juffer« war ohnehin weder die Stimmung noch der richtige Zeitpunkt. So zogen sie langsam an dem Ort, der noch bis 1925 den klangvollen Namen »Dusemont« (süßer Berg) trug und in dessen Weinbergen die höchste je in Deutschland erreichte

Temperatur mit 41,2° C im Schatten gemessen worden war, vorbei. Eine knappe Stunde später meldete sich Uwe über Kanal 22 bei der am Stromkilometer 141,48 gelegenen Staustufe Wintrich an und fragte nach, wann er durchschleusen könne. Nachdem ihm der Schleusenwärter mitgeteilt hatte, dass das zu Berg fahrende Fahrgastschiff »Möwe« gemeldet sei, hinter dem er in die Schleuse einfahren dürfe, manövrierte Uwe das Schiff in Ufernähe, hielt es dort mit leichtem Gas gegen die hier schwächere Strömung und wartete. Schließlich kam die »Möwe«. Nachdem das Fahrgastschiff in den Schleusenbereich eingefahren war, fuhr Uwe mit dem nötigen Abstand hinterher. Immerhin hatten Julia und Marie Buch und Laptop beiseitegelegt und standen, auch ohne dass er darum gebeten hatte, an Bug und Heck mit den Leinen bereit, um die *Andrea Doria* an Treppe und Poller festzumachen. Da sich die beiden Schiffe die Schleusenkammer alleine teilten, hatten sie viel Platz und konnten weit auseinanderliegen. So verliefen der Schleusenvorgang und die Ausfahrt problemlos. Nach einer knappen Stunde tuckerten sie über den ruhig vor ihnen liegenden Stausee auf die große Moselschleife bei Minheim zu. Als Julia einige Zeit später »Ich weiß nicht, was soll es bedeuten, dass ich so traurig bin« vor sich hinsummte, wusste Uwe, dass sie die Landschaft wieder beobachtete und dabei die Mosel-Loreley entdeckt hatte. Vom Gipfel des 443 Meter hohen Berges kann man weit über den Fluss, den Hunsrück und die Eifel blicken. Dort, wo der buschbewachsene Fels in die Mosel taucht, bildet er eine kleine Schlucht, so dass am Ufer eine Halbbucht entsteht. Kleinere Boote können hier, ohne die Schifffahrt zu behindern, ankern. Da weder Weg noch Straße an dem Felsen vorbeiführen, ist es ein ruhiger Ankerplatz.

Es dauerte nicht mehr lange, bis die Moselbrücke hinter Niederemmel und etwa ein Kilometer dahinter der Weinort Piesport mit der zweiten Moselbrücke vor dem Bug lagen. Nicht weit von dem Steilhang, in dem die Reben des famosen »Piesporter Gold-

Mosel Loreley

tröpfchens« wachsen, war im Jahre 1985 eine römische Kelteranlage entdeckt und ausgegraben worden. In dem Kelterhaus sind verschiedene Wannen und Becken (Most-, Kelter-, Press- und Maischbecken), die zum Keltern des Weins benötigt wurden, zu sehen. Die Baumkelter mit Spindelpresse, von den Römern Torcularium genannt, wurde originalgetreu restauriert und ist heute, als größte und älteste Anlage diesseits der Alpen, ein touristischer Anziehungspunkt erster Güte. Die Anlage soll im vierten und fünften Jahrhundert betrieben worden sein.

Am Ende der ausgedehnten Moselbiegung bei Ferres verläuft der Fluss die nächsten vier Kilometer ziemlich gerade. Am linken Ufer mündet das Flüsschen Dhron in die Mosel. Wer das dahinter liegende Tal mit der Ruine der Burg Dhronecken durchwandert, befindet sich auf geschichtsträchtigem Boden. Der grimmige Hagen von Tronje, der den Nibelungenheld Siegfried beim Trinken aus einer Quelle mit einem Speer meuchlerisch ermordete, soll von hier stammen. Jetzt war es nicht mehr weit bis

Uferansicht von Piesport

Neumagen. Neumagen-Dhron ist als ehemalige Sommerresidenz Kaiser Konstantins im vierten Jahrhundert nicht nur der unbestritten älteste Weinort Deutschlands; bei Stromkilometer 152,8 liegt einer der schönsten und bestgeführtesten Yachthäfen an der ganzen Mosel. Hier findet der Sportschiffer alles, was sein Herz begehrt. So lenkte Uwe das Schiff langsam in die Einfahrt, denn hier wollten sie bleiben. Prompt erschien auch an der hinter der Hafeneinfahrt befindlichen Bootstankstelle der freundliche Hafenmeister und wies ihnen einen freien Platz am Schwimmsteg zu.

Nach dem üblichen Plausch mit bereits angekommenen Bootsfahrern ging Uwe zum Büro des Hafenmeisters, erledigte die Anmeldeformalitäten und zahlte das Hafengeld. Da es noch früh an dem herrlich warmen Abend war und Uwe Lust auf andere Gesellschaft hatte, lud er die beiden Frauen zum Essen ein. Auf der offenen Terrasse des gleich über dem Hafen liegenden Restaurants »Käpt'n Cook« herrschte reges Treiben. Nach längerem Suchen fanden sie jedoch noch drei Plätze an einem nur teilweise

Hafen Neumagen-Dhron

besetzten Tisch. Die Tischnachbarn, die offensichtlich ihre Ankunft mit dem Boot beobachtet hatten, waren neugierig und fragten sie über den Verlauf der Reise und ihr Reiseziel eingehend aus. Insbesondere ihre beiden Kinder waren ganz begeistert und schienen anzunehmen, dass eine Schiffsreise ein ganz besonderes Abenteuer sein müsse. Uwe, Julia und Marie kamen die vielen Fragen nicht einmal ungelegen. Sie beantworteten sie geduldig und wurden von den eigenen, noch in ihren Köpfen kreisenden unbeantworteten Fragen abgelenkt. Nach dem Essen machten sie einen kurzen Spaziergang durch die Hauptstraße. Bei einem Winzer, der seine Auslagen noch nicht weggepackt hatte, kauften sie eine Flasche »Rosengärtchen«, den sie nach der Rückkehr auf dem Boot gemeinsam tranken, ehe sie sich in die Kojen verkrümelten.

Weinbergspfad bei Neumagen

28. Kapitel

Mitten in der Nacht war Henja in Amsterdam aus einem Albtraum erwacht. Sie lag schweißgebadet im Bett. Ihr seidenes Nachthemd klebte auf der Haut. Das Betttuch war klitschnass. Sie stand auf, duschte und zog ein frisches Negligé an. Als sie ins Schlafzimmer zurückkam, zog sie das Bettzeug ab und bezog das Bett neu. Piet, der über einen gesunden Schlaf verfügte, war nicht aufgewacht. Sie war allein mit ihrem Traum. In dem war sie erneut verhaftet und wieder in eine karge Gefängniszelle eingeschlossen worden. Obwohl sie sich klar machte, dass dies nicht wirklich geschehen war, raubte ihr allein die Vorstellung einer erneuten Inhaftierung den Atem. Sie war wütend und rüttelte Piet, der an dem ganzen Unglück schuld war, wach. Dann beschwor sie ihn eindringlich, nie wieder mit Drogen zu handeln und sich oder sie der Gefahr einer Verhaftung auszusetzen. Piet, der ebenso überrascht wie schlaftrunken war, versuchte sie durch gutes Zureden zu beruhigen. Es gelang ihm nur schwerlich. Dabei hatte der Abend so harmonisch begonnen. Zur Feier ihrer Rückkehr hatte Piet frische Schollen mit Butterkartoffeln und Endiviensalat zubereitet. Dies hatte sie begeistert aufgenommen, sich bedankt und überschwänglich erklärt, so gut und schmackhaft habe sie seit langem nicht gegessen. Davon habe sie im Knast nur träumen können. Nach dem Essen hatten sie zusammen auf der ausladenden Couch gesessen und erzählt, wie die letzten Monate verlaufen waren. Henja war gleich bei ihrer Ankunft aufgefallen, dass Piet die Wohnung nicht verändert hatte. Alles stand am vertrauten Platz. Aber als Piet die Champagnergläser gefüllt und mit ihr auf eine glückliche Zukunft angestoßen hatte, wollte sie gerne Musik hören. Sie suchte die CD mit ihrem von Elton John gesungenen Lieblingsstück »Candle in the wind« aus und legte die silbrige Scheibe auf. Mit dem Klang der ersten Töne überfiel sie jedoch eine tiefe Traurigkeit, die sie den restlichen Abend auch nicht mehr verließ. Alle Versuche von Piet, sie durch andere Musikstücke oder nettes Geplauder aufzuheitern, verliefen erfolglos. Schließlich gab er seine Bemühungen auf und schlug vor, nach dem aufregenden und anstrengenden Tag ins Bett zu gehen. Seine insgeheim gehegte Hoffnung, ihre Sorgen und Ängste wegstreicheln zu können, zerschlug sich jedoch bald. Henja hatte keine Lust auf Nähe. Sie wollte einfach nur ausruhen, tief schlafen und vergessen, was passiert war. In ihrem Traum hatte die jüngste Vergangenheit sie eingeholt und hielt sie fest im Griff.

29.Kapitel

Am folgenden Morgen standen Uwe, Julia und Marie spät auf. Der Wein, die aufgestauten Spannungen und die Hitze des vergangenen Tages hatten sie ermüdet. Beim Hafenmeister holten

Weinschiff Neumagen-Dhron

sie sich Duschmünzen ab und duschten nacheinander im Sanitärbereich des Hafens. Danach wurden sie wacher. Das Frühstück verlief einigermaßen harmonisch. Als sie schließlich auf Entdeckungstour in den vor etwa zweitausend Jahren von den Römern gegründeten und mit dem Namen »Novionagus Nemetum« bezeichneten ältesten Weinorts Deutschlands gingen, stand die Sonne schon hoch am wolkenlosen Himmel.
Die Winzer hatten ihre Flaschenweine aus Kellern und Lagern bereits in Holzgestellen auf die Straße gebracht und boten sie den Touristen zum Kauf an. Vor den Blumengeschäften fanden sich üppige Sträuße. Auch andere Geschäftsleute offerierten ihre Waren wohldekoriert im Freien. Der angenehme Duft von frischgebackenem Brot hing noch in den Backstuben.

Es war klar, dass die Bootsfahrer von dem sehr bekannten Fund aus der Römerzeit, dem Weinschiff, gleich vor der Peterskapelle, stark angezogen wurden. Die Plastik, die das Grabmahl eines römischen Weinhändlers aus der Zeit um 220 n. Chr. schmückte,

zeigt sechs Ruderer, einen Taktgeber und einen Steuermann. Auf dem Boot transportiert die Mannschaft vier große Weinfässer. Wie die wenigen Männer die zweiundzwanzig Ruder, die an einer Bootsseite zu zählen sind, bedient haben, wird wohl ihr Geheimnis bleiben. Vielleicht blicken sie wegen dem beachtlichen Kraftakt beim Rudern mit so viel Riemen auch wenig amüsiert, sondern äußerst ernst in die Welt. Nach eingehender Besichtigung der Darstellung, deren Original in den geschützten Räumen des Landesmuseums Trier der Nachwelt bewahrt wird, beschlossen die drei, weitere Exponate, einschließlich der Schulszene im Heimatmuseum, zu besichtigen.
Da Uwe natürlich keine Ruhe gab, bis er auch noch den Nachbau des römischen Weinschiffes ansehen konnte, das die Moselaner nach alten Vorlagen zwischen 2004 und 2007 gebaut hatten, spazierte er mit seinen Damen zu dem kleinen Hafen. Das 18 Meter lange und über 4 Meter breite Holzschiff mit dem klangvollen Namen »Stella Noviomagi« lag ruhig an der inneren Kaimauer und wartete geduldig auf Fahrgäste.

Nach einigen Stunden gingen sie zum Boot zurück und ruhten sich aus. Später am Abend schlenderten sie durch die Parkanlage zum Hotel Anker. Unter der überdachten und weinbelaubten Terrasse entschieden sie sich für einen Frischlingsrücken mit Walnüssen und Schwarzwurzeln in Spätburgundersauce. Danach gab es eine Quarkcreme mit Weinbergpfirsichen. Bei einem frischen Riesling vom Laudamusberg unterhielten sie sich angeregt mit einigen Frankokanadiern, die von dem gepflegten Essen, ihrem Wein, der Aussicht auf den Park und der dahinter im Mondlicht schimmernden Mosel hell begeistert waren.

30. Kapitel

Es war noch früh am Morgen, als Mozarts »Kleine Nachtmusik«, die Piet in seinem Mobiltelefon gespeichert hatte, mehrfach erklang und ihn weckte. Chang Lin, sein Drogenlieferant war am Apparat. »Ich will mit dir sprechen! Um 14:00 Uhr vor dem Reichsmuseum an der Stadhuderskade«, flüsterte er, und seine Stimme klang bedrohlich. Fragen ließ er nicht zu. Auch Henja war inzwischen wach geworden. Das Telefongespräch war kurz. Ein Dialog fand nicht statt. Obwohl er nur knapp antwortete, fiel ihr der ängstliche Tonfall ihres Freundes, den sie sonst als charmanten Telefonplauderer kannte, auf. Das machte sie stutzig. Irgendwie wirkte er unsicher, fahrig und gereizt. Auf ihre Frage, wer angerufen habe und was los sei, reagierte er ausweichend und zögerlich. Schließlich erklärte er, ein Geschäftfreund habe ihm einige vielversprechende Antiquitäten zum Kauf angeboten, die er sich nach Mittag ansehen wolle. Sie glaubte ihm kein Wort. Für den Rest des Morgens zog sich Piet in sein Arbeitszimmer zurück. Durch die gläserne Tür beobachtete Henja, wie er sich dort zunächst mit irgendwelchen Papieren, dann mit seinem Computer beschäftigte. Bis er aus dem Haus ging, redete er wenig und war verschlossen.

Auf seinem Weg zum Reichsmuseum schossen ihm alle möglichen Gedanken durch den Kopf. Er ahnte, nein, eigentlich wusste er schon, was auf ihn zukam. Mit Lin war nicht zu spaßen. Gerüchteweise hatte er gehört, dass sein Drogenlieferant der »Fourteen-K«-Bande angehörte. Dem hochkriminellen Clan der chinesischen Triaden, die in den Niederlanden vor allem als Drogenhändler und Schutzgelderpresser operierten, ging der Ruf gnadenloser Gewaltbereitschaft voraus. Keiner der mafiosen Mitglieder dieser kriminellen Vereinigung, die das Symbol des Drachen als Erkennungszeichen gewählt hatten, würde Bedenken haben, einen Rivalen auszuschalten und Schuldner mit grausamen Disziplinierungsritualen zu maßregeln. Piet hatte inzwischen überprüft, wie hoch seine Geldschulden aus den drei fehlgeschlagenen Rauschgiftdeals waren. Sein Bargeldbestand würde zur Tilgung der Schuld nicht ausreichen. Vor allen Dingen konnte er nicht alle Barmittel für diesen Zweck einsetzen, da er diese benötigte, um weitere Drogengeschäfte durchzuführen. Auf Kommission würde ihm keiner der Großhändler mehr Betäubungsmittel zum Weiterverkauf überlassen. In der Rauschgiftszene kannte man sich. Seine fehlgeschlagenen Geschäfte hatten sich im Drogenmilieu herumgesprochen. Für den Ameisenhandel, bei dem nur kleine Mengen Drogen mühsam abgesetzt werden, war sich Piet zu schade. Er war keiner von diesen abgewrackten, schäbigen Kleinhändlern. Er gehörte zu den ganz Großen. Schließlich hatte er einen Ruf zu verlieren. Es war klar, dass Chang Lin nun das Geld für die auf Kommission überlassenen Betäubungsmittel einfordern würde.

Piet hatte den vereinbarten Treffpunkt gerade erreicht, als in einiger Entfernung ein riesiger Cadillac mit laufendem Motor am Straßenrand hielt. Durch die dunkelblau getönten Seitenscheiben war nicht zu erkennen, wie viele Personen im Fahrzeug saßen. Jedenfalls ging die Fahrertür auf und ein stämmiger Asiate, dem man ansah, dass er seine Muskeln regelmäßig beim Gewichtheben in Form brachte, stieg aus und öffnete die hintere Wagentür. Dem Wagen entstieg ein eher schmächtiger Typ im hellgrauen Flanellanzug. Die messerscharfen Bügelfalten passten zu den schwarz polierten Lackschuhen, dem tristen grauen Hemd und der farblich vollkommen unauffälligen Krawatte. Die akkurat gescheitelten schwarzen Haare waren so mit Gel bearbeitet worden, dass sie flach auf der Kopfhaut lagen. Das Auffallendste in dem fast faltenfreien Gesicht war eine protzige Goldbrille, durch die er mit hellwachen Augen blickte. Nichts an diesem Mann ließ darauf schließen, dass er gewalttätig und brutal sein konnte. Als er auf Piet

zuging, umspielte sogar ein leichtes Lächeln seine schmalen Lippen. Piet ließ sich dadurch nicht täuschen. Er wusste, dass Lin der Kopf der chinesischen Drogenmafia in Amsterdam war und genügend Vollstrecker für das Grobe hatte.
Das Gespräch dauerte nur einige Minuten. Während sie die Straße hinaufgingen, folgte der Wagen in einigem Abstand. Wie Piet erwartet hatte, setzte Lin ihm zur Begleichung seiner Drogenschulden eine Frist. Leider war sie viel kürzer als Piet es erwartet hatte. Ganze vierzehn Tage blieben ihm, das ausstehende Geld zu beschaffen. Einwände hiergegen ließ Lin nicht zu. Drohungen stieß er nicht aus. Das war auch nicht nötig. Piet konnte sich nur zu gut ausmalen, was passiert, wenn er bis zu dem vorgegebenen Zeitpunkt seine Schulden nicht begleichen würde.

31. Kapitel

Julia und Marie verließen den schönen Hafen am folgenden Tag nur ungern. Sie wären lieber länger geblieben. Uwe trieb es weiter. Um die Damen zu überzeugen erklärte er, der neueste Wetterbericht sage gerade für das Gebiet um Neumagen-Dhron den Durchzug einer lokal begrenzten Regenfront voraus. Bei einem Blick zum Himmel könnten sie die aufziehenden Schäfchenwolken, die das schlechtere Wetter ankündigen würden, ja schon sehen. Größeren Niederschlägen könne man nur durch schnelle Weiterfahrt entgehen. Da es Uwe mit diesem Argument gelang, seine Mannschaft zu überzeugen, waren sie bald wieder auf dem Fluss in Richtung Trittenheim unterwegs. Auf den nächsten vier Kilometern, die fast kurvenfrei verliefen, wollte Marie gerne steuern. Sie hatte vor, den Bootsführerschein »Binnen« zu machen, um sich gelegentlich auch selbst mal ein Boot chartern zu können. Uwe gab ihr gern die Gelegenheit, erste Fahrpraxis zu

Herzförmiger Weinberg bei Neumagen

erwerben. Er setzte sich neben sie auf die Steuerbank, um jederzeit helfend eingreifen zu können. Außerdem konnte er ihr dadurch sehr nah sein. Schon bald drückten sie ihre Oberschenkel fest aneinander ohne zu merken, dass Julia sie mit Argusaugen beobachtete. Nach einigen ungewollten Pendelbewegungen führte Marie die *Andrea Doria* in kurzer Zeit ziemlich kurssicher und war richtig stolz auf ihren Erfolg. Bei Stromkilometer 155 entdeckten sie die an der Grenze der Weinlagen »Trittenheimer Altärchen« und »Trittenheimer Apotheke« die an einem Felsstück angebrachte Sonnenuhr. Am Kamm der beginnenden Moselschleife strahlte dann auch schon die im Jahre 1583 erbaute Laurentiuskapelle aus den Weinbergen. Dann passierten sie den Ort, dessen Giebelbauten aus römischer Zeit von der Pfarrkirche weit überragt wurden. Da Marie sich als Steuerfrau ausgesprochen geschickt anstellte und Uwe sich neben ihr wohlfühlte, überließ er ihr weiter das Steuer. Unter der Brücke durch in die große Moselschleife und von dort bis Leiwen steuerte Marie das Boot fehlerfrei.

Als sie die leichte Kurve bei Köwerich durchfahren hatten und auf Klüsserath zuliefen, wollte Julia das Boot gerne steuern. Dabei ging es ihr weniger um den Spaß am Fahren. Vor allem war sie daran interessiert, die beiden endlich auf etwas mehr Abstand voneinander zu bringen. Uwe versuchte die Lage durch einige Anmerkungen über den alten Dorfbrunnen von Klüsserath zu entspannen. Da Julia auch die Geschichte der dort noch stehenden Gerichtslinde interessant fand, an der in früheren Zeiten Übeltäter während ihrer Hauptverhandlung angekettet wurden, gelang ihm dies zumindest zeitweise. Außerdem musste sich Julia jetzt auf die Schiffsführung konzentrieren und wurde vom Grübeln abgehalten. Als die Schleuse Detzem in Sicht kam, bat sie Uwe, sie zum Schleusen über Kanal 78 anzumelden. Obwohl der Schleusenwärter über UKW-Funk die Einfahrt in die Kammer freigegeben hatte, die Lichtzeichen auf Grün standen und die Tore bereits geöffnet waren, fuhr Julia nur bis in das ab Kilometer 168,5 betonnte Fahrwasser. Das Einfahren und Anlegen in der Schleuse überließ sie Uwe, da ihr die dunkle Höhle mit den 9 Metern Hub zu unheimlich vorkam. Uwe legte das Schiff rechts in der Nähe des hinteren Schleusentors an. Dort war der Schwell am geringsten. Die Damencrew ging inzwischen so geschickt mit den Festmacherleinen um, dass Uwe, nachdem er die Seite, an der er anlegen wollte, mitgeteilt hatte, so gut wie keine Anweisungen mehr geben musste. Während das Wasser in der Kammer langsam auf das Niveau des hinter dem Obertor liegenden Stausees stieg, erzählte Julia, dass der Name des Orts auf die Römer zurückgehe. In römischer Zeit habe der X. Meilenstein (ad decimum lapidem) der »Via ausonia«, dem Verbindungsweg zwischen Trier und Mainz, hier gestanden. Auch der Name des bald nach der Schleusung vor dem Bug der *Andrea Doria* auftauchende Ort Pölich sei römischen Ursprungs. Eine römische Villa »pulchra villa« war hier Taufpate. An dem bei Stromkilometer 169,1 am Rande der Rebflächen gelegenen Hafen, der über drei getrennte Hafenbecken verfügt, fuhren sie heute vorbei.

Hafen Pölich

Uwe und Julia hielten vergeblich Ausschau nach der aufgeschlossenen Hafenmeisterin, die gemeinsam mit ihrem Mann auch die »Kellerei Moselherz« betrieb. Bei einer früheren Fahrt hatten sie hier übernachtet und sich mit Wein eingedeckt. Den hatten sie zuvor zusammen mit der Hafenmeisterin und Winzerin bei einer lustigen Probe verkostet.

Nachdem sie die große Moselschleife durchfahren hatten, sahen sie am rechten Ufer kurz hintereinander gleich zwei Steganlagen, an denen Sportboote bis zu zehn Meter Länge liegen konnten. Am Ort Mehring selbst, der bald auftauchte, gab es keine Stege. Wer halten wollte, konnte aber bei Stromkilometer 172 an der Ufermauer anlegen und die im gegenüberliegenden Hang liegende »villa rustica« bewundern.

In der nächsten Stunde fuhren sie in langsamer Fahrt an den Orten Riol, wo die Römer 70 n. Chr. die Treverer besiegt hatten, und an Lörsch, Longen und Longuisch vorbei. Marie hatte in der Kom-

Alter Fährturm in Schweich

büse inzwischen Kaffee zubereitet und brachte diesen mit ein paar Stückchen Kuchen ins Cockpit. Auf dem ziemlich gerade verlaufenden Flussstück bis Schweich ließen sie es sich schmecken.

Sie hatten ihr Kaffeestündchen gerade beendet, als der 1875 erbaute alte Fährturm in Sicht kam. Die davor liegende, mit bunten Blumen und orangefarbene Markisen geschmückte Terrasse war gut besucht. Auch an der Steganlage, wo eine kleinere Personengruppe mit den Geheimnissen der Bootsführung vertraut gemacht wurde, und an der Bootstankstelle herrschte lebhaftes Treiben. Einige Meter hinter der langen, parallel zum Ufer verlaufenden Steganlage bog Uwe nach rechts in den Yachthafen ein. Da kein Hafenmeister zu sehen war, legte er sich einfach auf den zweiten Platz nahe der Einfahrt. Hier lag die *Andrea Doria* zwar im Schwell der vorbeifahrenden Schiffe. Uwe wusste aber, das dieser Liegeplatz normalerweise zum Schiff des Professors aus Saarbrücken gehörte, den er auf einer der früheren Bootsfahrten in Frankreich kennengelernt hatte. Wie der später eintreffende

Kaimauer Schweich

Hafenmeister erzählte, war der Professor auch tatsächlich mit seinem Boot unterwegs, so dass sie an dem Pfahlsteg liegen bleiben konnten. Der an den Hafen angrenzende Campingplatz war stark belegt. Die hier und unmittelbar am Hafen vorbeiführenden Wege waren voller Scherben und anderem Unrat. Auch das sich hinter dem Hafen in Richtung der Firma »Boote Kreusch« ziehende Wiesengelände sah ziemlich unaufgeräumt aus. Später erfuhren die drei Schiffsleute, dass gerade das jährliche Hafenfest, bei dem es immer hoch herging, stattgefunden hatte. Auf die Idee, ihren Müll wegzuräumen, kamen einige Besucher des Hafenfestes wohl nicht mehr.

Nachdem Uwe, Julia und Marie im Cockpit ihren Absacker getrunken hatten, machten sie sich in den Ort auf. Dort wollten sie den zu Ehren des Schriftstellers Stefan Andres (1906 –1970) errichteten Brunnen besichtigen. Bereits 15 Minuten später standen sie auf dem 52 x 34 Meter großen Brunnenplatz und bewunderten die 6 Meter hohe Basaltsäule. Das die Säule umgebende

Steganlage Schweich

Bronzerelief zeigt Episoden aus dem Roman »Der Knabe im Brunnen«, einer fantasievollen Darstellung der eigenen Kindheit des Autors in einem Moseldorf Anfang des 20. Jahrhunderts. Auf dem Rückweg zum Boot nahmen sie ihr Abendessen in dem urigen Restaurant am alten Fährturm ein. Der Liegeplatz der *Andrea Doria* lag fast in Sichtweite.

32. Kapitel

Als Henja nach einer unruhigen Nacht aufwachte, war das Bett neben ihr leer. Piets seidener Schlafanzug hing fein säuberlich an einer der Holzlammellentüren des begehbaren Kleiderschranks. Das war ungewöhnlich. Aus der Wohnung waren keinerlei Geräusche zu hören. Sie stand auf und schaute zunächst in der Küche nach, ob er das Frühstück bereitete. Da weder aus dem Bad noch aus den anderen Räumen irgendwelche Laute oder Geräusche zu hören waren, breitete sich ein ungutes Gefühl aus. Auf einmal war ihr klar, Piet war weg. Einfach verschwunden. Schließlich fiel ihr ein kleiner grüner Zettel ins Auge, der auf seinem Schreibtisch im Arbeitszimmer lag.

»Hallo Henja,
musste dringend zu einem geschäftlichen Treffen nach Luxemburg und Metz. Wollte dich nicht wecken. Bin in ein paar Tagen zurück.
Ild Piet.«

Während sie die Notiz zurücklegte, zitterten ihre Hände. Mit seinem unerwarteten und plötzlichen Verschwinden hatte sie nicht gerechnet. Sie war tief getroffen und beleidigt. Jetzt, wo sie gerade dabei war, sich langsam wieder einzuleben, ließ Piet sie allein. Alle möglichen Gedanken gingen ihr durch den Kopf. Warum hatte er ihr gestern nichts von seinen Absichten erzählt? War sie ihm das nicht wert? Hatte er so wenig Vertrauen zu ihr? Hatte sie seine Zuneigung verloren? Möglicherweise war er auch wieder in Drogengeschäften unterwegs und wollte ihr dies nicht mitteilen. Und wenn es so war, was sollte sie dann tun? Abwarten, bis er zurückkommt? Ausziehen? An die luxuriöse Wohnung mit all ihren Annehmlichkeiten hatte sie sich gewöhnt. Insbesondere nach ihrem langen Aufenthalt im Knast und dem Leben in der kargen Zelle. Während der Haft war ihr bewusst geworden, wie behaglich und schön es hier war. Wo sollte sie auch hin? Ihre eigene Wohnung hatte sie bald nach dem Umzug zu Piet aufgegeben. Das Anmieten einer neuen Wohnung konnte sie sich gar nicht leisten. Sie hatte keine Arbeitsstelle und keine Einkünfte, keine Ersparnisse und niemand, der sie finanziell unterstützen konnte. Zu ihrer jüngeren Schwester konnte sie nicht ziehen. Deren Wohnung reichte gerade mal für sie, ihren Mann und die drei kleinen Kinder. Auch die Wohnung ihrer Eltern war einfach zu eng. Hier konnte sie lediglich ein paar Tage unterschlüpfen. Sie war gefangen und von Piet abhängig. Keine Arbeit, kein Geld, keine engen Freunde, die sie vorübergehend aufnehmen konnten. Wenn sie die Wohnung verlassen würde, wäre sie obdachlos. Die alte Wut auf Piet, der sie ins Gefängnis und in diese Situation gebracht hatte, kam wieder hoch. Der smarte, weltgewandte, sympathische Typ, der sie vor einem Jahr in dem Kaffeehaus am Leidse Plein angesprochen, bezirzt und durch seinen Lebensstil beeindruckt hatte, war an ihrem Unglück schuld. Vielleicht hatte er auch seine Liebe zu ihr nur vorgetäuscht. Vielleicht war er damals nur auf der Suche nach einem zuverlässigen, unverdächtigen und billigen Kurier für seine Rauschgifttransporte, da die anderen beiden »Mitarbeiter« verhaftet worden waren? Vielleicht ... vielleicht ... vielleicht ...?

Aber alles, was ihr durch den Kopf ging, waren letztlich Vermutungen. Beweise dafür hatte sie nicht. Die musste sie sich erst einmal beschaffen, bevor sie vorschnelle Schlüsse aus seinem Verschwinden zog. Sie würde herausfinden, wo er war, was er trieb. Nachdem sie sich mit einem reichlichen Frühstück gestärkt hatte, ging es ihr etwas besser. Da sie wusste, dass er in einem Bildband über »Gotische Kunst« immer einige hundert Euro versteckt hatte, sah sie nach und fand tatsächlich 700 Euro. Mit diesem Bargeld konnte sie ihm hinterherfahren. Und das wollte sie tun.

33. Kapitel

Der Himmel lag tief und bleischwer über Schweich. In dieser Nacht setzte sintflutartiger Regen ein. Vermutlich war das für Neumagen-Dhron vorhergesagte Tief, dem sie entfliehen wollten, den Fluss hinaufgezogen. Die sich auf der Wasseroberfläche wiederspiegelnden Uferlichter führten einen wilden Tanz aus. Riesige Regentropfen prasselten auf das Kajütdach. Der gleich-

Mosel im Dunst hinter Schweich

mäßige Trommelrhythmus wollte nicht so recht zu dem von der Sopranistin Anna Netrebko und dem Tenor Rolando Villazon gemeinsam gesungenen Liebesduett aus Rigoletto passen. Julia glich das jedoch aus, indem sie die Lautstärke am CD-Spieler etwas höher stellte. Während das Wetter draußen verrückt spielte und es kühl und nass war, blieb es im Innern der Kajüte warm und behaglich. Julia und Marie überlegten, wegen des schlechten Wetters einen Liegetag einzulegen. Uwe hingegen war optimistisch und schlug vor, den kommenden Morgen doch erst einmal abzuwarten. Die Wetterentwicklung gab ihm recht. Im Laufe der Nacht ließ der Regen nach. Als sie am nächsten Morgen aufstanden, war es schon wieder klarer. Eine steife, aus Südwesten kommende Brise, die bisweilen Sturmstärke erreichte, hatte die Regenwolken einfach weggeblasen. Da ihr heutiger Zielhafen Trier-Monaise nur etwa 20 Kilometer entfernt lag, konnten sie sich Zeit lassen. Außer den ab und an noch einfallenden Böen, welche die Wasseroberfläche aufwühlten und ein paar Plastiktüten hin und her trieben, lag der Hafen ruhig da. Auf den meisten

Booten war niemand zu sehen. Möglicherweise war das Wetter schuld. Vielleicht entsprach es auch einem allgemein zu beobachtenden Trend. Viele Bootsbesitzer verschwenden keine Zeit mehr mit Bootfahren. Ihre Schiffe bleiben am Steg und dümpeln vor sich hin. Nur an schönen Wochenenden kommen sie zu ihren Booten und benutzen sie als Wochenendhausersatz. Fahren tun sie kaum, weil die Spritpreise wegen der Preisgestaltung multinationaler Ölkonzerne und maßloser Belastung mit Steuern zu sehr gestiegen sind. Trotz allem: Motorbootfahren bleibt eine unterhaltsame Art, sein schwer verdientes Geld etwas schneller als üblich auszugeben. Und auf welche wirkliche Liebhaberei wird schon aus Kostengründen verzichtet? Leidenschaft und Begeisterung scheren sich nicht um wirtschaftliche Vernunft.

Langsam manövrierte Uwe die *Andrea Doria* im Rückwärtsgang von den schweren Holzdalben weg. Ein Blick auf den VDO-Steuerstandanzeiger gab ihm die Gewissheit, dass das Steuer gerade stand. Erst als er mit dem Bug das Ende des Stegs erreicht hatte, drehte er das Ruder in Fahrtrichtung der hinteren Hafenbegrenzung, legte dann den Vorwärtsgang ein und fuhr auf den schmalen Hafenausgang zu. Wie es kommen musste, kam gerade in diesem Moment eines der riesigen Fahrgastkabinenschiffe die Mosel herunter und drückte seine beachtlichen Heckwellen direkt in die schräge Hafeneinfahrt. So wurden sie von den drei ersten Wellen des Passagierschiffes so ordentlich durchgerüttelt, dass einige Gläser, die noch auf dem Kombüsentisch standen, zu Boden fielen. Als der Spuk vorbei war, glaubte Uwe erklären zu müssen, dass er das herannahende Schiff wegen der am Ufer stehenden Weiden nicht früher sehen konnte. Dabei hatten ihm die Damen, trotz der erlebten Schreckminuten, keinerlei Vorwürfe gemacht. Die weitere Fahrt verlief dann ohne unliebsame Zwischenfälle. Der Schiffsverkehr hielt sich in Grenzen. Nur zwei Canadier, in denen sich vier ältere Herren redlich abmühten, die Boote auf Kurs zu halten, kamen entgegen. Beim Anblick der beiden hüb-

schen Damen auf der *Andrea Doria* wurden sie zusehends jünger, zogen ihre Schmerbäuche ein und legten sich richtig ins Zeug. Mit gekonnter Paddeltechnik näherten sie sich der Motoryacht auf wenige Meter. Dann posierten sie so geckenhaft in den Booten, dass sie fast gekentert wären. Beim Vorbeifahren riefen sie Julia und Marie ein paar nette Komplimente zu, die die beiden mit huldvollem Lächeln wohlwollend entgegennahmen. »Männer«, tuschelten sie wie aus einem Mund.
Die Berge traten jetzt zurück und gaben einen ungewohnten, viel weiteren Blick auf die Landschaft frei. Sie waren nun in der Trierer Talaue. Auf den nächsten Kilometern fuhren sie an den weniger bekannten Orten Issel und Quint vorbei. Vor der Ehranger Straßenbrücke mündete die für Sportboote nicht befahrbare Kyll in die Mosel. Hinter Stromkilometer 184 konnte man auf der rechten Seite einen Blick in die Einfahrt des riesigen Schutzhafens Trier werfen. Der wenig einladend wirkende Großhafen dient ausschließlich der Berufsschifffahrt. Der kleine Ort Ruwer, der bald erreicht war, beherbergt den malerischen Hof »Duisberg«, einen wirklich sehenswerten Konvikt, der im Jahre 1653 erbaut worden war. Das sich hinter dem Ort an dem gleichnamigen Flüsschen entlangschlängelnde Tal ist durch seine namhaften Weingüter weltbekannt.

Hinter der nächsten Moselschleife liefen sie auf Pfalzel zu. Neben der die Häuser überragenden Kirchturmspitze sprang die hohe Ufermauer, mit der sich das Dorf vor Hochwasser schützt, ins Auge. In alter Zeit hatten römische Kaiser hier ihre Sommerresidenz. Vom Boot aus sieht man das alte Stiftsgebäude. Nach Passieren des Orts lag rechts vor ihnen eine schroffe Felswand deren intensive Rotfärbung ins Auge fiel. Weiter hinten thronte das verwunschene Hotel »Kockelsberg« auf der gleichnamigen Bergspitze.

Moselort Pfalzel mit Kirche

Blick auf den Kockelsberg Trier

Römerbrücke Trier

Schon einige Minuten später fuhr die *Andrea Doria* unter der Brücke von Pallien auf die sieben im Wasser stehenden Pfeiler der alten Römerbrücke in Trier zu. Der älteste Pfeiler der bei Stromkilometer 193,1 die Mosel überquerenden Brücke soll im Jahre 17 v. Chr. errichtet worden sein. Natürlich musste das Bauwerk später renoviert und ergänzt werden. Die heute zu sehenden roten Sandsteinbögen stammen aber immerhin noch aus dem Jahre 1717.

Uwe meldete sich nun über Kanal 79 bei der zwei Kilometer oberhalb liegenden Schleuse Trier-Feyen an. Sie hatten Glück. Eine halbe Stunde später schwammen sie schon in Höhe des früheren Minensuchboots »Uranus Treverorum«, welches der Marine-Verein Trier umgebaut hatte und auf dem Stausee als Clubschiff nutzt. Schon bald liefen sie in den zwei Kilometer flussaufwärts liegenden ruhigen Sportboothafen Trier-Monaise bei Stromkilometer 197,5 ein. Vom Hafenmeister und zwei Clubmitgliedern, die beim Festmachen der *Andrea Doria* halfen, wurden sie bestens

Hafen Trier-Monaise

empfangen. Da einer der beiden Männer wenig später mit seinem PKW in die Innenstadt zurückfahren wollte, baten sie ihn, sie dorthin mitzunehmen.

34. Kapitel

Der hilfsbereite Segler setzte sie am schwarzen Tor, der Porta Nigra, ab. Durch das aus wuchtigen Sandsteinblöcken errichtete Bauwerk, das einst Teil eines von den Römern errichteten 6,4 Kilometer langen Schutzwalls war, schlenderten sie die Simeonstraße hinunter.

Am Dreikönigenhaus vorbei gingen sie zum Hauptmarkt. Der um das Jahr 1000 errichtete Platz ist einer der schönsten deutschen Innenstadtplätze. Besonders sehenswert sind das alte Rathaus aus

Porta-Nigra

dem Jahre 1483 und das gleich daran angelehnte Rote Haus. Es war klar, dass Julia, stolze Inhaberin des großen Latinums, Uwe und Marie die dort angebrachte Inschrift »ANTE ROMAM TREVERIS STETIT ANNIS MILLE TRECENTIS« übersetzte – Vor Rom stand Trier eintausenddreihundert Jahre – .

Beeindruckend. Lange war diese 16 v. Chr. gegründete Stadt Hauptstadt des weströmischen Reiches. Viele Baudenkmäler und mannigfaltige archäologische Funde, wie sie u.a. im Römischen Saal des Landesmuseums zu bewundern sind, bezeugen dies. Die Kaiserthermen, das für Gladiatorenspiele erbaute Amphitheater mit seiner noch gut erhaltenen Arena und die Barbarathermen sind prachtvolle Beispiele römischen Lebens. Um auch nur einen Teil dieser Schätze zu sehen, muss man schon ein paar Tage in Trier verweilen. An einem Nachmittag war das unmöglich. So wanderten Uwe, Julia und Marie in südlicher Richtung weiter über die Fleischstraße in die Brückenstraße und blieben kurz vor der Nummer 10 stehen, dem Haus, in dem im Mai 1818 Karl

Das Rote Haus

Marx geboren wurde. Auf dem Rückweg schlenderten sie durch die Parkanlage am Kurfürstlichen Palais und der dahinter liegenden Konstantinbasilika vorbei. Der rote Backsteinziegelbau mit den vergitterten Fenstern zählt zu den eindrucksvollsten Bauten der Spätantike.

Da die Sonne inzwischen untergegangen und sie auf ihrem Rundgang müde geworden waren, schlug Uwe vor, die »Brasserie« aufzusuchen, um dort zu Abend zu essen. Der Vorschlag wurde von beiden Frauen freudig angenommen. Als sie dort ankamen, war der Laden rappelvoll. Um die in Raummitte angebrachte Theke standen die Leute in Dreierreihen, tranken, schwatzten und lachten. Es herrschte eine gute Stimmung. Obwohl das Lokal auf den ersten Blick voll besetzt schien und der Lärmpegel ganz schön hoch war, fragte Uwe nach drei freien Tischplätzen. Eine nette Kellnerin führte sie zu einem etwas abseits vom Hauptgeschehen gelegenen Tisch, wo sie sich niederließen. Hier konnten sie ausruhen und dem bunten Treiben des

Marktplatz Trier

Dom zu Trier

ausgelassenen, aber auffallend angenehmen Publikums zusehen. Die meisten Leute schienen sich zu kennen. Das aufgeregte, fröhliche Gewusel war ein interessanter Kontrast zu dem beschaulichen Schifferleben. Nachdem sie gut gezecht und gespeist hatten, riefen sie ein Taxi, ließen sich zum Hafen Monaise bringen und schliefen »bis in die Puppen.«

35. Kapitel

Für den nächsten Tag hatten sie einen Abstecher nach Luxemburg eingeplant und beim Hafenmeister die möglichen Verkehrsverbindungen erfragt. Gegen Mittag fuhren sie zur Haltestelle Nordallee und von dort mit einem Bus der Linie 118 zum Plateau-Kirchberg. Etwa eine Stunde später standen sie etwas verloren zwischen den Prachtbauten des beachtlichen Finanzplatzes. Auf Empfehlung ihres Kundenberaters und einer Rückversicherung bei ihrer Schwester Marie hatte Julia vor einigen Jahren, nachdem das Bankgeheimnis in Deutschland faktisch abgeschafft worden war, bei einer der hier niedergelassenen Banken ein Konto eröffnet und Geld angelegt. Dieses Geld wollte sie jetzt abheben und auf der weiteren Fahrt in den Süden ausgeben.

36. Kapitel

Außer seinem verärgerten Rauschgiftlieferanten hatten sich auch erste Kunden, die um Nachschub baten, bei Piet gemeldet. Insbesondere der Inhaber der Megadiscothek »Lucy in the sky with diamonds« in Bitburg, die in der Szene nur LSD hieß, Stephan

Kröber, brauchte dringend neuen Stoff. Bei den zwischen Piet und seinem langjährigen Großabnehmer geführten Telefongesprächen war nie die Rede von bestimmten Rauschgiftsorten. Für den Fall, dass Ermittlungsbeamte die Telefongespräche mithören und aufzeichnen würden, hatten sie sich vorsorglich auf eine unverfängliche Sprachregelung geeinigt, bei denen die Worte Rauschgift, Betäubungsmittel oder Drogen nie vorkamen. Sollte Cannabis geliefert werden, bestellte Kröber Pils. Sollte es Marihuana sein, wurde der Zusatz leicht verwandt. Haschischöl lief unter Malzbier. Kokain wurde als Whiskey bezeichnet. Heroin als Genever. LSD als Aceto Balsamico. Amphetamine als Red Bull usw. Kröbers In-Laden, in dem an Wochenenden bis zu eintausendfünfhundert Jugendliche und Heranwachsende abtanzten, war als »Drogenschuppen« in der RG-Szene seit langem bekannt und beliebt. Auch die Polizei war im Bilde. Mehrere Razzien waren indessen fehlgeschlagen. Die Türsteher waren darauf gedrillt worden, jedes ankommende Polizeifahrzeug sofort durchzumelden. Selbst von den nicht ohne weiteres erkennbaren Zivilfahrzeugen hatte sich der Discothekenbetreiber die wechselnden Kennzeichen besorgt und sie an seine Türsteher und Rausschmeißer weitergegeben. Sobald ein solches Fahrzeug vor oder hinter der Discothek auftauchte, wurde Alarm geschlagen. Kam eine Warnmeldung durch, unterbrachen die Discjokeys das laufende Musikstück und spielten den »Kommissar« von Falco ab. Im selben Moment leerten die Besucher, die etwas dabei hatten, ihre Taschen und warfen mitgeführte Betäubungsmittel und Rauschgiftutensilien einfach in herumstehende Blumentöpfe, in leere Vasen oder versteckten sie unter Sitzpolstern, hinter Heizkörpern, unter den Tischen oder allen irgendwie nicht gleich ins Auge fallenden Ecken. Soweit die Polizeibeamten bei ihrer Nachsuche tatsächlich Joints, Trips, Koks, Tabletten und amphetaminhaltigen Pillen fanden und sicherstellten, waren die Funde keiner bestimmten Person mehr zuzuordnen. Damit konnten keine Ermittlungsverfahren gegen bestimmte Besucher eingeleitet werden. Wurden nach solchen Einsätzen der Staatsanwaltschaft Strafanzeigen vorgelegt, mussten diese eingestellt werden, da die Täter nicht zu ermitteln waren. Sichergestelltes Rauschgift wurde zwar eingezogen, vernichtet und damit dem Drogenmarkt entzogen. Die polizeilichen Aktionen führten aber nicht zur Ergreifung von Klein- und Großdealern und entfalteten bestenfalls präventive Wirkung auf noch nicht ganz abgebrühte Betäubungsmittelkonsumenten. Auf Kröber wirkten sie keinesfalls abschreckend. Der bestellte bei Piet, wie üblich in verschlüsselter Form, 10 Kilo Haschisch, 5 Kilo Kokain und 2000 LSD-Trips. Da Piet wegen des Drucks der chinesischen Mafiosi die bestellte Ware nicht auf Kommission erhielt, nahm er einen Kredit auf. Bei seinem Kunden bestand er daher diesmal darauf, dass das Rauschgift bei Übergabe bar bezahlt werden musste. Damit war Kröber, der sich wie immer mit falschem Namen bei Piet gemeldet hatte, einverstanden.

37. Kapitel

Es dauerte etwa eine gute Stunde bis die von den Bankmitarbeitern vorbereiteten Formalitäten zur Kontoauflösung erledigt waren. Dann öffnete sich die Aufzugtür und Julia kam, gemeinsam mit ihrem Kundenberater, ins Foyer. Von hier gingen sie zur Kasse, wo das bislang angelegte Geld zunächst durch eine Geldzählmaschine geschickt und registriert wurde. Nach der Entnahme wurden die einzelnen Geldnoten dann noch einmal von zwei Kassiererinnen, unter der Aufsicht von Julia und dem Kundenberater, gegengezählt. Am Ende der Prozedur erhielt Julia von den Bankmitarbeitern eine unauffällige Sicherheitstasche, die außen wie eine Sporttasche aussah. Das Besondere an der nur 40 x 15 x 35 cm großen Tasche waren die breiten Henkel, die sorgfältig mit dem äußerst reißfesten Stoff verbunden waren. Außerdem war der obere Reißverschluss mit einer Sicherheitsplombe versehen, der beim unbefugten Öffnen der Tasche gewaltsam aufgebrochen werden musste. In dieser Tasche konnte Julia die abgehobene Gesamtsumme sicher transportieren. Bevor der Kundenberater die drei an der Eingangstür höflich verabschiedete, wies er sie darauf hin, dass nach einer Verordnung der Europäischen Gemeinschaft Bargeldbeträge über 10.000 Euro, die in ein anderes Land verbracht würden, zuvor ohne Aufforderung bei der Zollbehörde anzumelden seien. Deklarationsformulare könne man bei der Zollverwaltung erhalten. Die Anmeldung sei ratsam, da die »Mobile Kontrollgruppe« der Zollfahndung in Bitburg die letzte Zeit sehr aktiv sei und regelmäßige Kontrollen an den Grenzübergängen durchführen würde. Die Zöllner hätten bei ihren Bargeldüberprüfungen im Jahre 2006 3,6 Millionen Euro, 2007 5,1 Millionen Euro und 2008 sogar 21,4 Millionen Euro entdeckt. Die durch die mitgeteilten Zahlen verunsicherten Schiffer waren besorgt. Ärger mit dem Zoll, dem Fiskus oder gar den Strafverfolgern wollten sie nicht. Noch in der Bank verpackte Uwe die Geldtasche in einen mitgeführten Tagesrucksack. Den noch verbleibenden Platz wollten sie in der beeindruckenden Lebensmittelabteilung des nahegelegenen Konsumtempels »Auchan« mit französischen Leckerbissen auffüllen.

Als sie die Bank verlassen hatten und über die Rue Jean Monnet in Richtung Kaufhaus spazierten, fühlten sich Julia und Uwe bei all dem mitgeführten Geld doch ein wenig unsicher. Marie, die es gewohnt war mit größeren Geldbeträgen zu jonglieren, zerstreute ihre Bedenken. Schließlich könne ihnen kein Mensch ansehen, wie viel Bargeld sie mit sich herumtrugen.
Während sie die Einzelheiten ihrer Transaktion besprachen, bemerkten sie nicht, dass sie nach Verlassen der Bank von einem smart aussehenden jüngeren Mann beobachtet wurden. Der stand auf der anderen Straßenseite verdeckt hinter einem parkenden

Geländewagen, folgte ihnen dann aber unauffällig auf dem Weg in die Rue Alfons Weicker. Selbst als sie sich im Innern des sehr belebten Einkaufscenters befanden und an den vielfältigen Auslagen der Geschäfte entlang flanierten, ließ der Mann sie keine Sekunde aus den Augen. Gelegentlich sah es so aus, als führe er Handygespräche oder hantiere mit einem Funksprechgerät. Im Schutz der riesigen Gummibäume, die die Freitreppe zum ersten Stockwerk schmückten, machte er von der Dreiergruppe unauffällig mehrere Bilder mit einer Digitalkamera. Auch später, als Uwe, Julia und Marie sich in der Lebensmittelabteilung mit kulinarischen Kostbarkeiten eingedeckt und das Kaufhaus wieder verlassen hatten, folgte der Fremde ihnen bis zur Haltestelle der Linie 118. Während sie in den Bus nach Trier vorne einstiegen, benutzte er die Hintertür. In der zweitletzten Reihe fand er einen Sitzplatz, an dem er sich hinter einem vor ihm sitzenden großen Mann bedeckt halten konnte. Der Bus war mit deutschen Berufspendlern stark besetzt. Ganz nach dem alten Grundsatz der Drogenfahnder, »Wer gut beobachten will, darf selbst nicht entdeckt werden«, behielt er die Verfolgten im Auge, ohne dass diese ihn wahrnahmen. Julia und Uwe waren ohnehin viel zu nervös, um sich auf die Mitfahrer zu konzentrieren. Ihre ganze Aufmerksamkeit war darauf gerichtet, ob am Grenzübergang deutsche Zöllner zusteigen und sie nach mitgeführten Barmitteln fragen würden. Eine Zollkontrolle fand jedoch nicht statt. Spätestens nach der zweiten Haltestelle hinter der Landesgrenze war damit auch nicht mehr zu rechnen. Julia und Uwe entspannten sich zusehends. Auch Marie freute sich mit den beiden. Die Stimmung stieg. Vor lauter Begeisterung wollten sie nicht gleich zu dem doch etwas abgelegenen Hafen in Trier-Monaise zurück. Da alle eine kleine Abkühlung nötig hatten, machte Julia den Vorschlag, in der Stadt noch ein Eis zu essen. Dazu lud sie ihre Mitfahrer ein. Ihr Vorschlag wurde freudig aufgenommen. Sie gingen in das Café gleich neben dem städtischen Museum. An einem der in dem gemütlichen Innenhof liegenden Tische fanden sie einen Platz.

Mit einem Winzersekt, einem herrlichen Eisbecher mit frischen Erdbeeren, Sahne und einem Schuss Likör feierten sie den gelungenen Geldtransfer.
Inzwischen war es Abend geworden. Da sie zu faul waren, die Strecke von der Stadtmitte bis zum Sportboothafen Monaise zu laufen, nahmen sie einen Bus der Linie 4. Auch während dieser Fahrt waren sie so ausgelassen und euphorisch, dass sie ihren Verfolger, der seine Baseballkappe tief über die Augen gezogen hatte, nicht bemerkten. Der stand später am westlichen Zaun der Hafenanlage und fotografierte das Boot sowie die drei im Cockpit der *Andrea Doria* feiernden Sportschiffer. Sie merkten auch nicht, dass der Fremde ihnen später auf ihrem Spaziergang zum etwa 15 Minuten entfernten Schloss Monaise und dem unweit gelegenen Reiterstübchen, einem gemütlichen Esslokal, gefolgt war.

38. Kapitel

Am nächsten Morgen begann ein Bilderbuchtag. Die Sonne lachte. Der Himmel war strahlend blau. Es war angenehm warm. Nur ein Windhauch wehte über die Mosel und brachte leichte Kühlung. Da alle drei nach der gestrigen Bordfeier spät aufgewacht waren, gingen sie es langsam an. Anhaltendes Duschen in der Gemeinschaftsanlage hatte die Lebensgeister geweckt. Julia hatte Brötchen über der Gasflamme aufgebacken und gemeinsam mit Marie den Tisch gedeckt. Uwe hatte derweil das Bimini aufgestellt, in dessen Schatten sie in aller Ruhe das Frühstück einnehmen konnten. Sie nahmen sich Zeit. Während des Frühstücks beschlossen sie, einen kurzen Abstecher in die Saar zu machen. Schon bei der Vorbereitung der Bootsreise hatten sie gelesen, dass sich ein Besuch von Saarburg lohnen würde. Auch die Sportschiffer, die die »Sauerkrauttour«, eine Bootsfahrt über Mosel,

Nachtreiher auf dem Boot

Saar, Saarkanal, Rhein-Marne-Kanal und Rhein gefahren und überall auf das Nationalgericht der Elsässer Choucroute, die französische Bezeichnung für Sauerkraut, gestoßen waren, hatten übereinstimmend von Saarburg geschwärmt. Die vier Kilometer Mosel bis zur Saarmündung und die elf Kilometer bis Saarburg waren selbst mit dem Boot nur ein Katzensprung.

Gegen Mittag verließen sie den Hafen Trier-Monaise, liefen auf die hier breit liegende Mosel und passierten schon bald danach den gut ausgebauten Yachthafen von Konz. Uwe fuhr so dicht am linken Ufer und der Hafeneinfahrt vorbei, dass er der Hafenmeisterin, die er von früheren Besuchen kannte, zuwinken konnte. Und tatsächlich lief sie, wie er vermutet hatte, in der Hafenanlage herum, schob einen Mäher vor sich her und hielt das Gras im Zaum. Als sie Uwes Boot entdeckte, lief sie zum Ufer, winkte und rief den Schiffern etwas zu, was diese jedoch nicht verstanden.

An der Einmündung der Saar bogen sie backbord ab, unterquerten die drei Brücken von Konz und fuhren auf dem kleineren, viel

Kirche und Pfarrhaus von Kanzem/Saar

ruhigeren Fluss stromaufwärts. Über UKW-Kanal 78 meldete sich Uwe bei der oberhalb liegenden Schleuse Kanzem an. Da wenig Schiffsverkehr herrschte, konnten sie auch bald in die kleine Schleusenkammer einfahren und hatten die 40 Meter ganz für sich allein. Die beachtlichen 11,75 m Hub waren verhältnismäßig schnell überwunden. Oben angekommen fuhren sie in den angrenzenden Schleusenkanal. Für die 3 ½ Kilometer bis Biebelhausen brauchten sie nicht lange. Ab und an erhaschten sie einen Blick auf die an dem berühmten Weinort Wiltingen vorbeilaufende »alte Saarschleife« und die gepflegten Weinberge, in denen, wie spöttisch behauptet wird, die besten Moselweine wachsen sollen.

Hinter der nächsten Flussbiegung steuerte Uwe das Boot langsam auf den im Grünen liegenden Yachthafen Beurig zu. Weiter oben konnte man zwar direkt unterhalb des Burgbergs mit Blick auf die St. Laurentiuskirche an der Ufermauer von Saarburg anlegen und hatte es nicht mehr weit in die Stadt. Da es dort aber weder Wasser noch Stromanschlüsse für Sportboote gab, war ihnen der außer-

Yachthafen Beurig an der Saar

halb des Stroms befindliche und vor den Wellen vorbeifahrender Schiffe geschützte Hafen lieber. Hier lag man ruhig und die Stadt war zu Fuß über den schönen Uferweg gut zu erreichen. Es war auch Zeit, sich mal wieder ein wenig zu bewegen.

Also fuhren sie in den bei Stromkilometer 10 unterhalb der Stadt liegenden Hafen. Neben den geschilderten Vorzügen ging unter Schiffern das Gerücht um, dass der Hafenmeister und seine Frau im Clubhaus die besten Bratkartoffeln weit und breit machen würden. Neben der Kunst, schmackhafte Bratkartoffeln zubereiten zu können, pflegte der Hafenmeister noch weitere Tugenden. Kaum war die *Andrea Doria* in den Hafen eingebogen, lief er schon geschäftig auf der Steganlage hin und her, gab sehr präzise Anweisungen, wie man in eine der noch freien zwei Boxen einzufahren hatte. Er kümmerte sich sogar darum, mit welchen seemännischen Knoten man das Schiff an der Anlage belegte. Uwe war schon darauf gefasst, dass er eine Drillerpfeife aus der Hose zog, um sein militärisches Gehabe noch zu unterstreichen. Nur seine gegenüber den beiden Frauen gemachte Bemerkung: »Ich sehe schon, der kann ja fahren«, versöhnte Uwe ein wenig mit dieser strammen Art, die er mehr als Bevormundung denn als Hilfestellung empfand. Das Boot war gerade festgemacht, als auch schon der Befehl ertönte: »Jetzt folgen Sie mir ins Clubhaus und erledigen die Anmeldeformalitäten!« »Unauffällig?«, fragte Uwe. »Unauffällig«, echote der Hafenmeister wichtigtuerisch und mit ernstem Gesicht. Uwe folgte ihm in das Büro, zahlte die Liegeplatzgebühr und die Strompauschale für eine Nacht. Dann verließ er so schnell wie möglich das schummrige Gebäude und freute sich, bald wieder bei seinen Lieben an Bord zu sein. Die Lust auf Bratkartoffeln war ihm vergangen.

Da im Hafen fröhlich jauchzende Kinder auf Gummitieren herumtrieben und auch zwei Frauen und ein Mann ihre Bahnen zogen, stieg Uwe die Badeleiter am Heck hinab und prüfte mit den Füßen die Wassertemperatur. Das Wasser war angenehm warm. Er zog in der Koje seine Badehose an und stürzte sich mit einem schwungvollen Kopfsprung, der aber mehr als Bauchplatscher geriet, von der Badeplattform in die Saar. Durch die Hafeneinfahrt schwamm er auf den Fluss hinaus. Die Strömung war schwach, Schiffe nicht zu sehen. So schwamm Uwe gleich dreimal zum gegenüberliegenden Ufer und wieder zurück. Danach fühlte er sich besser. Seine Stimmung wurde auch nicht dadurch getrübt, dass Julia ihn bei seiner Rückkehr zum Boot vorwurfsvoll fragte, warum er denn unbedingt über den Fluss schwimmen musste. Im Hafen hätte er sich doch auch abkühlen können.

Inzwischen war eine »Grand Banks« mit Heimathafen Enkhuizen eingetroffen und hatte, mit Hilfe kommismäßiger Befehle des Hafenmeisters, den letzten freien Liegeplatz ergattert. Der ältere der beiden an Bord befindlichen Männer kramte sofort eine Angel heraus und warf sie aus. Den Angelhaken musste er mit einem Wunderköder belegt haben, da es keine Minute dauerte, bis der

Saarburg Ansicht mit Burg

erste Fisch daran zappelte. Nach einer Viertelstunde hatte der Niederländer zwölf Fische von passabler Größe gefangen und damit das Abendessen der beiden Paare gesichert.

Uwe, Julia und Marie wollten die Stadt Saarburg näher erkunden.

Über den gut ausgebauten Uferweg spazierten sie an einer größeren Flachwasserzone entlang bis zur Brücke Beurig. Nachdem sie diese überquert hatten, ging es vorbei an einer Doppelreihe farbenfroh gestrichener kleiner Häuser mit zum Teil schön angelegten Bauerngärten hoch in die Oberstadt. Der Weg gab immer wieder Blicke auf die Saarburg frei, eine der ältesten Höhenburgen im Westen Deutschlands. Gleichzeitig konnte man aber auch auf die Unterstadt herunterschauen. Je höher sie stiegen, desto mehr eröffnete sich ihnen die malerische Lage der Stadt. Insbesondere die Häuserzeile am Wasserfall, wo sich der Leukbach 15 m tief in den Leukkessel ergießt, fanden sie sehenswert. Unterhalb des Wasserfalls, vor dem alten Mühlrad, hatte ein Künstler mehrere

Saarburg Ansicht vom Fluss mit Kirche St. Laurentius

bemalte Holzpuppen verankert, die von der Strömung getrieben hin und her schaukelten. Da sie den Betrachtern Gesicht und Bauch entgegenstreckten, sah es so aus, als würden kleine Kinder in dem Wasserbecken Rückenschwimmen üben.

Nachdem sie die Oberstadt im Bereich des Buttermarkts mit seinen über die Leuk führenden Brücken erreicht hatten, waren sie überrascht, wie viele Touristen sich in den rechts und links des Baches befindlichen Lokalen und Kaffeehäusern tummelten. Auch sie besichtigten den am Bach liegenden Stadtteil. Schließlich fanden sie unter einem der Sonnenschirme, die vor einer italienischen Eisdiele am Ende des Platzes aufgestellt waren, einen freien Tisch und ließen sich nieder. Von hier aus konnten sie auf »Klein-Venedig«, wie die Einheimischen das Viertel nennen, blicken. Aus der vielfältigen Eiskarte suchte sich jeder seine Lieblingskreation aus. Das Eis schmeckte köstlich. Gut gestärkt schlenderten sie später zum Fluss zurück.

Oberstadt »Klein Venedig«

Unterwegs sahen sie sich noch einige der alten Fall- und Wehrtürme an und unternahmen einen kurzen Abstecher zur neugotischen Pfarrkirche St. Laurentius. Dann spazierten sie zum Hafen. Die bekannte Glockengießerei, die sie passierten, konnten sie nicht besichtigen. Das war nur nach Voranmeldung möglich.
»Daran hast du natürlich nicht gedacht«, bemerkte Julia spitz.
Den Abend verbrachten sie auf dem Boot. Ihr Stegnachbar, der erfolgreiche Angler von der »Grand Banks«, bot ihnen vier der zwölf geangelten Fische an und war sogar bereit, diese auf seinem Relingsgrill zuzubereiten. Uwe, Marie und Julia nahmen das freundliche Angebot gerne an und schon bald zog ein köstlicher Duft von der »Grand Banks« zur *Andrea Doria* herüber. Julia, die inzwischen einen delikaten Salat gemacht hatte, nahm schon wenig später den gegrillten Fisch entgegen. Er schmeckte überraschend gut. Uwe revanchierte sich bei den Holländern mit ein paar Flaschen Moselriesling, die man gemeinsam bis in die späten Abendstunden leerte.

39. Kapitel

Je länger Henja darüber nachdachte, desto klarer wurde ihr, dass sie Piet gezielt suchen musste. Hatte er auf seiner dürftigen Mitteilung die Stadt oder das Land Luxemburg gemeint? Und was wollte er in Metz? Sie wusste es nicht und brauchte zumindest weitere Anhaltspunkte dafür, wo er sich genau aufhalten würde. Nachdem wiederholte Versuche, Piet auf seinem Handy zu erreichen, fehlgeschlagen waren und sie die immer gleichen Mobilboxansagen zermürbt hatten, wollte sie sich im Umfeld von Piet umhören. Von seinen Bekannten und Freunden fiel ihr zunächst Gerrit Pierson ein. Der betrieb ein direkt an der Amstel, unweit des Luxushotels Intercontinental gelegenes Ladengeschäft und Auktionshaus. Obwohl er sich auf maritime Altertümchen spezialisiert hatte, waren Piet und er übereingekommen, sich gegenseitig Kunden zuzuführen, wenn sie die nachgefragten Objekte nicht selbst führten. Im Laufe der Zeit war aus der geschäftlichen Beziehung eine Art Männerfreundschaft geworden. Henja ging zu Fuß zu dem in einer alten Patriziervilla untergebrachten Antiquitätengeschäft, hatte aber keinen Blick für die üppig verschnörkelte Hausfassade. Durch eines der beiden Frontfenster schaute sie ins Ladeninnere und sah, dass Gerrit einem japanischen Paar seine maritimen Kostbarkeiten vorführte. Offensichtlich gelang es ihm jedoch nicht, die Unentschlossenen zum Kauf von Schiffsmöbeln aus Mahagoni, alten Steuerrädern und Blöcken, dekorativen Schiffslaternen aus Messing und Blech, Oktanten, Sextanten, Kompassen, Fernrohren oder Schiffs- und Kapitänsbildern zu überreden. Als die beiden Asiaten das Geschäft verlassen hatten, ging Henja hinein und fragte Gerrit ohne Umschweife, ob er Genaueres über Piets Aufenthalt wisse. Sie hatte Glück. Einige Tage vor seiner Abreise hatte Piet Gerrit erzählt, dass er nach Luxemburg fahren wollte, um günstig einen dort angebotenen

Tisch mit Einlegearbeiten aus der Werkstatt von David Röntgen zu erwerben. Danach hätte er noch von einem kurzen Abstecher zum Flohmarkt nach Metz gesprochen. Von dem Marché aux Puces, einem der besten Antik- und Trödelmärkte Frankreichs, habe er richtig geschwärmt. Er nehme daher an, dass Piet auch dort auf Schnäppchenjagd nach hochwertigen Antiquitäten gehen wollte.

Henja zögerte nicht lange, sondern fuhr noch am gleichen Tage mit dem Zug über Rotterdam, Antwerpen und Lüttich nach Luxemburg. In einer kleinen Pension mietete sie ein Zimmer. Auch hier blieben ihre Versuche, Piet über sein Mobiltelefon zu erreichen, fruchtlos. Nachdem sie ihre wenigen mitgeführten Sachen in dem einzig vorhandenen Wandschrank verstaut hatte, erkundigte sie sich beim Nachtportier, welche Speiselokale zur Zeit in Mode waren. Diese klapperte sie zu Fuß ab, fand Piet aber nicht. Irgendwann wurde sie von ein paar bierseligen Typen plump angemacht, brach die Suche ab und ging frustriert in ihre Pension zurück.

40. Kapitel

Am nächsten Morgen legten die Sportschiffer gegen 10 Uhr von ihrem Liegeplatz im Hafen des Wassersportclubs Saarburg in Beurig ab. Die netten Holländer von der »Grand Banks«, mit denen sie gestern Abend noch die Adressen ausgetauscht hatten, halfen beim Losmachen und wünschten mit großem Hallo nun vom Steg aus gute Weiterfahrt. Vor Uwe, Julia und Marie lagen etwa 9 Stromkilometer Fahrt auf der Saar. Das Schleusen in Kanzem, wo sie die kleine Kammer benutzen konnten, klappte wie am Schnürchen.

Römisches Grabdenkmal Igel

Gegen Mittag bogen sie von der Saar nach links in die Mosel ab und erreichten bald den kleinen Ort Igel bei Stromkilometer 202. Der Ort ist weltweit bekannt geworden, weil dort ein im Jahre 250 erbautes römisches Grabdenkmal steht. Die 22 Meter hohe Sandsteinsäule zeigt Darstellungen aus dem römischen Alltagsleben und ist wegen seiner Einzigartigkeit von der Unesco als Weltkulturerbe eingestuft worden. Von Igel bis zur Sauer, dem kleinen und nicht schiffbarem Grenzfluss zwischen Deutschland und Luxemburg, waren es jetzt nur noch vier Kilometer. Julia und Marie wollten in Wasserbillig einkaufen, da sie fest davon überzeugt waren, in Luxemburg einige Delikatessen erwerben zu können, die man in Deutschland nicht ohne weiteres erhält. Dabei dachten sie besonders an Terrine de Canard, Foie Gras de Canard, Terrine de Cerf und andere leckere Pasteten. Es blieb Uwe daher gar nichts anderes übrig, als am Langsteg des Yachtclubs Cercle Nautique Wasserbillig festzumachen. In dem kleinen, auf dem hinteren Steg zur Landseite hin errichteten Clubhaus trafen sie dann auf zwei Typen, die über ihrem Biergenuss den Rest der Welt vergessen hatten. Immerhin waren sie noch in der Lage, den beiden Damen den Weg zum nahegelegenen Supermarkt und der gegenüberliegenden Bäckerei zu beschreiben. Während die beiden Frauen auf Einkaufstour gingen, blieb Uwe beim Boot. Er hatte es sich kaum im Cockpit gemütlich gemacht, als ein etwa 12 Meter langes Segelboot, welches die Mosel herunter kam, hinter ihm beidrehte. Da die Mitseglerin ihren rechten Arm in einem sehr provisorisch aussehenden Verband trug, verließ Uwe seinen gemütlichen Platz, um den Ankömmlingen beim Anlegen zu helfen. Auch die beiden Clubmitglieder, die das Ganze beobachtet und ihre Bierflaschen vorübergehend verlassen hatten, kamen herbei und nahmen die vom Skipper herübergereichte Heckleine an.

Als das Boot schließlich sicher vertäut war, erkundigten sich die Segler, zwei Amerikaner, die die Rhône und Saône hinauf vom Mittelmeer gekommen waren, nach dem nächstgelegenen Krankenhaus. Jennifer, so hieß die Seglerin, hatte sich in der Schleuse Grevenmacher, bei dem Versuch das Boot von der Spundwand abzuhalten, so unglücklich den Arm verdreht, dass dieser vermutlich verstaucht war. Ihr Schmerz war inzwischen so stark, dass sie dringend ärztliche Hilfe brauchte. Die beiden Clubmitglieder erklärten den Amerikanern, wo und wie sie ein nicht weit entferntes radiologisches Institut finden würden. Dann machte das

Paar sich auf den Weg. Als sie nach fast einer Stunde zurückkamen, waren sie vollkommen deprimiert. Beim Röntgen hatte sich gezeigt, dass der Unterarm von Jennifer gebrochen war. An eine Weiterfahrt mit dem Boot war nicht zu denken. Ihr Freund Paul traute sich zwar zu, das 12-Meter-Boot alleine nach Holland zu fahren. Er befürchtete aber, in den Schleusen oder beim Festmachen in den Häfen ohne helfende Hand nur schwer zurecht zu kommen. So beschlossen die amerikanischen Segler, sich im Yachtclub Wasserbillig einen Liegeplatz für zwei Monate zu sichern. Danach wollten sie von Luxemburg aus nach Hause fliegen, damit Jennifer ihren Bruch auskurieren konnte. Im Spätherbst wollten sie dann zurückkommen, um das Segelboot zusammen nach Rotterdam, wo es verschifft werden sollte, zu bringen.

41. Kapitel

Uwe, Marie und Julia setzten ihre Fahrt in den Süden fort. In Gedanken an Jenniffers Armbruch vereinbarten sie, immer aufmerksam und umsichtig zu schleusen. Dazu hatten sie bereits eine halbe Stunde später Gelegenheit, als sie die Schleuse Grevenmacher bei Stromkilometer 212,8 erreichten. Uwes Funkspruch auf UKW-Kanal 18 wurde zunächst nicht beantwortet. Da die Schleusenkammer am luxemburgischen Ufer liegt, ging er davon aus, dass die Schleusenwärter ihn nicht verstanden hatten. Er versuchte es erneut in französischer Sprache. Wieder keine Antwort. Vielleicht war seine französische Aussprache so schlecht, das ihn die Schleusenwärter nicht verstehen konnten. Immerhin wusste er aber, dass die Schleuse écluse und der Schleusenwärter éclusier hieß. Ihm war bekannt, dass beim Hochschleusen »je suis montant«, beim Runterschleusen »je suis en aval« mitgeteilt wird. Länge und Breite des Schiffes konnte er ohne zu stocken, mit

Mosel bei Ahn

longueur hors-tout oder largeur hors-tout angeben. Auch die französischen Grundzahlen waren ihm bekannt. Aber offensichtlich half dies nichts. Als er gerade das Sprechfunkgerät für den dritten Anmeldeversuch in die Hand nahm, sprangen die Lichtzeichen auf Doppelgrün. Das untere Schleusentor öffnete sich und die *Andrea Doria* konnte zusammen mit einer »Prinzess«, die ebenfalls vor der Schleuse gewartet hatte, in die Kammer einfahren. Eine halbe Stunde später verließen sie die Schleuse. In langsamer Fahrt fuhren sie über den zwischen Weinhängen eingebetteten Stausee ihrem Etappenziel entgegen.

Die Weinberge waren jetzt flacher geworden. Eigentlich waren es sanft ansteigende Hügel, die hier mit Tausenden von Rebstöcken bepflanzt waren. Uwe machte sich einen Spaß daraus, das Boot einmal links, dann wieder rechts von der Flussmitte zu steuern. »Was soll das ständige Hin und Her?«, giftete Julia. »Grenzen müssen auch schon mal überschritten werden,« antwortete Uwe lächelnd. Und hier, wo die Flussmitte die Grenze zwischen

Deutschland und Luxemburg sei, würden sie durch seine Lenkmanöver alle paar Minuten in ein anderes Land fahren.
Ab Stromkilometer 217,7 blieb Uwe wieder näher am rechten Ufer, da der Wasserskiclub auf der anderen Seite eine Sprungschance in die Mosel gebaut hatte, aber auch, um das Rechtsfahrgebot einzuhalten. Bei dem Ort Ahn entdeckten sie das an der Route du vin Nr. 37 gelegene Restaurant Mathes. Hierhin hatte sie ihr Freund Heinz vor einiger Zeit zu einem Geburtstagsessen eingeladen. An den verspeisten Wolfsbarsch, oder »loup de mer«, wie er hier genannt wird, hatten sie jedenfalls beste Erinnerung. Auch der gleich hinter dem Haus angelegte und von Trompetenbäumen umsäumte idyllische Teich war ihnen im Gedächtnis haften geblieben.
Auf der Weiterfahrt bewunderten sie in Wormeldange das gediegene Weinkontor der »Cave cooperations des Vignerons«. Die malerischen Gassen des Orts wollten sie heute nicht besuchen. Hinter den Orten Ehnen, Wehr und Greiveldange war es schon wieder Zeit zum Schleusen. Vor ihnen, bei Stromkilometer 230, lag die Schleuse Palzem/Stadtbredimus. Uwe hatte sich bereits beim zurückliegenden Hinweisschild auf Kanal 20 angemeldet und prompt Antwort erhalten. Der Schleusenwärter kam gerade mit einer Talschleusung herunter. Danach waren die beiden vor der Schleuse liegenden Sportboote dran.

Nur fünfzehn Minuten später hatten sie den Höhenunterschied des Flusses von 3.80 Metern Höhe überwunden und fuhren an den rechts und links angrenzenden Ortschaften gleichen Namens vorbei auf das Städtchen Remich zu. Vom Fluss aus wirkten die gut besuchten Freiterassen einiger Hotels mit ihren riesigen Sonnenschirmen, deren Rot, Weiß oder Blau in der Sonne schimmerte, geradezu mondän. Auch die in riesigen Terrakottakübeln wachsenden Palmen, Koniferen und Blühsträucher, die stilvoll um die Sitzgruppen dekoriert worden waren, verliehen dem Ort ein südliches Flair. Auf der sich anschließenden, von alten Bäumen

Schleuse Palzem/Stadtbredimus

gesäumten Uferpromenade, an der sie mit kleiner Fahrt vorbeiglitten, war richtig was los. Verliebte Paare spazierten händchenhaltend nach nirgendwo. Familien mit Kindern strebten gezielt zu dem Spielplatz an der Brücke. In sich versunkene Jogger rannten vorbei, als liefen sie um ihr Leben. Ein aufgedonnertes Paar beschimpfte einen Hundehalter, weil dessen frei laufender kleiner Münsterländer an der Dame hochgesprungen war und ihr Chiffonkleid beschmutzt hatte. Mitten in die den Weg blockierende Gruppe stolperte ein nicht ganz so sicherer Inlineskater und rempelte seinerseits die aufgeregte Frau an. Um nicht zu stürzen, ruderte er wie wild mit den Armen, traf sie hierbei versehentlich noch einmal. Dann sah er zu, wie er Hals über Kopf das Weite gewann. Vier ältere Männer im Rentenalter saßen auf einer der Ruhebänke und betrachteten das ganze Schauspiel ziemlich abgeklärt. Die Kommentare, die sie dazu abgaben, konnten Uwe, Marie und Julia, die 20 Meter vom Uferweg entfernt langsam moselaufwärts tuckerten, nicht verstehen. Was sie so von sich gaben, konnten sie sich aber lebhaft ausmalen.

Obwohl ein zwanzig Meter langes Schwimmdock, ein Gästesteg und sogar ein kleinerer Hafen mit 0,90 cm Wassertiefe in Brückennähe Bootsfahrer zum Bleiben einluden, setzten sie ihre Fahrt fort. Immerhin hatten sie bereits 50 Flusskilometer zurückgelegt und dabei drei Schleusen durchfahren. Es war Zeit, anzukommen und auszuruhen. Bis zu ihrem Zielhafen Schwebsange waren es zwar nur noch etwa 4 Kilometer. Aber zu der reinen Fahrtzeit kostete es Zeit, sich beim Hafenmeister anzumelden und einen Liegeplatz zu erhalten. Dann war das Schiff anzulegen und festzumachen. Da es mittlerweile schon nach 18 Uhr geworden war, fuhr Uwe mit 6 Knoten an dem Ort Bech-Kleinmacher vorbei auf den gepflegten Sportboothafen zu.

Auf einer das Moseltal überragenden Anhöhe lag, weithin sichtbar, die von Weinstöcken umgebene Grabstätte einer wohlhabenden Winzer- und Weinhändlerfamilie aus spätrömischer Zeit. Zwanzig Minuten, nachdem sie das außergewöhnliche Baudenkmal passiert hatten, lagen sie am Steuerbordkai der Hafeneinfahrt von Schwebsange und nahmen Kontakt zu dem fröhlichen Hafenmeister auf. Der betankte zunächst in aller Ruhe vier vor ihnen an der Mauer liegende Sportschiffe. Eine halbe Stunde später lagen sie an der langen Hafenmole zwischen einem niederländischen und einem deutschen Sportboot an einem sicheren, wellenfreien Liegeplatz. Für den Rest des Abends machten sie es sich bequem, ruhten sich aus, schauten dem Treiben im Hafen zu oder lasen. Als Uwe den Flussführer zur Hand nahm, um sich die nächste Tagesetappe anzusehen, erklärten Julia und Marie spontan, dass sie am nächsten Tag nicht weiterfahren wollten.

Eigentlich hatte Uwe es nicht anders erwartet. Für Julia und Marie war die über Acht-Stunden-Fahrt von Saarburg nach Schwebsange mit längeren Aufenthalten in drei Schleusen und in Wasserbillig doch etwas zu lang geraten. Solche Mammut-Strecken mochten die Damen nicht. Vier oder fünf Stunden Fahrtzeit am

Hafen Schwebsange in Luxemburg

Tag, das war genug. Was darüber hinausging, war strapaziös. Jetzt wollten sie einen Tag nur entspannen. Da Uwe am Vortage wirklich lange hinter dem Steuerruder gesessen hatte und unter Bewegungsmangel litt, bedurfte es keiner besonderen Kunst, ihn zu überreden. Der Liegeplatz war gut; die Hafenanlage insgesamt erfreulich. Die Besatzungen der vor und hinter ihnen liegenden Spotboote machten, soweit man dies auf den ersten Blick und die wenigen Worte, die man gewechselt hatte, sagen konnte, einen netten Eindruck. Auch das vor einigen Jahren neu errichtete Hafengebäude mit ansprechendem Restaurant und großer Sonnenterrasse lud zum Verweilen. Der Hafenmeister verbreitete eine positive Stimmung. Der Weg ins hügelauf gelegene Dorf war nicht weit. Die fünf Kilometer nach Remich waren zu Fuß oder mit dem Fahrrad ebenfalls locker zu schaffen. Gleich hinter dem eingezäunten Hafengelände befand sich ein von Weidenbüschen umsäumter Teich. Immerhin war er groß genug, dass man hier gut schwimmen und sich auf der angrenzenden Wiese sonnen konnte. Beste Voraussetzungen zu bleiben.

Obwohl das Boot wie ein Brett im Hafen lag, schlief Uwe in dieser Nacht nicht gut. Wilde Träume waren durch seinen Kopf gejagt und hatten ihn aufgewühlt. Ihr Inhalt war ihm weitgehend entfallen. Nur eines wusste er noch. In allen Träumen war er Marie an den unterschiedlichsten Stellen der Welt begegnet. Wie die Begegnungen verliefen, blieb im Dunkeln. So sehr er sich auch anstrengte, die noch vorhandenen Erinnerungsinseln ließen sich nicht mehr zusammenfügen. Es war beunruhigend. Da er wusste, dass er vor lauter Grübeln nicht mehr einschlafen würde und es mittlerweile nach acht Uhr war, nahm er seinen Kulturbeutel aus dem Bad und trabte den Hafen entlang zu der vor dem Campingplatz liegenden Duschanlage. Nach zehn Minuten, in denen er abwechselnd kaltes und warmes Wasser über Kopf und Körper laufen ließ, war er wieder fit. Auf dem Rückweg zum Boot holte er im Büro des Hafenmeisters die am Vorabend bestellten Brötchen ab. Julia und Marie waren noch nicht aufgestanden, als er zurückkam. Er setzte Kaffee auf und bereitete den Frühstückstisch vor. Das durchdringende Pfeifen des Wasserkessels, den Uwe absichtlich nicht direkt vom Gasherd nahm, weckte seine Crew. Verschlafen, aber lauthals protestierend kamen sie vom Bug und Heck des Schiffes aus den Kabinen. Beide waren aber zufrieden, als sie den schön gedeckten Tisch in der Pantry erblickten und ihnen der Duft von frisch zubereitetem Kaffee in die Nase stieg.
Gegen elf Uhr gingen sie zusammen zu dem hinter dem Hafen liegenden Badesee. In der Nähe eines Uferstücks, das weder mit Büschen noch mit Schilf zugewachsen war, fanden sie einen kleinen, sandigen Badestrand. Auf der Wiese breiteten sie ihre selbstaufblasbaren Liegematten aus, verteilten die mitgebrachten Utensilien, schmökerten, unterhielten sich oder schwammen in dem wohltemperierten Wasser. Ab und an ging Julia an den Zaun und warf einen Blick auf die *Andrea Doria*. Obwohl sie das in Luxemburg abgeholte Bargeld gut im Ankerkasten des Schiffes versteckt hatten und ein Eindringling kaum eine Chance hatte, es dort zu finden, wurde Julia bei jedem längeren Verlassen des Bootes ner-

vös. Nach knapp zwei Stunden auf der Liegewiese waren sie ohnehin lang genug in der Sonne und beschlossen, zum Boot zurückzugehen. Marie, die bemerkt hatte wie unruhig ihre Schwester war, schlug später vor, die Räder zu nehmen und eine etwas längere Tour zu machen. In Remich könne man einen Zwischenstop einlegen, ein nettes Café an der Moselfront besuchen und sich vor der Weiterfahrt mit einem schönen Stückchen Sahnekuchen aufpäppeln. Wie erwartet erklärte Julia, sie wolle lieber beim Boot bleiben.

42. Kapitel

Also radelten Uwe und Marie bald danach allein in Richtung Remich. Voller Elan traten sie in die Pedale und lieferten sich auf den nächsten paar Kilometern ein nicht ernst gemeintes Wettrennen. Vor dem Hotel Saint-Nicolas hielt Marie plötzlich an, stieg von ihrem Fahrrad, drückte es Uwe in die Hand und verschwand kommentarlos. Uwe vermutete, dass sie zur Toilette wollte. Wenige Minuten später erschien sie strahlend vor dem Hoteleingang und schwenkte vergnügt einen Zimmerschlüssel auf Kopfhöhe hin und her. Da war sie wieder, diese Verlockung, diese ungeheuere Anziehungskraft einer schönen Frau, der weder die im Tal der Loreley gestrandeten Schiffsleute, noch der Schiffer Uwe widerstehen konnten. Also ging er, ohne zu fragen, fast schlafwandlerisch hinter ihr her und fand das irgendwie selbstverständlich. Selbst die Empfangsdame schien sich keine Gedanken darüber zu machen, aus welchen Gründen das nette Paar kein Gepäck dabei hatte. Ihr hatte Marie allerdings zuvor erzählt, man sei auf einer Radtour und die Packtaschen würden im Laufe des späten Abends von einem Begleitfahrzeug zum Hotel nachgebracht.
Das Zimmer war sauber, hell und gemütlich eingerichtet. Für den

schönen Ausblick auf die Moselpromenade und den Fluss nahmen sich Marie und Uwe keine Zeit. Marie hatte ihr Polohemd, unter dem sie nichts trug, bereits ausgezogen, war auf Uwe zugegangen und drückte ihn fest an sich. Gemeinsam fielen sie, ohne sich aus der Umarmung zu lösen, auf das bereitstehende Bett und versanken in einem unendlich langen Kuss. Während sie sein Haar streichelte, fand sein Mund die sich ihm entgegenstreckenden zimtfarbenen Brustwarzen, die er mit warmen Lippen umkreiste. Mit der rechten Hand öffnete er den oberen Knopf ihrer Jeans, ertastete den Zippverschluss und zog ihn Zahn für Zahn so weit herunter, dass er Hose und Slip gleichzeitig abstreifen konnte. Gemeinsam zerrten sie seine Jeans und sein T-Shirt vom Körper und lagen nun nackt auf den Bettlaken. Schließlich fuhr seine Hand zwischen ihre leicht geöffneten Schenkel, fühlte die feuchte Wärme und die steigende Lust. Der Liebesakt war kurz, aber heftig. Danach lagen sie noch lange eng umschlungen beisammen und schwiegen gedankenverloren.

Irgendwann mussten sie ihr kuscheliges Bett verlassen. Der frühe Abend war bereits angebrochen, als sie gemächlich über den von Linden, Trauerweiden, Birken und Blühbüschen umsäumten Uferweg nach Schwebsange zurückradelten. Sie beeilten sich nicht. Im Gegenteil. Am liebsten wären sie im Hotel geblieben und hätten die Nacht miteinander verbracht. Die bevorstehende Rückkehr und die von Julia zu erwartende Frage, wo sie so lange gewesen waren, machte sie beklommen. Aber was sollten sie schon tun. Gemeinsam davonlaufen? Sich einfach verdrücken? Ein neues Leben beginnen? Alles leichter gesagt, als getan. Aber wollten sie das überhaupt? In Metz würde Marie das Boot verlassen. Ihr Urlaub ging zu Ende. In der Woche danach müsste sie in Frankfurt ihre Arbeit wieder aufnehmen. Uwe würde die Schiffsreise in den Süden, die er so lange geplant und herbeigesehnt hatte, fortsetzen. Fortsetzen mit seiner Frau Julia, der Mutter seiner Kinder, mit der er seit einer Ewigkeit zusammenlebte.

43. Kapitel

Auch über Nacht hatte sich ihr aufgestauter Frust nicht abgebaut. Nachdem sie wach geworden war, wählte Henja Piets Handynummer. Wiederum erhielt sie über die Mobilbox die Auskunft, dass der Teilnehmer zur Zeit nicht erreichbar sei. Sie schickte dann nacheinander zwei SMS-Nachrichten ab und bat ihn, sich zu melden. Hoffnung, dass er dies tat, hatte sie aber eigentlich nicht. Nachdem sie gestern die Fußgängerzone der Stadt Luxemburg, die einschlägigen Restaurants und Kaffeebars in der Innenstadt zu Fuß abgeklappert hatte, wollte sie ihren Aktionsradius heute ausdehnen. Nach dem Frühstück ließ sie sich an der Rezeption einen Stadtplan mit Hotelverzeichnis geben. Dann bat sie die Empfangsdame, die Telefonnummer einer Autovermietung, deren Werbeflyer am Rand der Theke platziert war, anzurufen und für sie einen Kleinwagen zu bestellen. Eine halbe Stunde später brachte ein Mitarbeiter der Mietwagenfirma einen kleinen Fiat zur Pension. Nachdem die Vertragsformalitäten erledigt waren, erhielt sie Autopapiere und Schlüssel. Wenig später fuhr sie los und setzte ihre Suche nach Piet im Auto fort. Sie zog ihre Kreise am Paradeplatz vorbei und um das Zentrum immer größer. Gegen Mittag hielt sie auf einem kleinen Parkplatz am Bockfelsen an. Plötzlich fiel ihr ein blauer PKW mit niederländischem Kennzeichen ins Auge, der neben der weiter hinten liegenden Zufahrt zur Tiefgarage anhielt. Aus dem Fahrzeug stieg ein Mann, der eiligen Schritts in die dort angesiedelte Bank ging. Obwohl Henja den Mann nur von hinten sah, war sie aufgrund der Statur, des wiegenden Ganges, eigentlich des ganzen Erscheinungsbildes überzeugt, Piet gefunden zu haben. Als der Mann in der Bank verschwand, fiel ihr indessen auf, das er keinen Anzug, sondern eine blaue Uniform und eine dazu passende Mütze trug. Mit Uniformen kannte sie sich nicht aus. Das hätte ein Polizist, ein Pilot oder ein Seemann sein können. Was auch immer. Solche Kleidungsstücke besaß Piet nicht. Was sollte er auch damit. Henja war total verunsichert. Hatte sie schon Halluzinationen? Aufgeregt lief sie über die Straße und betrat das Foyer der Bank. Den Mann sah sie nicht wieder. Weder an den Geldautomaten noch an den in der Haupthalle liegenden Kundentischen konnte sie ihn entdecken. Nach einer Weile verließ sie das Bankgebäude. Als sie die vier Stufen der Eingangstreppe zum Bürgersteig herabstieg, bog der Wagen mit dem niederländischen Kennzeichen an der Kreuzung gerade nach links auf die Brücke ab. Die Sicht auf den Fahrer war aber durch parkende Fahrzeuge, Büsche und Bäume versperrt. Er war ihr entwischt.

44. Kapitel

Nachdem Uwe und Marie mit ihren Fahrrädern zum Boot zurückgekommen waren, war der weitere Abend denkbar schlecht verlaufen. Julia war stocksauer und ließ sich auch durch die schnell erfundene Geschichte einer ausgedehnten Radtour mit vielen Hindernissen und einer Reifenpanne nicht besänftigen. Ohne sich mit Marie und Uwe weiter zu unterhalten, verzog sie sich wortlos in ihre Koje und blieb auch stumm, als Uwe sich später neben sie legte.

Der nächste Morgen kam. Von einem leichten Nordostwind getrieben, zogen feine Schäfchenwolken über den Hafen hinweg. Solange sie sich nicht verdichteten und der Luftdruck stabil bleiben würde, war ein regenfreier Tag mit sonnigen Abschnitten zu erwarten. Wie Uwe nach dem Aufstehen festgestellt hatte, zeigte das Barometer keine Luftdruckveränderungen an. Die Kontrollnadel stand genau dort über dem Zeiger, wo er sie am Vorabend deckungsgleich positioniert hatte. Was das Wetter betraf, konnten sie also mit einem schönen Tag rechnen. Ob sich die frostige Stimmungslage an Bord auch aufhellen würde, blieb abzuwarten. Nachdem sie beim Frühstück nur wenige Worte miteinander gewechselt hatten, wollte Uwe so schnell wie möglich aufbrechen. Über den Zielort hatten sie sich noch gar nicht verständigt. Je nach Fahrtverlauf würde man dies unterwegs nachholen können.

Zunächst musste Uwe vor Verlassen des Hafens die beiden Dieseltanks füllen. Der Diesel war an dieser luxemburgischen Tankstelle gute 40 Cent pro Liter billiger zu haben als in Deutschland. Hier waren die Steueranteile auf Sprit mittlerweile weit höher als der eigentliche Produktpreis. Also lenkte Uwe die *Andrea Doria* vom Liegeplatz an die Spundwand unterhalb der Tankstelle und legte dort an. Der fröhliche Hafenmeister stand bereits neben den beiden Zapfsäulen. Mit den üblichen Witzchen begrüßte er die Damen. Dann half er Uwe dabei, den mehrere Meter langen Tankschlauch von den Säulen zum Boot zu zerren. Julia hatte sich bereits in der Nähe des in das Teakdeck eingelassenen und mit »fuel« beschrifteten Tankeinfüllstutzens aus Edelstahl postiert, um das Tanken zu überwachen. Offenbar befürchtete sie, dass ihr leicht verwirrt wirkender Ehemann versehentlich den etwas weiter vorne im Deck befindlichen und gleich aussehenden Wassertank, dessen Verschluss die Aufschrift »water« trug, mit Diesel auffüllen würde. Uwe ließ sich nicht beirren, steckte den Zapfhahn in den richtigen Zulauf und betätigte die Abschaltautomatik. Obwohl der muntere Hafenmeister, der mindestens die Hälfte seiner Arbeitszeit Schiffe betankte, bestätigt hatte, dass die Automatik einwandfrei funktionieren würde, tat sie es nicht. Sie schaltete sich zwar ab, aber so spät, dass der überschwappende Diesel bereits durch das Lüftungsloch aufs Schiffsdeck lief. Mit einigen Ölauffangtüchern, die Julia aus dem Werkzeugschrank holte, gelang es jedoch, den ausgelaufenen Sprit aufzufangen. Beim Befüllen des Backbordtanks hielt Uwe den Zapfhahn wieder selbst in der Hand. Er ließ den Füllhebel los, als er die ersten

Gluckergeräusche des hochsprudelnden Diesels hörte. Nach etwa einer halben Stunde waren die beiden Sprittanks gefüllt, der Tankschlauch hochgezogen, die Rechnung bezahlt und die Hände gesäubert. Jetzt konnte es losgehen.

Wenig später passierten sie den auf deutscher Seite gelegenen Ort Besch. In der Ferne tauchten die Hügel Lothringens auf. Uwe hielt auf das gerade vorausliegende Schengen zu. Vor einem Vierteljahrhundert haben Frankreich, Luxemburg, Belgien, die Niederlande und Deutschland hier europäische Geschichte geschrieben. Dieser bei Stromkilometer 242 gelegene kleine Ort ist weltweit durch das 1985 abgeschlossene »Schengener Abkommen« bekannt geworden. Um die Entwicklung des europäischen Binnenmarkts zu beschleunigen, haben die Vertragsstaaten seinerzeit vereinbart, einen Großraum ohne Binnengrenzen zu schaffen. Heute gehören 25 Länder mit rund 400 Millionen Menschen zum Schengen-Raum. An den Vertragsabschluss erinnern drei am Moselufer stehende Stehlen. Nach der 25-Jahr-Feier ist der kleine Ort allerdings wieder in die wohlverdiente Ruhe und die touristische Bedeutungslosigkeit gesunken.

Gleich hinter der Schengener Brücke empfing die »Grande Nation« die Bootsfahrer. Ab sofort galt Freiheit, Gleichheit und Brüderlichkeit. Vor ihnen, in gleicher Richtung, tuckerte ein echter Oldtimer. Das englische Paar des stark Dieselöl verdampfenden Museumsschiffs war guter Dinge. Bis zum Mittelmeer wollten sie es schaffen. Alle Achtung! Man merkt eben doch, dass die Engländer einmal eine große Seefahrernation waren. Uwe hatte sich bereits über Kanal 20 bei der französischen Grenzschleuse Apach angemeldet. Der Schleusenwärter sprach schnell. Nichtsdestotrotz verstand Uwe, dass er dabei war, den Wasserspiegel auf das untere Niveau abzusenken. Und tatsächlich öffneten sich bald die beiden Schleusentore. In dreißig Minuten waren die *Andrea Doria* und der Engländer durchgeschleust. Als sie die Schleuse ver-

Englischer Oldtimer

ließen, versprachen sie, sich in ein paar Tagen in Metz zu treffen. Uwe wollte keinesfalls hinter dem die Luft verpestenden Stinker herfahren. Er musste ohnehin an dem im hinteren Schleusengelände liegenden Büro der Voies Navigables de France –VNF – wieder anlegen, um die zum Befahren französischer Gewässer erforderliche Vignette zu kaufen. Es dauerte einige Zeit, bis er an der Reihe war. Ein mit der Büroangestellten verhandelnder Skipper konnte sich einfach nicht entschließen, für welchen Zeitraum er die Vignette brauchte. Uwe hatte sich dies vorher genau überlegt und bekam dann auch zügig die für ihn passende Gebührenmarke, die Carte Péage. Gleichzeitig übergab ihm die Mitarbeiterin des VNF ein Merkblatt, in dem die auf französischen Gewässern geltenden Regeln und Schifffahrtszeichen dargestellt und erläutert waren.

45. Kapitel

Als Uwe das Büro verließ, sah er einen gut aussehenden Mann mittleren Alters neben seinem Boot stehen, der mit den beiden Damen angeregt plauderte. In seiner taillierten Kapitänsuniform, dem strahlend weißen Hemd unter dem dunkelblauen Zweireiher und der keck über die Augen gezogenen weißen Schirmmütze mit Goldlitzen machte er einen eleganten und seriösen Eindruck. Kaum hatte Uwe das Boot erreicht, fielen Marie und Julia ungestüm mit der Bitte über ihn her, diesen Mann bis zur nächsten Schleuse oder bis Thionville mitzunehmen. Der Kapitän brauchte seine Geschichte, die er zuvor den Damen schon erzählt hatte, gar nicht zu wiederholen. Das erledigten sie für ihn. So erfuhr Uwe, dass der Fremde Kapitän des Kreuzfahrtschiffs »MS Helvetia« war. Während des Schleusenvorgangs in Apach habe er sein Schiff kurzfristig verlassen, ohne sich bei seinem Steuermann oder einem Mitglied der Mannschaft abgemeldet zu haben. Da er gerade keinen Dienst auf der Brücke gehabt habe, sei seine Abwesenheit nicht bemerkt worden. Die »Helvetia« habe ihre Fahrt ohne ihn fortgesetzt. Inzwischen habe er Kontakt zum ersten Offizier aufgenommen und mit ihm vereinbart, dass die »Helvetia« den Fahr- und Schleusenplan einhalten solle. Spätestens in Thionville, wo das Passagierschiff zur Nacht liege, wollte er wieder zu seiner Mannschaft stoßen. Da sich Marie und Julia vehement für die Mitfahrt des Kapitäns einsetzten, wollte Uwe ihnen diesen Spaß nicht verwehren. Auch er fand den Kapitän mit dem niederländisch eingefärbten Akzent sympathisch. Außerdem sorgte dessen Anwesenheit für Abwechslung. Das konnte dazu führen, dass die seit dem gestrigen Abend bestehende angespannte Situation entkrampft werden würde. Also bat er den Kapitän, der sich inzwischen als Jan ter Heide vorgestellt hatte, an Bord zu kommen. Nachdem Marie einen weiteren Klappsessel auf den Steuerstand

Blick auf Sierck-les-Bains

geholt hatte, ließ sich der Kapitän neben ihr nieder. Jacke und Mütze legte er ab. Uwe erzählte ihm kurz einige Einzelheiten über das Schiff und versprach ihm, da er sehr interessiert schien, später auch die unter Deck befindlichen Räume und den Motorraum zu zeigen. Beim Losfahren brauchten sich Julia und Marie gar nicht mehr um das Lösen der Festmacherleinen zu kümmern. Das erledigte der Kapitän.

In der nächsten Schleife der Mosel, die jetzt Moselle hieß, entdeckten sie links im Berg die von dem französischen Festungsbaumeister Vauban erbaute Zitadelle Sierck-les-Bains. Der Kapitän erzählte, dass sich hinter den alten Mauern der Festung eine sehenswerte Altstadt mit kleinen Geschäften, urigen Kneipen – wie das La Vieille Porte an der Place Jean de Morbach – und Relikte des ehemaligen Römerkastells verbergen würde. In keinem anderen Ort würde ein so vorzüglicher Mirabellenschnaps gebrannt und ausgeschenkt werden wie dort. Um einen besseren Blick zu ergattern, fuhr Uwe dicht an der Kaimauer entlang. Als sie die hinter dem Moselbogen liegende Steganlage des »Port de Plaisance« passiert hatten, lenkte er das Boot bei Stromkilometer 246 wieder zur Strommitte. Marie schlug dem Kapitän vor, mit ihr aufs Vorschiff zu gehen. Von dort aus könne man den Fluss und die natürliche Harmonie der Landschaft besonders gut beobachten. Außerdem sei es der ruhigste Platz an Bord. So gingen die beiden aufs Vorderdeck. Uwe bekam nicht mehr mit, worüber sie sich unterhielten. Jedenfalls schloss er aus ihren Gesten, Blicken und ihrem Lachen, dass sie sich prächtig amüsierten und gut verstanden. Nach seiner Meinung viel zu gut.

Das Moseltal war jetzt noch breiter geworden, die Berge zurückgetreten. Hügelaufwärts zwischen Wald und Wiesen lag auf der rechten Seite das Örtchen Contz-les-Bains mit der alles überragenden Kirche. Nur etwa zwei Kilometer weiter, nach Durchfahren der nächsten Moselschleife, lag links vor ihnen der von weitem mittelalterlich aussehende Ort Rettel. Vom Fluss aus wirkt das hinter einer zweihundert Meter langen Kaimauer versteckte Dorf so interessant, dass Uwe größte Lust hatte, hier anzulegen. Aber das ging nicht. Sie wollten ja die »MS Helvetia« einholen.

Jetzt prägten leicht ansteigende Wiesen, Felder und größere Baumgruppen das Landschaftsbild. Zwischen Stromkilometer 253 und 254 glitten sie an einer steuerbord liegenden Insel vorbei. Gleich hinter der Flussbiegung lag der kleine Ort Malling. Die jetzt folgenden zehn Flusskilometer waren nicht mehr in Weinberge eingebettet. Die Landschaft war flach geworden und mit der an Unter- und Mittelmosel nicht mehr zu vergleichen. Der folgende Flussabschnitt wurde eindeutig vom Anblick der immer wieder auftauchenden gigantischen Kühltürme des Atomkraftwerks Cattenom bestimmt. Die beim Abkühlen des Wasserdampfs über den Türmen entstehenden weißen Wolken zogen mit dem Wind die Mosel hoch. Am Flussufer spielten fröhlich lachende Kinder. Auch die Erwachsenen, die in den Moselauen

Ortschaft Rettel

Kühltürme von Cattenom

unbekümmert ihre Gärten bestellten, schienen keine Angst vor einer drohenden Atomkatastrophe zu haben. Uwe erinnerte sich daran, dass er bereits vor Jahren auf dem direkt neben dem Atomkraftwerk gelegenen Kühlwasserteich junge Leute auf ihren Funboards hin- und hersurfen sah. Offensichtlich haben die Franzosen doch ein wesentlich entspannteres Verhältnis zur Atomenergie. Diskussionen über Stillegungen, beschränkte Laufzeiten, gefährliche Endlager und Brennelementesteuer werden hier nicht geführt.

Es war nun nicht mehr weit zur Schleuse Königsmacker, die in einem den eigentlichen Flusslauf abschneidenden geraden Seitenkanal lag. Uwe hatte sich über Kanal 20 beim Schleusenwärter angemeldet. Gleichzeitig hatte er sich nach der »Helvetia« erkundigt und gehört, dass das Fahrgastschiff die Schleuse bereits vor einer guten Stunde verlassen hatte.

Das Schleusen klappte dank der umsichtigen Hilfe des Kapitäns wie am Schnürchen. Am rechten Uferrand in Fahrtrichtung sahen sie das Café »La Moselle«. Der Anleger für Sportboote war belegt. Auch die Schwimmstege des Club Nautique, die sich daran anschlossen, schienen besetzt. An einem der Seitenstege entdeckten sie auch den immer noch qualmenden Oldtimer. Wahrscheinlich waren die unter Deck hantierenden Eheleute dabei, die Kolben bei laufender Maschine mit Öl zu versorgen. Uwe hielt nicht an.
Im Oberwasser dehnte sich die Ebene rechts und links der Mosel noch weiter aus. In der Ferne erkannte man die von Wiesen und Feldern umgebenen Dörfer Basse-Ham und Koeking.
Marie hatte den Kapitän gleich nach dem Schleusen wieder mit aufs Vorderdeck genommen. Die Zeit in der Schleuse hatte sie dazu genutzt, sich ihren signalroten Bikini anzuziehen. Jetzt streckte sie sich lasziv auf ihrer Matte aus und präsentierte sich in voller Schönheit. Obwohl Uwe sich dagegen wehrte, wurde er von Minute zu Minute eifersüchtiger auf diesen dahergelaufenen

Fremden, der mit Marie, »seiner« Marie, ungeniert flirtete. Da Uwe das vertraute Getuschel auf dem Vorschiff gar nicht gefiel, schob er den Gashebel so weit nach vorne, dass der Diesel dröhnte und der Rumpf zitterte. Mit guten sieben Knoten rauschte die *Andrea Doria* in Richtung Thionville oder Diedenhofen, wie die Deutschen die Stadt nennen.

Der befahrene Moselabschnitt war weniger interessant. Anstelle landschaftlicher Besonderheiten fielen größere Industrieanlagen ins Auge, was wohl darauf zurückzuführen ist, dass hier ein Zentrum der Eisenerzförderung und -verhüttung angesiedelt ist. Die Franzosen haben die treffende Bezeichnung »Pays de Fer« – Land des Eisens – für diese Gegend gefunden. Vor diesem Hintergrund ließ sich sicher auch das höhere Verkehrsaufkommen auf der am östlichen Moselufer entlangführenden Nationalstraße 153 und der zunehmende Lärmpegel erklären.
In einer guten Stunde hatten sie Thionville erreicht. Die Schwimmstege des Port de Plaisance bei Stromkilometer 268 machten zwar einen stabilen, aber etwas verwaisten Eindruck. Außerdem schien der ganze Ein- und Ausgangsverkehr der Stadt an diesem Hafen vorbeizuführen. Hier würde man während der Nacht wohl kein Auge zumachen können. Uwe fuhr kommentarlos weiter und steuerte den etwa einen Kilometer stromaufwärts befindlichen Hafen des Clubs Motonautique an. Auch hier waren Lage und Aussicht des Hafens wegen der beiden nahe liegenden Brücken nicht gerade berauschend. Aber für die eine Nacht, dic sic hier liegen wollten, war der Hafen annehmbar. Immerhin hatte dieser Verein ein eigenes Clubhaus mit sanitären Einrichtungen. Außerdem war es nicht weit in die Altstadt. Durch das alte Wappentor waren Fußgängerzone und Marktplatz, mit gut erhaltenen Häusern aus dem 16. und 17. Jahrhundert, schnell zu erreichen.
Noch bevor Uwe die *Andrea Doria* langsam in eine der freien Boxen manövrierte, hatte der Kapitän auf beiden Seiten des Schiffes die Fender ausgebracht und die Augen der Festmacherleinen um die

Klampen gelegt. Als es ihm möglich war, sprang er auf den Steg, nahm die zugeworfenen Leinen an, zog sie durch die Eisenringe am Steg und führte sie zum Boot, wo Marie sie belegte, zurück. Der Hafenmeister ließ sich nicht blicken. Auch auf den bereits in der Anlage liegenden Sportbooten hatten sich keine Helfer gerührt. Der Hafen schien wie ausgestorben.
Nachdem sie das Boot festgezurrt hatten, setzte Julia Kaffeewasser auf den Gasherd. Marie deckte den Tisch auf dem Achterdeck. Der Kapitän war den Steg hinunter gegangen und führte ein, zwei Telefongespräche. Als er wieder an Bord kam erzählte er, dass die »MS Helvetia« drei Kilometer oberhalb der Schleuse am Steiger des Port de Commerce Thionville-Illange liege und dort die Nacht über bleiben werde. Uwe zeigte ihm nun, wie versprochen, die Motoryacht von innen. Jan war begeistert. Er schien überrascht, wie effektiv die Schiffsbauer den vorhandenen Raum gestaltet und aufgeteilt hatten. Sein Lob machte Uwe richtig stolz und ließ ihn seine Verärgerung über das heftige Geturtel mit Marie vergessen. Gemeinsam tranken sie Kaffee. Nachdem sie ihre Handynummern ausgetauscht hatten, bedankte sich der Kapitän für die Mitnahme zu seinem Schiff und für den wundervollen Tag, der ihm vollkommen andere Perspektiven eröffnet und den er richtig genossen habe. Zum Dank für die erfahrene Hilfe lud er die Sportschiffer zum Kapitänsdinner auf die »MS Helvetia« ein. Das Fahrgastschiff würde zwei Tage in Metz liegen. Anlässlich des Passagierwechsels würde die Reederei ein Abschiedsessen organisieren. Dies falle sehr üppig aus, werde feierlich begangen und ihnen sicher gefallen. Marie, Julia und Uwe waren erfreut und versprachen, in Metz an Bord der »MS Helvetia« zu kommen. Dann verließ der Kapitän das Boot, schlenderte mit federndem Gang über den Steg an Land und verschwand, noch einmal zurückwinkend, hinter den Pappeln des Uferwegs.
Abends gingen die drei noch einmal kurz in die Altstadt. Durch ein altes Torhaus kamen sie zum Marktplatz, warfen einen Blick

auf das alte Rathaus von 1695 und die unweit davor stehende Büste des lächelnden Robert Schumann, der schon 1950 als Außenminister Grundlagen für die europäische Gemeinschaft gelegt hatte. An dem aus römischen Zeiten stammenden Flohturm vorbei gingen sie aber bald zum Schiff, das sie nicht zu lange allein lassen wollten, zurück.

46. Kapitel

Das war eine unruhige Nacht im Hafen des Clubs Motonautique. Fast jede halbe Stunde war ein Zug über die nahe Eisenbahnbrücke gerattert. Das gewaltige Getöse ließ die Schiffer nur unruhig schlafen. Außerdem blies ein strammer Wind, zerrte an dem nicht umgelegten Bimini und ließ die Pappeln am Uferweg mächtig rauschen. Ständig klatschten kleine Wellen der aufgewühlten Mosel gegen die Bordwand.

Da an längeren Schlaf nicht zu denken war, standen Uwe und Julia relativ früh auf. Auch Marie erschien bald im Salon und erklärte, dass sie schlecht geschlafen habe. Nachdem sie nacheinander ihre Morgentoilette auf dem Boot erledigt und sich der Wetterlage entsprechend angezogen hatten, frühstückten sie in aller Ruhe. Danach kehrten die Lebensgeister langsam zurück. Im Hafen selbst blieb es geisterhaft still. Inzwischen war es 10 Uhr geworden. Der Nachtwind war eingeschlafen. Jetzt wehte eine leichte Brise. Gute Bedingungen für die Weiterfahrt. Schließlich verließen sie ihren Liegeplatz, überquerten das alte Flussbett und bogen langsam in den neben der Mosel verlaufenden neuen Flussabschnitt ein. Einen knappen Kilometer weiter wartete die Doppelschleuse Robert Schumann auf sie. Da ein Frachtschiff zu Tal kam und die kleine Schleuse auch hier außer Betrieb war, dümpelte

Uwe mit dem Boot längere Zeit im Vorschleusenbereich. Als der Talfahrer vorbei war, meldete sich der Schleusenwärter über Kanal 20 und gab die Einfahrt frei. Eine halbe Stunde später konnten sie die Schleuse verlassen und ins Oberwasser einfahren. Auch hier war das alte Flussbett der Mosel von Schiffen nicht zu befahren. Die Fahrt führte durch ein teilweise ziemlich enges Kanalstück. Der Industriehafen und verschiedene Fabrikanlagen machten diese Region nicht gerade einladend. Erst hinter Stromkilometer 273 wurden Mosel und Kanal wieder zusammengeführt. Die Uferbereiche des nun folgenden Flussabschnitts, der etwa vier Kilometer lang war, schienen auch wieder natürlicher und vor allem grüner. Leider begann hinter dem Dorf Guénange ein neues Kanalstück. Immerhin mündete zuvor das Flüsschen L'Orne in die Mosel. In Fahrtrichtung gesehen links hatte sich im alten Flussbett der Club de Voile de Guénange angesiedelt. Hier stand den Seglern eine größere Wasserfläche zur Verfügung.

Die am Anfang des Kanals befindliche Écluse de L'Orne war in einer halben Stunde geschafft. Die Fender brauchten sie gar nicht erst einzuholen. Nur etwa fünf Stromkilometer hinter der Schleuse L'Orne erwartete sie im Canal des Mines de Fer de la Moselle bereits die Schleuse Talange. Da sie auch hier die kleine Schleusenkammer nicht benutzen konnten und in der großen Schleuse ein Fahrgastschiff aufwärts geschleust wurde, stellten sie sich auf eine längere Wartezeit ein. Bis diese Schleuse endlich hinter ihnen lag, vergingen fast zwei Stunden. Während Uwe in der Wartezeit immer unruhiger wurde, nahm seine Mannschaft den Zwangsaufenthalt gelassen hin.
Nachdem sie geschleust hatten, befuhren sie erneut ein langes Kanalstück. Erst hinter dem Port de Maizières-lès-Metz und nach Stromkilometer 288 endete die Kanalstrecke und mündete in das Flussbett der Mosel ein. Ab diesem Punkt fuhr man wieder auf einem ansehnlichen Fluss. Weidenbüsche und größere Laubbäume reichten bis zum Ufer und wirkten als beruhigend grüne

Regattasegler

Wassermühle vor Metz

Umrahmung der ebenfalls grünlich schimmernden Wasseroberfläche. Hier und da entdeckte man die rotgedeckten Dächer der hinter der Baumreihe stehenden Häuser. Unmittelbar am Ufer lag eine alte, efeubewachsene Wassermühle, deren Schaufelrad sich nicht mehr drehte. Trotzdem schien sie bewohnt zu sein, da die größere Tür zu einem der Kellerräume offen stand und ein Segelboot am Steg auf seine Eigner wartete.

Sie waren jetzt nicht mehr weit von Metz entfernt. In der Ferne konnte man schon die oberen Stockwerke eines Hochhauses erkennen. Gleich hinter Stromkilometer 294 passierten sie die Einfahrt des Port de Metz. Auf der gegenüberliegenden Seite zweigte ein nicht befahrbarer Nebenarm ab. Nur etwa 2 Kilometer stromaufwärts tuckerten sie wieder in einem vom alten Flussbett abgehenden Kanal, in dem sich auch die Dopppelschleuse befand. Wie Uwe über Funkkanal 20 von dem Schleusenwärter erfuhr, konnte er hier tatsächlich die 40,5 m lange und 6 m breite kleine Schleuse benutzen. Der Schleusenvorgang, bei dem weniger Wasser bewegt werden musste, dauerte daher nur zwanzig Minuten. Durch den engen Kanal fuhren sie bis hinter das Hochwassersicherheitstor. Am Ende der Inselmole bei Kilometer 298,5 bogen sie backbord in das sich vor dem Wehr ausbreitende alte Flussbett ab. Da Uwe die Kurve zu scharf nahm, rumpelte es einige Mal heftig unter dem Rumpf. Uwe zog sofort den Gashebel zurück und ließ das Schiff im Leerlauf auslaufen. Zu weiteren Grundberührungen kam es nicht mehr. Der erste Schreck war schnell überstanden. Uwe warf einen Blick in die Bilge und stellte fest, dass kein Wasser eindrang. Behutsam fuhr er weiter. Der Propeller schien nichts abbekommen zu haben. Er lief rund.

Den gewundenen, idyllischen Seitenarm, der die Insel du Saucy umfließt, befuhr Uwe ganz langsam. Die Ufer waren zugewachsen. Kleinere Wiesenstücke, Büsche und Bäume säumten den schmalen Wasserweg. Überhängende Baumzweige bildeten einen

Metz: Blick auf Sporthafen und Kathedrale

tiefgrünen Dom und zwangen Uwe oft nach backbord oder steuerbord auszuweichen. Obwohl sie sich mitten in Metz befanden, war dieses Stück Landschaft unberührt. Nach Durchfahren einer Brücke öffnete sich vor ihnen eine weite Wasserfläche. Durch das ausgelegte Bojenfeld steuerte Uwe die *Andrea Doria* mitten in diesen wunderschönen See. Dort ließ er das Boot eine Weile treiben, um die schöne Aussicht auf die Stadt zu genießen.

47. Kapitel

Vor ihnen erblickten sie die über einer Häuserreihe schwebende Kathedrale Saint Etienne. Das eindrucksvollste Bauwerk von Metz ließen sie eine zeitlang auf sich einwirken. Dann fuhr Uwe auf den Yachthafen der Société des Régates zu. Da die meisten Liegeplätze in der Steganlage bereits besetzt waren, entschloss er sich, rechts davon an einem vor dem Uferweg befindlichen Längssteg festzumachen. Im Rückwärtsgang zwängte er sich zwischen die Dalben und fuhr mit dem Heck so dicht an den flachen Holzsteg heran, dass sie das Boot über Heckleiter und Badeplattform einigermaßen bequem verlassen konnten. Strom und Wasseranschlüsse waren in unmittelbarer Nähe vorhanden. Ehe Uwe die Anschlüsse legte, wollte er klären, ob der Platz, den er gewählt hatte, frei war. So ging er zunächst in das nahegelegene Clubhaus und stieg die Außentreppe zum ersten Stock empor. Im Clubraum, hinter der mit zechenden Männern vollbesetzten Theke, fand er die laut und geschäftig agierende Hafenmeisterin. Während sie ständig neue Biergläser füllte, erklärte sie sich damit einverstanden, dass Uwe dort, wo er festgemacht hatte, vorerst blieb. Das Liegegeld werde sie morgen früh am Steg kassieren. Dann könne sie auch entscheiden, für wie viele Tage oder Nächte er an diesem Platz liegen dürfe. Da sie mehrere Tage in Metz bleiben wollten, hätte Uwe das zwar lieber sofort gewusst. Aber zunächst hatten sie einmal einen Liegeplatz. Von dem konnten ihn auch die noch später eintreffenden Bootsfahrer, die telefonisch vorbestellt hatten, nicht mehr vertreiben.

Als Uwe zum Boot zurückkam, hatten Julia und Marie bereits den Tisch auf dem Achterdeck gedeckt, die Klappsessel aufgestellt und jedem ein Glas Wein eingeschenkt. Den etwas verfrühten Sundowner ließen sie sich erst einmal ohne jede Hektik schmecken. Nach und nach trat Ruhe ein. Marie wurde leicht wehmütig, als ihr bewusst wurde, dass ihr Bootsurlaub in ein paar Tagen zu Ende ging. Auch Uwe, der sich noch nicht so recht vorstellen konnte, wie er auf der weiteren Fahrt ohne Marie auskommen sollte, wurde leicht rührselig. Nur Julia, die sich über den schönen Liegeplatz und darüber freute, dass man bald die Stadt und den Dom besichtigen konnte, war guter Dinge. Nachdem sie ihre Gläser geleert hatten, schlug sie auch gleich vor, sich auf den Weg zur Kathedrale zu machen, um bei dem warmen Licht der schon

Liegeplatz Metz am Park des Cygnes

tiefstehenden Sonne das prachtvolle Gebäude und die dann noch beleuchteten Fenster von Marc Chagall, Bissier, Gaudin und Villon zu bewundern.

Sie brachen bald auf, gingen am Clubhaus vorbei und schlenderten über den Quai des Régates am Flussufer entlang in Richtung Kathedrale.
Der gepflegte Weg führte zunächst entlang einer Parkanlage. Im ersten Abschnitt wurde er von radikal beschnittenen Bäumen eingerahmt. Typisch französischer Baumschnitt. Immer wieder boten sich neue, interessante Ausblicke auf Fluss und Stadt. Es herrschte rege Betriebsamkeit. Einheimische und Besucher, Familien mit Kindern, Mütter mit Kinderwagen, Fußgänger, Radfahrer, Jogger, Rollschuhfahrer, Leute mit Hund; alle Welt war unterwegs.
Es dauerte nicht lange, bis sie an der Pont des Morts angekommen waren. Einige Meter über den flachen Rundbögen schmückten zahllose Blumenkästen das Brückengeländer. Die eingepflanzten

Brücke über die Seille

und üppig blühenden Begonien, Geranien und Fuchsien zierten das Bauwerk in ganz besonderer Weise.
Gleich hinter der Brücke erblickte man die auf einer kleinen Insel stehende Kirche und die wohlrestaurierten Häuser am linken Seitenkanal.

Der rechts weiterführende Uferweg, der direkt unterhalb der alten Stadthäuser verlief, wurde jetzt Quai Paul Vautrin genannt. Von hier aus waren es nur noch einige hundert Meter bis zur nächsten Brücke. Gleich dahinter fanden die drei Sportschiffer einen Tunnel, der unter den Häusern durch auf eine Steintreppe führte. Über diese Treppe kamen sie direkt in das höher gelegene Stadtzentrum. Zehn Minuten später standen sie ehrfurchtsvoll vor der Kathedrale. Einmal umrundeten sie das im Jahre 1220 errichtete gotische Monument und bewunderten insbesondere das kunstvoll gestaltete Liebfrauen- und das nicht minder prunkvoll ausgearbeitete Westportal mit der einzigartigen Rosette.
Da Julia die Kirchenfenster, die zwischen dem 13. und 20. Jahr-

Kirche an der Seille

hundert geschaffen wurden, unbedingt sehen wollte, solange sie noch von der Sonne beschienen wurden, betraten sie schnell das Kirchenschiff. Innen empfing sie geheimnisvolles Dunkel. Die Lampen der riesigen Kronleuchter brannten nicht. Hier und da wurden dunkle Zonen und stille Winkel von zahllos flackernden Votivkerzen beleuchtet. Gemessen an den monumentalen Stützpfeilern und dem 40 Meter hoch aufragenden Gewölbe erschienen die Besucher, die nur zum kleineren Teil in den Bänken knieten und beteten, klein und winzig. Die Augen gewöhnten sich nach und nach an das diffuse Licht. Dann begannen die im oberen Drittel des 123 Meter langen Kirchenschiffs eingelassenen Fenster ihre Strahlkraft zu entfalten und zu leben. Sie wirkten grandios und verschwenderisch. Auf einer Fläche von 6.500 Quadratmetern erzählten sie in zarten und in satten Farben alttestamentarische Begebenheiten und die fantastische Reise der Menschheit vom Mittelalter bis zur Neuzeit. Uwe, Marie und Julia ließen sich viel Zeit, die prächtigen Glasmalereien eingehend zu betrachten. Die beiden von Marc Chagall gestalteten Fenster, die mit Darstellungen aus dem irdischen Paradies die Kathedrale St. Etienne seit den sechziger Jahren schmücken, nahmen dabei viel Raum ein.

Die Fülle der unterschiedlich gestalteten Kunstwerke beeindruckte sie stark. Diese Eindrücke wollten erst einmal verarbeitet werden. Sie beschlossen die Kirche zu verlassen, ohne die Krypta zu besuchen. Irgendwie fühlten sie sich erleichtert und befreit, als sie durch das Portal auf die Place d'Armes hinaustraten. Sie waren wieder im wahren Leben. Auf dem Vorplatz des gegenüber des Westportals der Kathedrale liegenden Cafés fanden sie einen freien Tisch und genossen die letzten Strahlen der untergehenden Sonne bei einem Espresso.

Obwohl sie ihre Liegeplatznachbarn beim Weggehen gebeten hatten, ein Auge auf das Schiff zu werfen, wurde Julia langsam unruhig und wollte zurück. So gingen sie auch bald zum Fluss und nahmen denselben Weg, den sie gekommen waren. Um die Stadt zu besichtigen, blieb ihnen während der vorgesehenen Liegetage genügend Zeit. Kurz bevor sie den Hafen erreichten, klingelte Uwes Handy. Es war Jan, der Kapitän. Mit großem Bedauern teilte er mit, dass er die für morgen Abend ausgesprochene Einladung zum Kapitänsdinner auf der »Helvetia« nicht einhalten könne. Wider Erwarten habe seine Reederei den Wechsel der Passagiere dieser Flusskreuzfahrt von Metz nach Nancy verlegt, so dass sie bereits auf der Fahrt dorthin unterwegs seien. Das Kapitänsdinner werde daher diesmal in Nancy stattfinden. Jan versprach, dass er Uwe, Julia und Marie in ein ihm bekanntes Feinschmeckerlokal in Metz zum Abendessen einladen wolle. Sobald die »Helvetia« in Nancy angekommen sei und er genau wisse, wie lange man dort liege, werde er sich melden. Dann könne der genaue Termin festgelegt werden. Er werde mit einem Mietwagen nach Metz kommen, sobald er auf seinem Schiff alles geregelt habe und es verlassen könne.

Als sie am Hafen ankamen, waren auch die Liegeplätze rechts und links neben ihnen vollständig belegt. Zwei der inzwischen eingetroffenen Motorboote waren vom MSC Koblenz. Die Bootsleute waren nach Hause unterwegs. Da man sich zumindest vom Sehen kannte und schnell feststellte, dass man einige gemeinsame Bekannte hatte, saßen bald alle zusammen auf dem Achterdeck des größten Schiffes. Jeder brachte eine Flasche Wein und einige Happen zum Essen mit. Dann wurde geklönt, bis die Nacht hereinbrach. Die Schiffer wurden immer redseliger, ihre Geschichten immer abenteuerlicher. In manchen Erzählungen wurden erlebte Starkwinde zu grausigen Stürmen. Mittlere Ostseewellen zwischen Travemünde und den Kreidefelsen auf Rügen wuchsen mit jedem Glas, bis sie die Größe von unglaublichen Tsunamis erreichten. Normale Törns auf mäßig bewegter See wurden zum Höllentanz. Nicht einmal die Jungs von der Deutschen Gesellschaft zur Rettung Schiffbrüchiger hätten es gewagt, in dieses Inferno auszulaufen. Skipperlatein ohne Ende.

48. Kapitel

Gegen Mittag gönnte sich Henja einen kleinen Imbiss im Freien. So konnte sie die vorbeifahrenden Wagen und die flanierenden Fußgänger im Auge behalten. Dabei fiel ihr ein am Fenster der Bistroscheibe klebendes Plakat auf. Es war ein Werbeplakat für den Flohmarkt in Metz, der am heutigen Tage stattfand. Da Piets Freund und Kollege in Amsterdam den Flohmarkt als mögliches Ziel erwähnt hatte, beschloss Henja dorthin zu fahren. Eine knappe halbe Stunde später war sie dort. Auf dem Parkplatz vor den Flohmarkthallen fuhr sie die Reihen zwischen den geparkten Fahrzeugen ab. Plötzlich entdeckte sie den blauen PKW mit dem niederländischen Kennzeichen, den sie bereits in Luxemburg gesehen hatte. Um in den Hallen nicht an Piet vorbeizulaufen, entschloss sie sich, auf dem Parkplatz zu warten. Sie parkte ihren Wagen so, dass sie gute Sicht auf das andere Fahrzeug hatte und wartete. Ihre Entscheidung war goldrichtig. Etwa 45 Minuten später kam Piet, verstaute irgendein Altertümchen im Kofferraum und wollte wegfahren. Wie der Blitz schoss Henja mit ihrem PKW vor und versperrte Piet die Ausfahrt aus der Parkbox. » Du hier«? fragte er überrascht, fasste sich aber schnell und schlug vor, im Flohmarktcafé zu besprechen, was zu besprechen sei.

Im Café suchten sie sich einen Tisch in einer wenig besuchten Ecke. Dann begann Piet zu erzählen: »Du kannst dich sicher an den Anruf erinnern, den ich vor einigen Tagen erhalten und bei dem ich eine Verabredung getroffen habe. Der Anrufer war allerdings kein Geschäftsfreund aus dem Antiquitätenbereich. Am Telefon war mein Drogenlieferant Lin. Er ist der Kopf eines chinesischen Mafiaclans in Amsterdam. Die Mitglieder seiner Organisation beschäftigen sich nicht nur mit Drogen-, sondern auch mit Waffenhandel und Schutzgelderpressung. Die Schläger dieser Truppe schrecken auch vor Mord und Totschlag nicht zurück. Bei

Lin habe ich eine Menge Schulden, da ich die bei ihm gekauften, aber später bei den beiden Kurieren und bei dir sichergestellten Drogen noch nicht bezahlen konnte. Lin hat mir bei dem Treffen ein Ultimatum gesetzt. Sollte ich bis zu diesem Zeitpunkt die Schulden nicht beglichen haben, seien Sanktionen zu erwarten. Da die Brutalität der Triaden sprichwörtlich ist, muss ich die Drohung ernst nehmen. Es geht um Leben und Tod.
Aus dieser ausweglosen Lage gibt es nur einen Weg. Um das Geld aufzutreiben und am Leben zu bleiben, bin ich gezwungen, noch ein letztes Drogengeschäft zu machen. Ich weiß, dass ich dir versprochen habe, den Rauschgifthandel aufzugeben. Aber dieses eine Mal muss es noch sein.«
Henja sah ihn vorwurfsvoll an, blieb aber stumm. Sie war tief besorgt, aufgewühlt und höchst angespannt. Sie versuchte die Situation zu verstehen und mit ihr fertig zu werden. Ihre Gedanken waren sprunghaft. Einerseits war sie Piet zugeneigt, andererseits begann sie ihn für seine kriminellen Machenschaften, die Unglück über sie und andere gebracht hatten, zu hassen. Was waren seine Versprechungen schon wert? Nichts als Lügen? Dicke Tränen liefen ihre Wangen herunter. Sie wollte ihn anschreien, begann aber nur leise vor sich hin zu schluchzen.

Piet nutzte das aus und fuhr fort: «Ich habe einen Plan, wie ich das Rauschgift einigermaßen sicher nach Deutschland schmuggeln kann. Dort werde ich es meinem Abnehmer anliefern und das Geld, das ich für Lin und mein Überleben brauche, bekommen. Ich werde dir nicht erzählen, wann, wie und wo dies geschehen soll. Du musst das nicht wissen und sollst auf keinen Fall in diese Aktion hineingezogen werden. Nur so bist du weder Mitwisserin noch Mittäterin. Letztlich kann nie sicher ausgeschlossen werden, dass die Polizei über einen konspirativ tätigen V-Mann oder eine Telefonüberwachung Hinweise auf den bevorstehenden Rauschgiftdeal erhalten hat und am vereinbarten Übergabeort schon auf mich wartet. Vor einem polizeilichen Zugriff muss ich dich schützen. Wärest du in meiner Nähe, würde dir kein Staatsanwalt und kein Richter glauben, dass du an meinem Geschäft nicht beteiligt warst. Der böse Anschein spräche gegen dich. Du würdest wieder festgenommen, angeklagt und schließlich erneut verurteilt. Außerdem würde deine Bewährung aus dem Frankfurter Urteil widerrufen. Einem solchen Risiko wollte und durfte ich dich nicht aussetzen. Deshalb hatte ich dir vor meiner plötzlichen Abreise nicht gesagt, um was es ging. Das wirst du wohl verstehen. Du könntest also jetzt nach Amsterdam zurückfahren oder in Metz bleiben, bis ich dich abhole. In zwei Tagen ist der RG-Handel abgewickelt. Wenn du solange warten willst, fahren wir danach gemeinsam nach Hause.«

Als sich Henja ein wenig gefangen hatte, teilte sie Pict mit, dass sie in Luxemburg ein Zimmer und den Wagen gemietet habe. Dorthin wolle sie zurückfahren, das Fahrzeug beim Autoverleiher abgeben und auf ihn warten. Dann schrieb sie ihm die Adresse ihrer Pension auf, sagte, dass sie, im Gegensatz zu ihm, jederzeit über ihr Mobiltelefon zu erreichen sei. Weitere Fragen stellte sie nicht. Es war ihr klar, dass sie ihn von dem bevorstehenden Drogendeal nicht abhalten konnte. Einzelheiten wollte sie nicht wissen. Auf keinen Fall wollte sie noch einmal in seine kriminellen Geschäfte verwickelt werden.

Als sie wieder bei den Fahrzeugen angekommen waren, umarmte er sie wortlos. Der Abschied fiel ihr schwer. Sie hatte entsetzliche Angst um ihn. Nachdem sie ihm mit erstickender Stimme ein leises »Pass auf dich auf!« zugeflüstert hatte, setzte sie sich in den Wagen und verließ den Parkplatz, ohne sich noch einmal umzuschauen.

Blick durch das japanische Tor auf St. Étienne

49. Kapitel

Samstagmorgen. Auf der Halbinsel, gleich gegenüber dem Liegeplatz, herrschte bereits buntes Treiben, als Uwe, Julia und Marie frühstückten. Eltern mit herumtollenden Kindern, Singles, Nordic Walker, ballspielende Jugendgruppen, Rentner auf Parkbänken, die dem Treiben der Jugendlichen wehmütig zusahen, ein Frisbee werfender Mann, dessen Hund die fliegende Plastikscheibe mit unermüdlicher Begeisterung auffing, Paare, die sich abseits des Trubels ein lauschiges Fleckchen im Schutz der Uferbüsche gesucht hatten: Wochenendvergnügen in Frankreich.

Selbst eine Tai-Chi Gruppe, die auf dem Wiesenstück gegenüber dem japanischen Holztor ihre harmonisch koordinierten Bewegungen im Zeitlupentempo einübte, bereicherte das quirlige Gesamtbild. Der See war schon belebt. Ruderer pullten in Zweiern und Vierern um die Wette. In mehreren Kleinjollen der Opti-

mistenklasse versuchten Jungen und Mädchen einer Segelschule den schwachen Wind einzufangen und in Schiffsbewegung umzusetzen. Offenbar waren der See und die gepflegte Grünlandschaft ein beliebtes Ausflugsziel der Stadtbevölkerung von Metz. An den im Hafen liegenden Booten vorbei flanierten Erholungssuchende und Neugierige in Scharen über den Uferweg. Man saß auf den Booten wie auf einem Präsentierteller. Jeder beäugte jeden. Die Boote wurden von Kindern klassifiziert und je nach Geschmack in einer Skala zwischen geil und uncool bewertet. Obwohl die *Andrea Doria* dabei ganz gut wegkam, beschlossen Uwe, Julia und Marie sich diesem Theater nicht länger auszusetzen und in die Innenstadt zu gehen.
Zuvor wollten Marie und Julia allerdings einen kurzen Abstecher zur neuen Kunstfiliale des Centre Pompidou auf dem alten Bahnhofsgelände in Metz machen. Uwe, den sie wegen seiner ablehnenden Bemerkungen mehrfach als Kulturbanausen bezeichnet hatten, gab sich schließlich geschlagen und trottete mit. Das bereute er nicht. Das markante Gebäude mit den schwungvollen Holzkonstruktionen, dem weißen Zeltdach und dem hoch aufragenden Mast ist bereits von außen sehenswert. Die im Inneren ausgestellten Bilder von Braques, Duchamp, Matisse, Picasso, Rodin, Vaserely und vielen anderen Künstlern der Moderne waren es sowieso. Der neue Anziehungspunkt des früheren Aschenputtels Metz war wirklich außergewöhnlich.

Nach dem Museumsbesuch fuhren sie zum Hafen zurück. Der Strom der an den Liegeplätzen vorbepilgernden Menschen war noch nicht kleiner geworden. So beschlossen sie schon bald, das Boot wieder zu verlassen. Durch den gepflegten Parc du lac aux Cygnes spazierten sie bis zum Boulevard Poincare, überquerten ihn in Höhe des bombastischen Brunnens und stiegen dann seitlich die Stufen zur höher gelegenen Esplanade hoch. Als sie am Justizpalast vorbei zur Rue des Clercs kamen, gab es für die Damen kein Halten mehr. Sie mussten in die Galeries Lafayette. Uwe suchte sich derweil in der seitlichen Allee der Esplanade eine freie Bank. Hier ließ er sich im Schatten der Bäume nieder und beobachtete, wie und womit die Leute auf dem großen Platz die Zeit totschlugen. Wie versprochen kamen Julia und Marie nach einer dreiviertel Stunde zurück. Erstaunlicherweise ohne Einkaufstüten.

Aber das sollte sich ändern. Die Fußgängerzone war überfüllt. Sie schoben sich durch eine riesige Menschenmenge an unzähligen Boutiquen, Schmuck-, Kunst-, Antiquitätengeschäften, Schnuckel-, Nippes- und Krimskramsläden vorbei in Richtung Place St.-Jacques und dem unmittelbar dahinter liegenden Einkaufszentrum gleichen Namens. Unter den Arkaden drückten sich die Kunden ihre Nasen an den Schaufensterscheiben platt. Vor den überdachten Ladeneingängen herrschte Gedränge. Im Schutz kleiner oder größerer Sonnenschirme und vielfarbiger Markisen hatte sich ein buntes Völkchen vor den Restaurants zum Plaudern niedergelassen. Keiner schien bereit, den einmal eroberten Freiplatz wieder zu verlassen. Die Chance, hier einen freien Stuhl oder Sessel zu ergattern, erforderte viel Geduld. Also gingen sie nach kurzer Wartezeit weiter durch die Rue Fabert zum Place d'Armes. Am Rande des 125 mal 50 Meter großen Paradeplatzes aus dem achtzehnten Jahrhundert, der von der Kathedrale, dem Rathaus, dem Parlamentsgebäude und dem Corps du Garde eingefasst wird, fanden sie schließlich vor einem kleinen Bistro einen unbesetzten Tisch im Freien. Von hier aus beobachteten sie das Ensemble von mittelalterlichen, lothringischen, französisch-höfischen und wilhelminischen Gebäuden, betrachteten die ihnen zugewandte Seite der Kathedrale und natürlich die nicht enden wollende Zahl von Passanten.

Eine halbe Stunde später stürzten sie sich wieder in das Getümmel und spazierten ins Quartier Saint-Louis, wo etwa 200 Boutiquen auf kaufbegeisterte Kunden warteten. Da Uwe keine Lust ver-

Kathedrale in Metz Teilansicht

spürte, in diversen Geschäften herumzustehen und den beiden Frauen beim Anprobieren von Kleidungsstücken oder Accessoires zuzusehen, trennte man sich am Place St.-Louis. Der rechteckige Platz, im Dunkeln von einer Vielzahl von Scheinwerfern effektvoll in Szene gesetzt, wird auf einer Seite von mittelalterlichen Häusern eingerahmt. Hinter deren Arkaden und Strebepfeilern pulsierte das Leben. Während Julia und Marie durch die Geschäfte streiften, ging Uwe in die wenig belebte Rue des Allemand. Aus dem offenstehenden Fenster einer im erstem Stock gelegenen Wohnung drang der sanfte Klang des von Khaled gesäuselten »Aicha« auf die Straße:

»Aicha, Aicha, écoute moi
Aicha, Aicha, t'en vas pas
Aicha, Aicha, regarde moi
Aicha, Aicha, réponds moi«

Aicha, Aicha, hör mich an
Aicha, Aicha, geh nicht weg
Aicha, Aicha, schau mich an
Aicha, Aicha, antworte mir

Der französisch-arabische Klang des Liedes passte wunderbar zu den morbiden Häuserfronten mit den schiefwinkligen Türen, Fenstern und der abblätternden Fassadenfarbe. Uwe ließ sich treiben. Es hätte ihn nicht erstaunt, wenn Aicha plötzlich aus einer der alten Eingangstüren auf die Straße getreten wäre und in ihrer orientalischen Schönheit vor ihm gestanden oder getanzt hätte.
Während Uwe im Gehen vor sich hinträumte, stand er schließlich vor dem »Tor der Deutschen«. Das nach Osten, also Richtung Deutschland weisende Tor stammt aus dem fünfzehnten Jahrhundert. Die angrenzende Brücke überspannt das Flüsschen Seille und trifft auf zwei noch ältere, im dreizehnten Jahrhundert erbaute Stadttürme. Nachdem Uwe das bullig und eher abweisend wirkende Bauwerk besichtigt hatte, ging er durch die Fußgängerzone zurück zur Esplanade und von dort zum Hafen. Julia und Marie trafen etwa zwei Stunden später am Boot ein. Uwe nahm zunächst einmal diverse Einkaufstüten über das Heck entgegen. Dann musste er die eingekauften Sachen bewundern, die die Frauen

ganz euphorisch wie kleine Eroberungen präsentierten. Alles Sonderangebote, Schnäppchen und wirklich einmalige Gelegenheiten. Als Uwe gerade dabei war, die Mitbringsel gebührend zu bewundern, gesellte sich Lutz vom Koblenzer Nachbarschiff zu ihnen. Er erzählte, dass an diesem Abend in dem unmittelbar hinter dem Hafen liegenden Parkgelände das Lichterschauspiel »son et lumiere« – Ton und Licht – stattfinden würde. Das hörte sich gut an. Also verabredeten sie, gemeinsam dorthin zu gehen.

Etwa fünfzehn Minuten bevor das große Spektakel anfing, klopfte Lutz an die Bordwand der *Andrea Doria*. Zusammen mit ihm und seiner Frau Eva gingen Uwe, Julia und Marie die wenigen Schritte zum Park hoch. Aus riesigen Scheinwerfern wurden noch riesigere Baumriesen von unten angestrahlt. Aber auch aus dem Bauminneren heraus wurden Äste und Laubwerk von unzähligen kleinen Lichtquellen effektvoll beleuchtet. Über dem Lac aux Cygnes lag ein geheimnisvolles Licht. Der üppig bepflanzte Wasserfall schimmerte in allen Regenbogenfarben. Die moosbewachsenen Brunnen, die zwischen Gräsern, Farnen und Büschen versteckt bei Tageslicht kaum aufgefallen waren, entfalteten jetzt ihre ganze Pracht. Dann ertönte der Bolero von Maurice Ravel. Zunächst hallten nur die Schläge der kleinen Trommeln durch die Nacht. Vier Takte pianissimo. Sich immer wiederholende Sequenzen im Ostinato Rhythmus. Endlich setzte die Flöte mit der Melodie ein. Nach und nach kamen die anderen Instrumente hinzu. Die Töne vermischten sich und erzeugten neue Klangfarben, ohne die fortlaufende musikalische Figur zu ändern. Nur die Lautstärke nahm zu. Melodie und Rhythmus prägten sich ein. Dum, Dum, Dat, Dat, Dat, Dat … Die Wasserfontänen begannen zu tanzen. Im gleichförmigen Rhythmus der Musik stiegen die Wassersäulen hoch, fielen in sich zusammen, durchdrangen die Seeoberfläche wieder und wieder, neigten sich zur Seite und präsentierten sich im ständig wechselnden Farbkleid. Wasser, Licht und Musik waren im schönen Einklang.

In dreißig Minuten war das fantastische Schauspiel vorüber. Die »Ahs« und »Ohs« verklangen. Die Menschenmenge verließ begeistert den Park und schob sich langsam in Richtung Oberstadt. Uwe, Julia und Marie gingen, gemeinsam mit dem Koblenzer Paar, in die entgegengesetzte Richtung zum Hafen hinunter. An der Ecke Parkweg /Uferpromenade stand plötzlich der Kapitän vor ihnen. Lächelnd erklärte er, er sei sofort nach Metz aufgebrochen, nachdem die »MS Helvetia« ihren Liegeplatz in Nancy erreicht und er die Wache für die Nacht eingeteilt habe. Wie vereinbart habe er sich telefonisch melden wollen, Uwe aber nicht erreicht. Da ihm aber klar gewesen sei, dass sie sich das grandiose Ton- und Licht-Spektakel gleich über dem Hafen nicht entgehen lassen würden, sei er auf gut Glück losgefahren. In dem an der Pont des Morts gelegenen Spezialitätenrestaurant »Maire« habe er einen Tisch am Fenster bestellt. »Wir können direkt dorthin gehen«, sagte er. Julia und Marie wollten sich auf jeden Fall auf dem Boot zunächst ein wenig frisch machen und hübsch anziehen. Da Uwe wusste, dass dies einige Zeit beanspruchen würde, schlug er dem Kapitän vor, im Bootshaus ein Bier zu trinken und dort zu warten.

50. Kapitel

Die Damen hatten sich in Schale geworfen und waren wirklich nett anzusehen. Als die Gruppe das nicht weit vom Hafen entfernte Restaurant »Maire« endlich betrat, war der Abend schon fortgeschritten. Trotzdem schienen alle Tische belegt zu sein. Der Empfangschef führte sie, nachdem er die Vorbestellung nachgeprüft hatte, zu einem Fensterplatz unter der glasüberdachten Terrasse. Von hier aus blickten sie auf den ruhig vorbeifließenden Fluss, die Brücke und die am gegenüberliegenden Ufer stehenden malerischen Bürgerhäuser. Der Tisch war stilvoll gedeckt. Das Ambiente des Restaurants ansprechend. Nachdem erste Appetithäppchen aufgelegt waren, erschien Yves Maire persönlich, empfahl einige seiner Gerichte und, ganz sein eigener Sommelier, den jeweils dazu passenden Wein aus seinem überreichen Angebot. Die beiden Frauen entschieden sich für eine Terrine de Canard Maison. Uwe und der Kapitän, den sie ab sofort duzten und mit seinem Vornamen Jan ansprachen, bestellten Spanferkel in Gelee nach Metzer Art – Cochon de lait en gelée a la Messine –. Zusammen wählten sie den vom Wirt empfohlenen Burgunder der Domaine Henri Gouges aus Nuits St.-Georges. Wie sich nach dem ersten Schluck herausstellte, handelte es sich um einen reichhaltigen Rotwein mit ausgeprägter Beerennote. Die ausgewähten Speisen und der Wein mundeten vorzüglich. Auch die Gespräche waren munter, amüsant und anregend. Jan gab Geschichten aus seiner Heimatstadt Amsterdam zum Besten. Marie plauderte über die Frankfurter Bankenwelt und eine Boticelli-Ausstellung im »Städel«. Julia, die vor einiger Zeit die Bundeskunsthalle in Bonn besucht hatte, erzählte von den Expeditionsreisen des Seefahrers James Cook in die Weiten des im 18. Jahrhundert noch unerforschten Pazifischen Ozeans. Nur Uwe, der mehrfach versuchte, die Gespräche auf die große Politik zu lenken, scheiterte mit seinen Bemühungen. Über Politik wollte keiner reden. Wozu auch? Man wollte sich schließlich nicht den netten Abend verderben. Uwe sah das ein. Schließlich gab es genügend erfreulichere Themen. Was ihm allerdings gar nicht gefiel, war die Tatsache, dass Jan ungeniert mit Marie flirtete. Andererseits war Marie eine anziehende Frau und der Kapitän konnte schließlich nichts von Uwes Gefühlen ahnen.

Nachdem sie eine weitere Flasche des immer besser schmeckenden Burgunders zusammen geleert hatten, wurde Julia müde und wollte zum Boot zurück. Jan und Marie waren noch viel zu munter und aufgekratzt. Sie wollten bleiben, bis das Restaurant schließen würde. So machten sich Uwe und Julia allein auf, nachdem Jan versprochen hatte, Marie später zum Boot zu bringen. Julia verschwand bald in der Achterkabine und legte sich hin. Uwe blieb im Salon, setzte sich auf das Sofa und ließ den vergangenen Tag Revue passieren. Er wartete auf Maries Rückkehr und wurde immer unruhiger. Zwei Stunden nach Mitternacht machte er sich ernsthafte Sorgen. Das »Maire« musste längst geschlossen haben. Der Uferweg von dort bis zum Schiff war in gut zehn Minuten zu schaffen. Schließlich hielt er es nicht mehr aus, verließ die *Andrea Doria* und lief den Weg bis zu dem Restaurant zurück. Die Lichter waren gelöscht, die Läden herabgelassen, kein Mensch mehr im oder vor dem Lokal. Uwe lief zurück und weckte Julia. Die beruhigte ihn indessen und meinte, dass Marie mit Jan sicher noch in eine Tanzbar gegangen sei. Er solle jetzt ins Bett kommen. Marie sei kein kleines Mädchen mehr. Da sie einen Schlüssel zum Schiff habe, könne sie doch kommen, wann sie wolle. Nach einiger Zeit gestand Uwe sich selbst ein, dass seine Sorge um Marie wohl einen anderen Grund hatte. Er war schlicht und einfach darauf eifersüchtig, dass nicht er, sondern Jan mit »seiner« Marie zusammen war. Nachdem ihm das klar geworden war, folgte er Julias Rat und legte sich hin. Trotzdem konnte er nur mühsam einschlafen, da ihm einfach zu viele Gedanken durch den Kopf gingen.

51. Kapitel

Mitternacht war längst vorbei und das »Maire« schloss seine Pforten. Marie und der Kapitän hatten noch keine Lust, den schönen Abend zu beenden. Gutgelaunt spazierten sie über die Brücke, als Jan vorschlug, die Diskothek »Le 2007« in der Rue Poncelet zu besuchen und dort die Nacht ausklingen zu lassen. Marie, die von dem charmanten Plauderer und gut aussehenden

Jan angetan war, stimmte sofort zu. Der Himmel war sternenklar, die Luft mild. Aneinandergelehnt gingen sie, gleich unterhalb der Rue de la Garde, durch den noch hier und da beleuchteten Park auf die andere Seite der Stadt. In der Diskothek angekommen, suchten sie sich ein gemütliches Eckchen. Ihre Plätze lagen von der Tanzfläche und den an vier Säulen hängenden, wummernden Boxen etwas entfernt. Sie sanken in die safrangelben Polstersessel und tranken einige Kir Royals. Irgendwann spielte der Diskjockey »Ella, elle l'a«. Melodie und Rhythmus gingen in die Beine. Jetzt mussten sie tanzen. Auf der mit Spotlichtern in wechselnden Farben beleuchteten Glasfläche bewegten sie sich im Takt des von France Gall gesungenen Liedes. Auch als die vom DJ danach ausgewählten Stücke schneller wurden, tanzten sie weiter und tobten sich aus, bis sie nicht mehr konnten.

Nach dem Tanz ging Marie zu den Toilettenräumen, um sich ein wenig frisch zu machen. Jan wurde unruhig. Er sah sich nach allen Seiten um und vergewisserte sich, dass er nicht beobachtet wurde. Dann zog er ein Fläschchen mit Rohypnol aus der Hosentasche und träufelte einige dieser farblosen K.o.-Tropfen in Maries Cocktailglas. Nach ihrer Rückkehr prostete er ihr verschmitzt lächelnd zu. Marie leerte ihr Glas und merkte nichts. Eine halbe Stunde später wurde sie schrecklich müde, verspürte eine zunehmende Übelkeit und bat Jan, sie nun zum Boot zu bringen.

Sie hatten die Diskothek kaum verlassen, als sich die Wirkung der K.o.-Tropfen mit voller Kraft entfaltete. Marie war benommen und torkelte. Mit weichen Knien schwankte sie am Justizpalast vorbei in Richtung Mosel. Der Kapitän stützte und führte sie über die Esplanade zum Park, ging aber nicht zum Hafen, sondern zu dem dahinter liegenden Kanal von Jouy. An einem der Hausboote hielt er an und schleppte die inzwischen fast bewusstlose Marie über den Steg. Dann klopfte er an die Eingangstür. »Hi«, sagte der aus der Tür tretende Freak. Und high war er wohl auch. Der schmuddelige Deutsche, der sich nach Metz abgesetzt hatte und

Hausboote im Canal de Jouy in Metz

versteckt hielt, bis seine im Heimatland begangenen Straftaten verjährt waren, schien etwa Ende dreißig zu sein. Er trug eine khakifarbene Dreiviertelhose und ziemlich vergammelte Sandalen. Seine Rastalocken hingen weit über Schultern und Brust. Immerhin verdeckten die aufgezwirbelten Haarsträhnen das auf seinem T-Shirt aufgedruckte Hanfblatt und den darunter stehenden Doofspruch: »Haste Haschisch in den Taschen, haste immer was zu naschen«. Der Typ, der aussah, wie ein Komparse aus dem Film »Fluch der Karibik«, nannte sich Paul. Van der Valk war auf ihn aufmerksam geworden, weil er im Heckbereich des Hausboots mindestens fünfzehn Cannabispflanzen in Töpfen entdeckt hatte. Offensichtlich baute Paul sich sein Marihuana selbst an.

Als Jan, alias Piet, die Kammer für zwei Nächte von Paul anmietete und die Hälfte des Betrags im Voraus angezahlt hatte, erzählte er ihm, dass er kurzfristig eine Frau bei ihm unterbringen müsse. Diese Frau sei eine gute Freundin. Da sie in ein paar Tagen heiraten wolle, habe er sie mit Freunden am Polterabend entführt. Der

Bräutigam solle mal so richtig gehänselt werden. Die Hochzeit könne ein paar Tage später stattfinden.
Paul fand die Geschichte von der Brautentführung echt cool. Ärger wollte er aber keinen bekommen, weder mit dem Bräutigam, noch mit der Polizei. Gegen eine unüblich hohe Mietzahlung und das Versprechen, ihm sechs Gramm reines Kokain zu geben, wenn er die Frau während der nächsten zwei Tage anständig versorge, aber nicht vom Schiff lasse, brachte Piet ihn schließlich dazu, Marie aufzunehmen. Marie war inzwischen so weggetreten, dass sie sofort in tiefen Schlaf fiel, nachdem sie sie ins Bett gelegt hatten. Letzte Bedenken des Junkies räumte Piet durch die Versicherung aus, dass die Frau durch Einnahme von K.o.-Tropfen die nächsten zehn Stunden ohnehin nicht aufwachen würde. Durch den bei ihr danach eintretenden Gedächtnisverlust könne sie später auch nicht mehr sagen, wohin sie entführt worden und wie dies geschehen sei. Spätestens übermorgen werde er sie wieder abholen und nach Hause bringen. Vorher würde er sich aber telefonisch bei ihm melden.

52. Kapitel

Uwe wachte früh auf. Noch bevor er ins Bad ging, durchquerte er den Salon, stieg die paar Stufen zur Pantry hinunter und öffnete vorsichtig die Tür zur Vorderkoje. Die beiden Schlafplätze waren unberührt. Kein Lebenszeichen von Marie. Sie war in der Nacht nicht zurückgekommen. Uwe holte sein Handy vom Kartentisch und wählte ihre Nummer. Marie war nicht erreichbar. Das ungute Gefühl vom Vorabend stellte sich schlagartig wieder ein. Aufgeregt und voller Sorge weckte er Julia und teilte ihr mit, dass ihre Schwester noch immer nicht da sei. Julia bot zunächst mehrere Erklärungsversuche für die Abwesenheit ihrer Schwester an.

Dann schlug sie vor, zunächst einmal Kaffee zu trinken und dabei in aller Ruhe zu beratschlagen, was zu tun sei. Den Vorschlag Uwes, sofort die Polizei einzuschalten, fand sie wenig sinnvoll. Er solle sich nicht lächerlich machen. Es sei früh am Morgen. Möglicherweise hätten sich Marie und Jan ein Zimmer genommen. Schließlich sei Jan ein gut aussehender Mann. Dass Marie ihn sympathisch fand, habe sich doch schon während der Bootsfahrt und bei dem gemeinsamen Abendessen hinreichend gezeigt. Bis Mittag müsse man daher zumindest abwarten, bevor weitere Schritte unternommen werden würden.

Uwe hielt die passive Warterei auf dem Boot nicht aus. Gleich nach dem Frühstück erklärte er Julia, er wolle ein wenig laufen, um sich abzulenken. Kaum war er vom Boot, lief er noch einmal zu dem Restaurant »Maire«. Wie er schon selbst vermutet hatte, war es um diese Zeit noch geschlossen. Danach rannte er auf der Insel bis zum Place de la Comédie, lief an dem dort stehenden ältesten Theater Frankreichs vorbei, überquerte die Brücke und joggte in Richtung Hafen zurück. Auch im Park, den er danach erreichte, stieß er nicht auf Marie und den Kapitän. Schon ganz außer Atem ging er schließlich an der Écluse de Citadelle vorbei zum Canal de Jouy. Obwohl hier einige Hausboote festlagen, die auf selbstgemalten Schildern anzeigten, dass sie auch Kojen vermieteten, blieb Marie spurlos verschwunden.

Erschöpft und außer Atem kletterte Uwe gegen 11:00 Uhr über die Heckleiter wieder an Bord. Marie war noch nicht zurückgekommen. Auch Julia wirkte nun nicht mehr so gelassen. Gemeinsam überlegten sie, was zu tun sei. Ihre erneuten Versuche, Marie auf dem Mobiltelefon zu erreichen, scheiterten. Da der Kapitän ihnen in Thionville seine Handynummer gegeben hatte, wählten sie jetzt dessen Nummer mehrfach an. Auch hier kam keine Verbindung zustande.
Schließlich hatte Uwe die Idee, die Eigner der »MS Helvetia« zu

Schleusenhaus in Metz

ermitteln, um sich dort nach dem Standort des Schiffes und seines Kapitäns zu erkundigen. Er lief ins Clubhaus und fragte die Hafenmeisterin, ob er kurz ihren Computer benutzen könne. Nach Nennung einer pauschalen Nutzungsgebühr erklärte sie sich damit einverstanden. Uwe gab bei Google den Begriff Fahrgastschiff »MS Helvetia« ein und wurde umgehend fündig. Als Eigner des Passagierschiffes war die Reederei Wiking Fluss-Kreuzfahrten mit Hauptsitz in Basel verzeichnet. Schon bald stieß Uwe jedoch auf die deutsche Niederlassung der Aktiengesellschaft in Köln und fand auch deren Telefonnummer, die er sich notierte.
Uwe bedankte sich bei der Hafenmeisterin und eilte aufgeregt zum Boot zurück. Dann rief er in Köln an, um sich nach dem Standort des Schiffes und seines Kapitäns zu erkundigen. Die Mitarbeiterin der Reederei zierte sich zunächst. Unter Hinweis auf datenschutzrechtliche Vorschriften wollte sie keine Auskünfte am Telefon erteilen. Erst als Uwe ihr die Situation schilderte und

sie inständig bat, ihm bei der Suche nach seiner Schwägerin zu helfen, schaute sie in der Mitarbeiterliste nach. Die Auskunft war erschreckend. Die »MS Helvetia« fuhr zwar zur Zeit auf der Mosel und war in diesen Tagen auch in Frankreich unterwegs. Ein Jan ter Heide war aber weder als Kapitän noch als Besatzungsmitglied der »MS Helvetia« verzeichnet. Kapitän des Fahrgastschiffes sei ein Schweizer namens Urs Jaegerle.

Uwe war fassungslos. Eiskalte Schweißtropfen liefen seinen Rücken herunter. Der Kapitän war offenbar ein Schwindler, ein Hochstapler. Wie konnte er auf einen solchen Typ hereinfallen? Wo war seine Menschenkenntnis, auf die er sich immer etwas eingebildet hatte, geblieben? Was sollte das ganze verdammte Versteckspiel? Wer war der falsche Kapitän? Und was hatte er mit Marie vor? Hatte er ihr etwas angetan?

53. Kapitel

Gegen 14 Uhr entschlossen sich Uwe und Julia, die Polizei einzuschalten. Um keine Zeit zu verlieren, bestellten sie bei einem Taxidienst einen Wagen. Als das Fahrzeug wenige Minuten später am Hafen eintraf, baten sie den Fahrer sie zur nächsten Polizeidienststelle zu fahren. Knappe zwanzig Minuten später standen sie vor der Präfektur der National Polizei in der Rue Lothaire 32. Im Inneren des schmucklosen Gebäudes sahen sie eine Tafel, auf der die einzelnen Geschäftsstellen verzeichnet waren. Da sie keinen speziellen Hinweis für Vermisstenanzeigen fanden, gingen sie in die Kriminalwache. Der Polizeibeamte, den sie ansprachen, zog sofort einen Kollegen hinzu, der fließend Deutsch sprach. Zusammen schilderten Uwe und Julia ihm die Situation. Der Beamte blieb stoisch ruhig und machte den beiden klar, dass die Polizei

vor Ablauf von 48 Stunden nach dem Verschwinden einer Person grundsätzlich weder eine Anzeige entgegennehme noch irgendwelche Fahndungsmaßnahmen einleite. Die Erfahrung habe gezeigt, dass die meisten Erwachsenen nach 48 Stunden von alleine wieder auftauchen würden. Die Hälfte aller Vermissten käme spätestens nach einer Woche zurück. Es mache daher keinen Sinn zum jetzigen Zeitpunkt Ermittlungen in Gang zu setzen, die sich später als überflüssig erweisen würden.
Uwe fühlte sich abgewimmelt und hilflos. Innerlich kochte er. Er bestand energisch darauf, den Dienststellenleiter zu sprechen. Der wurde herbeigeholt, bestätigte indessen nur die Angaben seines Mitarbeiters. Auch das inständige Zureden von Julia half nichts. Immerhin zeigte der Beamte Verständnis und tröstete sie damit, dass die hier geübte Praxis durchaus auch in Deutschland üblich sei. Er empfahl den beiden Bootsleuten dann, den nächsten Tag abzuwarten und wiederzukommen, wenn die Vermisste nicht aufgetaucht sei. Falls dies der Fall sei, was er nicht hoffen wolle, sollten sie gleich ein Bild von der vermissten Person mitbringen.
Als sie das Gebäude der National Polizei verlassen hatten, fiel Uwe ein, dass er im Zentrum Saint-Jacques ein Büro der Police Municipale gesehen hatte. Er schlug Julia daher vor, dorthin zu gehen, was sie umgehend taten. Ohne ihren Besuch bei der National Polizei zu erwähnen, trugen sie auch den städtischen Ordnungshütern ihr Anliegen vor. Leider ohne Erfolg. Die Stadtbeamten erklärten völlig unbeeindruckt, dass sie zur Aufnahme von Vermisstenanzeigen nicht zuständig seien und verwiesen sie an die National Polizei.

Julia war den Tränen nah. Immerhin gelang es ihr schließlich, den Polizisten davon zu überzeugen, dass er die Liste der für Metz gemeldeten Verkehrsunfälle mit Personenschaden durchsah. Dem Wunsch kam er nach. Hinweise darauf, dass Marie nach einem Verkehrsunfall in ein Krankenhaus eingeliefert worden war, konnte er jedoch nicht finden.

Uwe war stocksauer. So schnell wollte er nicht aufgeben. Nach kurzem Überlegen sagte er Julia, dass er die Vermisstenanzeige jetzt an deutsche Behörden senden werde. Gemeinsam fragten sie sich nach einem Internetcafé durch. Als ihnen dort ein freier Computer zugewiesen worden war, ermittelte Uwe über eine Suchmaschine die E-Mail-Anschriften der in Frage kommenden Polizeidienststellen. Sein Anzeigeschreiben richtete er an das Polizeipräsidium Frankfurt als Wohnsitzpolizei. CC-Kopien erhielten das hessische Landeskriminalamt und das Bundeskriminalamt, von dem er wusste, das dort eine allgemeine Vermisstendatei geführt wird. In seiner Mail schilderte er, was vorgefallen war. Dann teilte er mit, dass die französische Polizei bislang nichts unternommen habe, um Marie zu finden. Nicht einmal eine Vermisstenanzeige sei aufgenommen worden. Das Verhalten der französischen Polizei sei unverantwortlich. Schließlich sei Frankreich ein Rechtsstaat und Mitglied von Interpol. Dann gab Uwe, mit Hilfe von Julia, eine genaue Personenbeschreibung von Marie ab und schilderte, wie sie zuletzt bekleidet war. Er erläuterte, wann und wo man sie verlassen und zuletzt gesehen habe. Schließlich beschrieb er, wie sich der falsche Kapitän in Apach bei ihnen eingeschlichen hatte. Dessen undurchsichtiges, raffiniertes Vorgehen habe darauf schließen lassen, dass er hochkriminell und gefährlich sei. Es könne daher nicht ausgeschlossen werden, dass er Marie etwas antun werde.
Abschließend bat Uwe darum, auf dem Rechtshilfeweg mit den französischen Polizeibehörden vor Ort Kontakt aufzunehmen und diese um Einleitung von Fahndungsmaßnahmen zu ersuchen. Falls weitere Fragen zu klären seien, sei er zu jeder Tages- und Nachtzeit über seine Handynummer zu erreichen. Als das »erfolgreich gesendet« auf dem Bildschirm erschien, fühlte Uwe sich schon etwas besser. »Die deutsche Polizei wird das schon richten«, meinte er vertrauensvoll zu Julia. Dann gingen sie, ihre Umgebung aufmerksam beobachtend, durch die Stadt zum Boot zurück. Das Verschwinden von Marie hatte sich im Hafen bereits herumgesprochen. Einige Bootsleute kamen vorbei und boten

ihre Hilfe bei der Suche an. Uwe und Julia nahmen die Hilfsangebote gerne entgegen und dankten für die Anteilnahme. Als sie das Achterdeck verlassen hatten und alleine im Salon saßen, versuchten sie zur Ruhe zu kommen. Das gelang nur schwer.

Schließlich hatte Uwe eine Idee. Während er im Innenausschuss des Landtags tätig war, musste er sich u.a. mit den rechtlichen Grundlagen der Erfassung und Speicherung von Daten zur Kontrolle der Telekommunikation beschäftigen. Daher wusste er, dass alle Mobilfunkbetreiber und Netzanbieter den Aufenthaltsort eines Handys ziemlich schnell und sehr genau feststellen konnten. Die Funkzelle, über die sich der Mobilfunkbenutzer in das Netz einwählte, war jederzeit zu orten. Von dem am nächsten stehenden Funkturm oder Sendemast wurde die elektronische Gerätekennung – IMEI – und die Rufnummer an den Netzbetreiber übertragen. Dieser speicherte die Informationen für einen bestimmten Zeitraum. Das Funkzelleninformationssystem wurde von deutschen Polizeibehörden bei der Fahndung nach Verbrechern, aber auch als Hilfsmittel bei der Suche nach Vermissten genutzt. Uwe war davon überzeugt, dass die französische Polizei ebenfalls Zugriff auf diese Telekommunikationsdaten hatte. Gleich nach Ablauf der achtundvierzig Stundenfrist wollte er entsprechende Ermittlungen von der Nationalpolizei verlangen. Schließlich standen ihnen zwei Handynummern zur Verfügung.

Während Uwe sich noch Gedanken über Fahndungsmöglichkeiten machte, betrachtete Julia auf dem Display ihrer Digitalkamera Bilder, die sie in jüngster Zeit gemacht hatte. Plötzlich sprang sie wie von der Tarantel gestochen auf. »Schau dir das an!«, sagte sie zu Uwe und hielt ihm ihre Kamera direkt vor die Nase. Zu sehen waren Marie und Jan, die gemeinsam auf dem Vorderdeck der *Andrea Doria* standen. Ohne es noch zu erinnern, hatte Julia dieses Bild kurz nach der Abfahrt in Apach gemacht. Jetzt dürfte es als Fahndungsfoto gut geeignet sein.

Nach und nach wich die Angst um Marie ein wenig der zarten Hoffnung, sie doch bald zu finden. Dabei halfen auch weitere Überlegungen. Welches Motiv könnte der falsche Kapitän haben, Marie zu quälen oder gar zu töten? Sie fanden keines. Jedenfalls kein einleuchtendes. Wie ein Sadist sah der Kapitän nicht aus. Einen gewalttätigen und rohen Menschen stellte man sich anders vor. Sein Äußeres, seine Art, sein ganzes Erscheinungsbild deuteten auch nicht auf krankhafte, sexuelle Triebhaftigkeit, obwohl man sich hier natürlich täuschen kann. Schließlich war Marie auch keine millionenschwere Großindustrielle, die man nach einem heimlich gefilmten Seitensprung mal kurz erpressen konnte. Während Uwe und Julia noch eine Zeitlang darüber diskutierten, dass es eigentlich unmöglich sei, aus Gesichts- und Schädelformen oder anderen Äußerlichkeiten Rückschlüsse auf einen bestimmten Tätertyp zu ziehen, beschlossen sie, den Abend auf dem Boot zu bleiben. Hier wollten sie auf Marie warten. Das planlose Hin- und Herrennen durch die Stadt konnte nichts bringen. Die Polizei würde ihre Anzeige ohnehin erst am kommenden Tag entgegennehmen. Sie waren zum untätigen Grübeln und Warten verdammt.

54. Kapitel

Zwei Stunden nach Mitternacht erloschen die Lichter im Hafen und in den Kojen. Die Bootsleute schliefen. Der Wind hatte nach Westen gedreht und schob dunkle Wolkenberge vor sich her. Mond und Sterne hatten sich versteckt. Die Wasseroberfläche war leicht bewegt und schwarz wie Kohle. Es war still. Nur ab und zu, wenn der Wind die Schiffe gegen die Dalben drückte, knarrte ein gequetschter Fender, stöhnte ein überdehntes Seil oder surrten die rasenden Schaufelrädchen einer Windmessanlage.

Auf der Halbinsel, gegenüber dem Liegeplatz der *Andrea Doria*, näherte sich ein dunkel gekleideter Mann dem Ufer. Über der rechten Schulter trug er eine graue Nylontasche. Im Schatten von zwei Weidenbüschen stellte er sie ab. Dann öffnete er den Reißverschluss und zog einen natogrünen Neoprenanzug, dazu passende Handschuhe und eine schwarze Kappe heraus. Danach entkleidete er sich bis auf die Unterwäsche und quälte sich in den zu engen Tauchanzug. Es war Piet. Nachdem er die Umgebung sorgfältig abgesucht und festgestellt hatte, dass außer ihm niemand am Ufer war, nahm er den aus Amsterdam mitgebrachten, zum Drogentransport bestimmten Metallbehälter aus der Tasche. Zum hundertsten Mal überprüfte er, ob die wasserdicht in Plastikfolie eingeschweißten 5 Kilogramm Kokain und 2000 LSD-Trips, die nach Deutschland geschmuggelt werden sollten, sicher gelagert waren. Das bestellte Haschisch hatte er nicht mitgenommen. Für die voluminösen Cannabis-Platten war in dem Metallbehälter einfach kein Platz. Als Piet die Tasche geleert hatte, legte er die ausgezogenen Kleider hinein und versteckte sie unter den überhängenden Zweigen der Weide. Dann zog er Handschuhe, Kappe und die mit Schnorchel versehene Taucherbrille, die er auf der Innenseite befeuchtete, an und glitt behutsam ins Wasser.

Die 30 bis 40 Meter, die er vom Ufer der Halbinsel bis zum Liegeplatz der *Andrea Doria* zu durchschwimmen hatte, schaffte er spielend. Die hermetisch verschlossene Drogenbombe hatte genügend Auftrieb, so dass er sie bis zum Boot vor sich her schieben konnte. Gerade als er sich zwischen dem Schiff und der vorderen Dalbe befand, schob eine starke Böe das Boot in seine Richtung. Um nicht unter den Schiffsrumpf zu geraten, drückte er sich mit dem Rücken an dem in den Seeboden gerammten Holzpfahl ab und schob das ihm gefährlich nahkommende Boot mit beiden Beinen von sich weg. Zum Glück gerieten auch die gegenüberliegenden Halteleinen unter Spannung, so dass ihm noch gute 30 cm Raum verblieben. Als das Sportboot in seine alte

Lage zurückgetrieben war, hangelte Piet sich entlang der zwischen den Pollern gezogenen Leine vorsichtig bis zum Heck vor. Mit den Armen ertastete er den Kimmkiel an der Backbordseite. Dann tauchte er kurz und befestigte den Metallbehälter mit dem Rauschgift hinter dem Seitenkiel geräuschlos am Schiffsrumpf. Hier war der Schmuggelbehälter geschützt. Unter der Wasserlinie war das Gefäß weder zu sehen noch konnte es bei Grundberührung abgerissen werden. Piet rüttelte noch ein paar Mal an dem stromlinienförmigen Behältnis. Es saß bombenfest. Der eingebaute Supermagnet aus Neodym, Eisen und Bor funktionierte einwandfrei. Ganz so, wie es ihm der Amsterdamer Hersteller versichert hatte. Da jedoch verdammt viel Geld im Spiel war, wollte er jedes Risiko ausschließen. Immerhin hatte er zu Hause beim Ankauf des Kokains 20.000 Euro pro Kilo zahlen müssen. Zu den eingesetzten 100.000 Euro für das Kokain kam noch der Preis für die LSD-Trips. Mit seinem deutschen Abnehmer hatte er einen Preis von 40.000 Euro für das Kilogramm Kokain vereinbart. Da er es mit Lidocain gestreckt hatte, war seine Gewinnerwartung beachtlich. Auch der Absatz der LSD-Trips würde ihm spielend mehr als das Doppelte des Einkaufspreises bringen. Beim Erwerb hatte er 4 Euro für den Trip bezahlt. Für 8 Euro das Stück würde er sie absetzen. Einen weiteren Fehlschlag konnte er sich nicht leisten. Sowohl bei seinem chinesischen Lieferanten als auch bei seinen Kunden wäre er als Drogendealer abgemeldet gewesen. Die Rauschgift-Scene war am reibungslosen Ablauf des Drogenhandels interessiert. Reißerische Pressemeldungen über aufgeflogene RG-Händler und sichergestellte Betäubungsmittelmengen hasste man wie die Pest. Sie verunsicherten alle Beteiligten und verhagelten das lukrative Geschäft. Ein weiteres Desaster hätte Piet nicht verkraftet. Dieser Coup musste gelingen. Sein finanzieller Einsatz war hoch. Er hatte viel riskiert. Auch strafrechtlich gesehen. Diesmal ging es nicht nur um Verstöße gegen das Betäubungsmittelgesetz. Wenn er jetzt auffiel, würde es auch um Freiheitsberaubung, räuberische Erpressung und erpresserischen

Menschenraub gehen. Solche schwerwiegenden Verbrechen würden in ganz Europa mit harten Freiheitsstrafen geahndet. Fehler durfte er sich nicht leisten. Um jedes Verlustrisiko auszuschließen, legte Piet eine zusätzliche Stahlseilsicherung, die seine Transportbombe im Falle einer ungewollten Entmagnetisierung am Boot halten würde. Nachdem er dies zufriedenstellend geschafft hatte, schwamm er unbeobachtet ans gegenüberliegende Ufer zurück, zog sich an und verschwand in Richtung Park.

55. Kapitel

Gegen 7:00 Uhr morgens wurde Julia von einem Geräusch geweckt. Es hörte sich an, als wäre die Einstiegsluke aufgeschoben worden. Julia lauschte in die Stille. Jetzt glaubte sie Schritte auf der zum Salon führenden Holztreppe zu hören. Sie weckte Uwe und bat ihn nachzuschauen. Als Uwe die Tür zur Achterkabine geöffnet und die drei Stufen zum Salon hinaufgestiegen war, blieb er wie vom Blitz getroffen stehen. Auf dem Sofa saß seelenruhig der falsche Kapitän und grinste ihn an. Uwe war außer sich. Sein Herz raste. Er spürte, wie ihm der Schweiß ausbrach. Blut schoss in seinen Kopf und ließ die Stirnader anschwellen. Am liebsten wäre er dem Kerl an die Gurgel gesprungen. Zornerfüllt schrie er den Mann, der jetzt in Jeans und Bomberjacke vor ihm saß, an: »Sie Dreckskerl! Wo ist Marie?« Inzwischen war auch Julia aus der Achterkabine hochgekommen und rief erregt: «Was haben sie mit meiner Schwester gemacht?«

Der Holländer blieb kaltblütig sitzen und antwortete vollkommen emotionslos: »Genau darüber wollte ich mit euch reden! In aller Freundschaft und in aller Ruhe.« Während er sprach zog er den Reißverschluss seiner Jacke ein Stück auf, so dass Uwe und Julia eine Pistole, die er in einem Schulterhalfter trug, nicht übersehen konnten. Ohne die Waffe zu ziehen oder gar mit ihr zu drohen, befahl er: » Setzt euch hin und hört zu! Marie geht es gut. Sie befindet sich an einem sicheren Ort. Wenn ihr sie in spätestens zwei Tagen gesund wiedersehen wollt, braucht ihr nur zu tun, was ich jetzt sage.«

Dann schilderte er Uwe und Julia, dass er sie bereits beobachtet habe, als sie in Luxemburg Bargeld abgehoben und dies nach Deutschland gebracht hätten. Er sei ihnen bis zum Hafen Trier-Monaise gefolgt und wisse, dass das Geld noch an Bord sei. Dieses Geld oder einen Teil davon brauche er. Ihm säße eine Gruppe chinesischer Triaden, denen er einen größeren Barbetrag schulde, im Nacken. Dabei ging es um Leben und Tod. Wenn er seine Schulden nicht binnen Wochenfrist begleichen könne, sei er ein toter Mann. Er habe nur eine Chance, den gewalttätigen Mitgliedern dieser Gruppe zu entkommen, wenn Uwe und Julia ihn mit dem Boot nach Deutschland bringen würden. Auf dem Landweg könnten Mitglieder dieser Bande seinem Fahrzeug folgen. Den Fluss würden die Chinesen hingegen nicht kontrollieren.

Marie habe er nur entführt, um sein eigenes Leben zu retten. Er sei eigentlich kein gewalttätiger Typ. Wenn er einen anderen Ausweg gefunden hätte, legal an das Geld für die chinesische Mafia zu kommen, hätte er diesen gewählt. Da er nicht davon ausgehen konnte, dass sie ihm freiwillig aus der bestehenden Notlage heraushelfen würden, habe er Marie gekidnappt. Marie habe ihm bislang nicht verraten, wie viel Geld Julia in Luxemburg abgehoben habe. Er wolle dies auch gar nicht so genau wissen. Ihm würde es reichen, wenn sie ihm von der jetzt auf dem Boot versteckten Summe 50.000 Euro abgeben würden. Damit könne er seine Drogenschulden bezahlen. Mehr brauche er nicht.

Die unter dem Schiff versteckten Drogen erwähnte Piet mit keinem Wort. Davon sollten Uwe und Julia nichts wissen. Das hätte

sie nur noch tiefer verunsichert, beunruhigt und unberechenbarer gemacht.
Schließlich meinte er: »Es ist euch wohl klar, dass die Polizei aus dem Spiel bleibt. Eure Mobiltelefone müsst ihr jetzt und während der Fahrt ausschalten. Ich werde sie in Verwahrung nehmen. Auch die schiffseigene Funkanlage wird nur benutzt, wenn es erforderlich ist. Sie wird ausschließlich von mir bedient.«
Hinterher bat Piet, die Mobiltelefone auf den Salontisch zu legen und gab ihnen genau fünf Minuten Zeit, seinen Vorschlag allein in der Achterkajüte zu besprechen. Er werde solange warten. Während sich Uwe und Julia zurückzogen, nahm Piet seine Schultertasche auf und platzierte diese, als wäre die Entscheidung schon zu seinen Gunsten gefallen, im Vorschiff.
Uwe und Julia schlossen die Tür zum Salon, um ungestört zu beraten, wie sie sich verhalten sollten. Im Nu hatte Uwe seine großkalibrige Signalpistole, die er immer im Schuhfach unter dem Bett versteckt hatte, in der Hand und fuchtelte wild damit herum. »Hiermit brenne ich ihm ein Loch in den Bauch«, brummte er. Julia sah ihn ungläubig an und antwortete: »Du bist wohl verrückt! Willst du das Schiff in Brand setzen und uns alle umbringen? So werden wir Marie nie finden und ihr helfen können.«

Als sich Uwes Zorn etwas gelegt und er sich ein wenig beruhigt hatte, sprachen sie leise die ihnen verbleibenden Möglichkeiten durch. Nachdem sie das Für und Wider abgewogen hatten, kamen sie zu einem niederschlagenden Ergebnis. Im Interesse von Marie mussten sie Piets Forderungen erfüllen. Sie hatten keine andere Wahl. Piet versteckte seine Signalpistole wieder im Schuh-Schapp. Dann gingen sie in den Salon zurück.
Uwe teilte Piet mit, dass sie seinen Forderungen nachkommen würden. Bevor sie mit ihm losfahren würden, wolle er aber einen Beweis dafür haben, dass es Marie gut gehe. Piet erklärte nun, dass er natürlich auch Maries Handy unbrauchbar gemacht habe und sie nicht angerufen werden könne. Heute Morgen habe er aber

eine kurze Videosequenz mit seiner Digitalkamera aufgenommen. »Die könnt ihr euch nun auf dem Display ansehen«, meinte er. » Aufnahmedatum und Uhrzeit sind am Bildrand abzulesen«. Tatsächlich war Marie auf dem Kurzfilm zu sehen. Sie stand vor einer bilderlosen Holzwand und sah maßlos mitgenommen aus. In einer kurzen Ansprache teilte sie mit, dass es ihr körperlich gut gehe. Sie wisse nicht, wo man sie festhielt. Schließlich bat sie Uwe und Julia mit weinerlicher Stimme um Hilfe.

Auf Morgentoilette und Frühstück verzichteten Uwe und Julia. Gegen 8:30 Uhr zogen Piet und Julia die Festmacherleinen über die Poller und holten die Fender ein. Danach lenkte Uwe das Boot aus der Box auf den See hinaus. An der Île du Saucy vorbei fuhr die *Andrea Doria* auf das alte Flussbett der Mosel zu. Als das Wehr querab hinter ihnen lag, bog Uwe nach Steuerbord in das oberhalb verlaufende Kanalstück ein. Eine halbe Stunde später schlossen sich die unteren Tore der Schleuse Metz hinter ihnen. Uwe gab Gas. Der gutmütige Verdränger nahm Fahrt auf. Von der aufsteigenden Bugwelle spritzte Gischt nach beiden Seiten. Hinter dem Heck quirlte das von der Schiffsschraube aufgewühlte Kielwasser. Die Wellen verbreiteten sich symmetrisch über die ganze Mosel und liefen hinter dem Schiff her, bis sie schließlich an beiden Ufern aufklatschten. Der Schiffsrumpf vibrierte. Der Motor dröhnte. Mit der Strömung und nahe der Rumpfgeschwindigkeit lief die *Andrea Doria* flussabwärts. Uwe wollte so schnell wie möglich nach Deutschland kommen.
Das war jetzt keine Vergnügungsfahrt mehr, keine beschauliche Schiffsreise. Die Träume vom Meer und einer erholsamen Fahrt über die Saône und die Rhône waren wie Seifenblasen zerplatzt. Die zwischen den Hauptarmen der Rhône im Delta liegende Camargue mit ihren weißen Pferden, schwarzen Stieren und rosafarbenen Flamingos war in weite Ferne gerückt. Jetzt gab es nur noch ein Ziel: Maries Befreiung.

Die Stimmung an Bord war hochgradig angespannt. Geredet wurde so gut wie nichts. Piet belauerte Uwe und Julia. Die beiden ließen Piet nicht aus den Augen. Von Zeit zu Zeit schimpften ein paar Angler, denen die am Ufer auflaufenden Wellen Schuhe oder Stiefel unter Wasser gesetzt hatten, aufgebracht hinter dem Boot her. Aber Uwe, der sonst beim Fahren darauf achtete, unnötigen Wellenschlag zu vermeiden, hielt seine Geschwindigkeit bei und fuhr stur weiter. Die liebliche Flusslandschaft und die malerischen Orte nahm er nicht mehr wahr. Er konzentrierte sich darauf, die jeweils kürzeste Strecke zu fahren, suchte die Ideallinie und schnitt alle Moselbögen, wenn der Gegenverkehr es zuließ. Er bolzte das Boot von Schleuse zu Schleuse, drängelte sich vor und empfand alle Schleusenvorgänge als schrecklich langwierig. Die Schleusen Talange Stromkilometer 283, L'Orne Kilometer 277, Thionville Kilometer 270, Königsmacker Kilometer 258 waren jetzt keine interessanten Unterbrechungen der Tour, sondern zeitraubende Hindernisse auf dem Weg der *Andrea Doria* zu Marie.
Bei Stromkilometer 243 erreichten sie gegen 16 Uhr endlich die französische Grenzschleuse Apach. Sie waren jetzt acht Stunden unterwegs. Etwa einen Kilometer unterhalb der Schleuse lag Deutschland. Zumindest am rechten Ufer. Uwe war erleichtert. Da sich Piet immer noch nicht geäußert hatte, sprach er ihn an: » Wir sind in Deutschland. Wo und wann werden wir Marie übernehmen?« Piet befahl knapp: »Fahr weiter! Zielhafen ist Konz. Bis dorthin will ich heute. Wenn wir dort angekommen sind, erhältst du weitere Anweisungen.«

Uwe knurrte der Magen. Seit ihrer Abfahrt in Metz hatten sie nichts gegessen. Als Julia hörte, dass die Fahrt weitergehen sollte, ging sie in die Kombüse und machte ein paar Brote. Uwe nahm sich eines und verschlang es heißhungrig. Dass Julia Piet die Platte mit den Broten hinhielt und der auch noch ungeniert zugriff, verdarb Uwe den Appetit. Dieser dreiste Erpresser hatte nicht die geringsten Skrupel, sich auch noch beköstigen zu lassen. Doch Uwe dachte an Marie und verschluckte die abfällige Bemerkung, die ihm auf der Zunge lag. Ohne die Fahrt zu verzögern, rauschte die *Andrea Doria* kurz vor 17 Uhr am Hafen Schwebsange vorbei. Die in der Hafeneinfahrt liegenden Boote wurden von den einlaufenden Wellen heftig hin und hergeschaukelt. Vier Stromkilometer weiter kam Remich in Sicht. Als Uwe das Hotel Saint-Nicolas erblickte und sogar das Fenster des Zimmers entdeckte, in dem er und Marie sich geliebt hatten, machte sich ein Gefühl zwischen Sehnsucht und Angst breit. Tränen stiegen ihm in die Augen. Gut, dass er eine Sonnenbrille trug. Seinem Kummer um Marie konnte er sich nicht lange hingeben. Piet fuchtelte gleich neben ihm das Funkgerät aus der Halterung und meldete sie bei der vor ihnen liegenden Schleuse Palzem an. Da sie alsbald in die Schleusenkammer einfahren konnten, musste sich Uwe auf dieses Manöver konzentrieren. Die 3.80 Meter Niveauunterschied waren schnell geschafft. Bis zur Staustufe Grevenmacher bei Stromkilometer 213 hatten sie jetzt eine Flussstrecke von genau 17 schleusenfreien Kilometern vor sich. Als sie Grevenmacher erreichten, standen die Signallichter auf Grün. Uwe fuhr direkt in das erste Drittel der Schleusenkammer und ließ das Boot auf der rechten Seite an einer Eisentreppe locker belegen. Er konnte kaum erwarten, dass sich die Tore hinter ihnen schlossen und der Wasserspiegel Meter um Meter absank. Noch während sich die beiden Flügel des vorderen Tors ächzend öffneten, ließ er losmachen, drückte das Boot mit Bug und Heckstrahler von der wassertriefenden Seitenwand weg und fuhr auf die erst halb geöffneten Schleusentüren zu. Das Signallicht zeigte noch Rot. Uwe störte sich nicht daran, sondern zwängte das Boot in voller Fahrt durch den zwischen den Toren verbleibenden Spalt. Die warnende Lautsprecherdurchsage des Schleusenwärters berührte ihn schon nicht mehr. Er war durch und hielt auf das 6 Kilometer entfernte Wasserbillig zu. Als sie die Mündung der Sauer passierten, lag Luxemburg hinter ihnen. Sie waren seit ihrer Abfahrt 13 Stunden unterwegs, hatten eine Strecke von 100 Kilometern geschafft und acht Schleusen bewältigt.

Uwe war kaputt. Die überlasteten Augen brannten. Unter ihnen hatten sich Tränensäcke gebildet. Der Rücken schmerzte. Die Schultern hatten sich verkrampft. Die grauen Stoppeln, die er an diesem Morgen nicht wegrasieren konnte, waren gewachsen. Sie ließen sein Gesicht aschfahl erscheinen. Gegen 22 Uhr bogen sie endlich in den Hafen Konz ein. Die Hafenmeisterin war nicht mehr auf dem Gelände zu sehen. Uwe suchte sich eine freie Box im hinteren Teil des geräumigen Hafens aus. Piet dirigierte ihn noch ein paar Liegeplätze weiter. Hier hatten sie keine unmittelbaren Nachbarn und lagen ganz in der Nähe der Sliprampe. Das Bootshaus mit dem kleinen Restaurant lag so weit weg, dass man von dort aus die Andrea Doria nicht sehen konnte. Als das Boot vertäut und der Stromanschluss gelegt war, ging Uwe in die Achterkabine und legte sich erst einmal hin. Obwohl das seinem Körper gut tat, schlafen konnte er nicht. Die Angst um Marie machte ihn fast verrückt.

56. Kapitel

Während Uwe sich in der Achterkajüte ein wenig ausruhte, bat Piet Julia um die PIN Nummer ihres Handys, da er einen dringenden Anruf tätigen müsse. Sein Mobiltelefon könne er zur Zeit nicht nutzen, da der Akku leer sei. Während der Nacht wolle er es aufladen. Julia gab ihm die Nummer. Er nahm das Handy aus dem Bücherfach seiner Kabine und verließ die *Andrea Doria*. Das folgende Telefongespräch sollten die Skipper nicht mithören. Er ging über den Steg bis zu der hinter dem Hafenbecken liegenden Wiese und rief Stephan Kröber in Bitburg auf dessen Prepaidhandy an. Dabei war er sich ziemlich sicher, dass die Gespräche über dieses Gerät nicht polizeilich überwacht und aufgezeichnet wurden.
Der Diskothekenbetreiber meldete sich sofort. Seit Tagen hatte er

auf Piets Anruf, der die Rauschgiftlieferung angekündigt hatte, gewartet. Das Kaufgeld hatte er bei seiner Bank abgehoben. Es lag sicher im Safe der Diskothek. So konnte er Piets Frage, ob er das Geld für diesen Abend parat habe, bejahen. Da Piet den Deal so schnell wie möglich abwickeln wollte, schlug er vor, sich um 23 Uhr zu treffen. Als Treffpunkt gab er die Geokoordinaten 49° 42' nördlicher Breite und 6° 35' östlicher Länge durch. Stephan konnte den Ort auf seinem Mobiltelefon mit integriertem GPS-Empfänger ablesen. Als zusätzliche Information erhielt er per SMS die Worte Campingplatz/Mosel auf seinem Handy. Damit war klar, wohin er zu fahren hatte. Die 40 Kilometer zum vereinbarten Treffpunkt waren mit dem Wagen in 30 Minuten zu schaffen. Stephan holte die 216.000 Euro aus dem Safe, packte sie in eine kleine Schachtel und fuhr eine Viertelstunde später los.

Piet war inzwischen zum Boot zurückgegangen. Als er sah, dass Uwe und Julia noch in der Eignerkabine waren, schloss er die Tür von außen geräuschlos zu. Dann ging er in seine Kabine. Hier legte er die Kleider ab, zog seine Badehose an, nahm die Taucherbrille und ging zur Sliprampe. Von dort aus konnte er, ohne zu schwimmen, fast bis zur Bootsbox durchs Wasser gehen. Die letzten Meter hangelte er sich am Ausleger entlang bis zu der Stelle am Boot, wo er den Metallbehälter mit dem Rauschgift befestigt hatte. Er brauchte nur einmal kurz unterzutauchen, um die Stelle zu ertasten, wo er das Sicherungsseil am Boot befestigt hatte. Er löste es und schob den Stahlbehälter soweit von der geraden in die gebogene Rumpffläche, dass sich der Magnetsockel des Behälters vom Schiffsrumpf ohne besonderen Kraftaufwand abheben ließ. Piet war richtig stolz auf sich. Das Schmuggelversteck war keinem Menschen aufgefallen. Auch hier im Hafen hatte ihn niemand beobachtet. Und selbst wenn dies so gewesen wäre. Er hätte sein nächtliches Bad im Hafenbecken damit erklärt, dass sich ein Stück Seil in der Schiffsschraube verfangen habe, das er entfernen müsse. Den Behälter brachte er in seine Kajüte. Im Vorbeigehen schloss er die Tür zur Eignerkabine wieder auf. Offensichtlich hatten Uwe und Julia das Verschließen der Tür gar nicht bemerkt. Um so besser. Als Piet sich angezogen hatte, leerte er den Stahlbehälter, packte das in Folie verschweißte Rauschgift in eine unauffällige Einkaufstüte und verließ das Hafengelände durch das südliche Tor. Obwohl noch Zeit war, ging er über den Moselradweg zum Campingplatz. Dort suchte er sich eine Stelle, von der aus er die Zufahrt und den Eingangsbereich des Platzes beobachten konnte. Stephan traf pünktlich ein. Piet vergewisserte sich, dass er allein gekommen und ihm kein anderes Fahrzeug gefolgt war. Erst als er das abgeklärt hatte, machte er sich bemerkbar. Obgleich sie sich nun einige Jahre kannten und mehrere Drogendeals ohne Beanstandungen durchgeführt hatten, wollte Stephan zunächst eine kleine Koksprobe. »Vertrauen ist gut, Kontrolle ist besser«, meinte er, während er sich die Koksprobe aufs Zahnfleisch rieb. Da sich dort sofort ein intensives Taubheitsgefühl einstellte, war er zufrieden. Mit einer Handwaage ermittelte er das Gewicht des Kokains. Dann zählte er die LSD-Trips ab. Als das erledigt war, übergab er Piet die vereinbarten 216.000 Euro. Piet war professionell genug, nicht beleidigt zu sein. Er selbst zog nun einen Safescan, ein kleines, handelsübliches Falschgeldprüfgerät aus der Tasche und überprüfte stichprobenartig, ob die Euro-Scheine echt waren. Im Anschluss daran zählte er die in Tausender gebündelten Geldscheine nach. Dies dauerte einige Zeit. Trotzdem lief die gesamte Aktion zügig ab. Zum Schluss erklärte Piet, dass er das bestellte Haschisch aus Transportgründen nicht mitgeliefert habe. Dies werde er aber so bald wie möglich nachholen. Dann wartete er bis Stephan mit seinem Wagen weggefahren war und ging erleichtert zum Hafen zurück. Das Rauschgiftgeschäft war erfolgreich abgeschlossen. Er hatte einen satten Gewinn gemacht.

57. Kapitel

Auf dem Rückweg zum Hafen rief Piet Henja an und bat sie, ihn in Konz am Campingplatz abzuholen. Sie könnten die Nacht zusammen in ihrer Luxemburger Pension verbringen. Er müsse zwar am nächsten Morgen noch einmal nach Metz, um einiges zu erledigen und sein in Holland gemietetes Fahrzeug abzuholen. Dorthin könnten sie aber dann zusammen fahren. Später würde man dann ihren Leihwagen nach Luxemburg zurückbringen und ihr Gepäck aus der Pension holen. Dann ging es in seinem Auto nach Amsterdam zurück. Henja war damit einverstanden. Fünfzehn Minuten später verließ sie Luxemburg und fuhr in Richtung Trier/Konz.

Uwe und Julia hatten inzwischen bemerkt, dass Piet das Boot und das Hafengelände verlassen hatte. Wohin er wollte und wie lange er weg sein würde, hatte er nicht gesagt. Uwe beschloss, das im Ankerkasten versteckte Bargeld schnell herauszuholen. Piet sollte auf keinen Fall sehen, wie hoch die Gesamtsumme war, die Julia in Luxemburg abgehoben hatte. Das würde seine Gier, eine noch größere Geldsumme für Maries Freilassung zu fordern, nur steigern. Während Julia das Hafengelände und die Steganlage beobachtete, holte Uwe das Geld aus dem bisherigen Versteck. In der Eignerkabine zählte er 50.000 Euro ab und deponierte es im Kleiderschrank neben der Koje. Die verbleibende Summe, die nicht unbeachtlich war, versteckte er unter dem Abwassertank. Bevor Piet zurückkam, setzten sie sich in den Salon und warteten. Als er zurückkam, wollte Uwe endlich wissen, woran sie seien und sprach ihn unwirsch an: »Wann bringst du Marie zurück? Wir haben unsere Bedingung erfüllt und dich nach Deutschland gebracht. Das Geld erhältst du, sobald Marie da ist. Was soll also das untätige Herumliegen?«

Piet erwiderte: »Diese Nacht läuft nichts mehr. Es ist bereits zu spät. Ich packe jetzt meine Sachen und verlasse euch, um zu sehen, wie ich nach Metz komme. Eure Mobiltelefone erhaltet ihr zurück, damit wir in Kontakt bleiben können. Wenn ihr die Polizei einschaltet, ist Marie tot. Im Laufe des Tages werde ich sie abholen und zu euch bringen. Den eigentlichen Übergabeort erfahrt ihr spätestens morgen Mittag. Ich werde ihn telefonisch mitteilen. Fahrt am späten Vormittag langsam moselabwärts. Ihr hört von mir.«

In dem Gefühl, den weiteren Ablauf mit den Skippern hinreichend besprochen zu haben, ging Piet in seine Kabine. Das in der Plastiktüte verwahrte Drogengeld packte er sorgfältig in eines der Innenfächer seiner Tragetasche. Um den Stahlbehälter wickelte er in ein paar alte Bootszeitschriften, die er vom Wandschrank nahm. Dann verstaute er seine persönlichen Sachen in den anderen Fächern und verließ die Kabine. Auf der nach oben führenden Holztreppe wandte er sich noch einmal an Uwe und Julia und beschwor sie: »Vermasselt es nicht! Ich will nicht gezwungen sein, Marie etwas anzutun. Ihr habt ihr Schicksal in der Hand.«
Dann verschwand er durch die Luke, schulterte draußen seine Tasche und sprang wenig später auf den Steg. Uwe und Julia beobachteten ihn, bis er das Hafengelände durch das Tor zum Moseluferweg verlassen hatte. Dann waren sie endlich allein.
Einen Moment waren sie erleichtert, wieder Herr auf dem eigenen Schiff zu sein. Uwe verriegelte alle Eingänge. Sie setzten sich noch einmal auf das Salonsofa, um die Situation durchzusprechen. Trotz des anfänglichen Hochgefühls wurde ihnen jedoch bald klar, dass Jan sie zwar nicht mehr direkt herumscheuchen konnte. Er hatte sie aber, auch ohne anwesend zu sein, in der Hand. Solange Marie nicht frei war, konnte er sie wie Marionetten an ferngelenkten Fäden führen.
Schließlich waren sie zu erschöpft, um etwas zu planen. Sie waren fast 18 Stunden auf den Beinen, ausgelaugt und unendlich müde.

Vollkommen ermattet sanken sie in die Kojen. Am kommenden Morgen würden sie ausgeruht sein und wieder klar denken können.

Henja raste mit ihrem Wagen durch die Nacht. Es waren kaum Fahrzeuge unterwegs. Trotzdem musste sie sich konzentrieren. Ab und an fielen ihre Augenlider vor Müdigkeit zu. Sie stellte das Autoradio lauter. »Samba Pa Ti« von Carlos Santana kam ihr gerade recht. Sie summte die ihr vertraute Melodie laut mit. Um nicht in den Sekundenschlaf zu fallen, fingerte sie zwei Stückchen Traubenzucker aus ihrer Handtasche und lutschte sie nacheinander. Möglicherweise half das. Als sie Grevenmacher durchquerte, schien der Ort wie ausgestorben. Nun war es auch nicht mehr weit bis Deutschland und bald hatte sie das ebenfalls im tiefen Schlaf befindliche Oberbillig erreicht. Von hier bis Konz war es nur noch ein Klacks. Der Weg zum Campingplatz war gut ausgeschildert. Außerdem funktionierte das in den Fiat eingebaute Navigationsgerät zufriedenstellend. Sie traf in der erwarteten Zeit ein. Piet hatte sich vorsichtshalber hinter einem die Straße säumenden Weißdornbusch niedergelassen. So konnte er die Zufahrt beobachten, ohne selbst neugierigen Blicken ausgesetzt zu sein. Sobald er Henjas Wagen entdeckt hatte, trat er auf die Fahrbahn. Sie stoppte den PKW in einer Haltebucht. Er brachte seine Tasche im Kofferraum unter. Dann ging es nach Luxemburg zurück. Piet saß schweigsam auf dem Beifahrersitz. Schon nach den ersten Kilometern nickte er ein. Henja, die auf ein paar aufmunternde Worte während der Rückfahrt gehofft hatte, war enttäuscht. Da sie die Strecke jetzt kannte, fuhr sie schneller und schneller. Der leichte Nieselregen, der inzwischen eingesetzt hatte, hielt sie nicht davon ab.

Gegen 3 Uhr kamen sie endlich vor ihrer Pension an. Henja parkte den Wagen hinter dem Haus. Piet war beim Überfahren des Bordsteins aufgewacht und stieg aus. Dann nahm er seine Tasche aus dem Kofferraum. Zusammen betraten sie die Pension. Der Nachtportier saß auf seinem Stuhl, hatte Kopf und Arme auf den Empfangstresen gelegt und war eingenickt. Die ankommenden Gäste bemerkte er nicht. Da Henja bei ihrer Abfahrt den Zimmerschlüssel mitgenommen hatte, ließen sie ihn schlafen. Nicht einmal das Knarren der alten Holztreppe zum ersten Stock weckte ihn auf. Das Geräusch, das von seinen rasselnden Schnarchtönen überlagert wurde, war ihm einfach zu vertraut. Im Baderaum ihres Zimmers erfrischten Piet und Henja sich kurz. Bevor Henja sich hinlegte, stellte sie ihren Handywecker auf 9 Uhr. Früher, so erklärte sie Piet, wolle sie auf keinen Fall aufstehen. Sie unterhielten sich nicht mehr, sondern fielen todmüde ins Bett. Jetzt wollten sie nur noch schlafen.

Die durch ein Zimmerfenster scheinende Morgensonne traf Piet mitten im Gesicht. Er blinzelte ein paar Mal, blieb aber liegen. Da Henja noch fest schlief, nutzte er die Zeit zum Nachdenken. Er überlegte, was er an diesem Tag zu tun hatte. Zuerst musste er Paul anrufen und ihm sagen, wann er Henja abholen würde. Bei Uwe und Julia würde er sich später melden. Dann machte er sich ausgiebig Gedanken darüber, ob er die 216.000 Euro Drogengeld im Wagen mit nach Amsterdam nehmen sollte. Die laschen Grenzkontrollen in Belgien und den Niederlanden fürchtete er nicht. Immerhin würde er an diesem Tag aber auch mehrfach die Landesgrenzen von Luxemburg, Frankreich und Deutschland passieren. Das Risiko, dabei in eine mobile Grenzkontrolle zu geraten, war groß. Um vor Kontrollen sicher zu sein, nahm er sich vor, ein Schließfach anzumieten und einen Teil des Geldes darin zu deponieren. Als er Uwe, Julia und Marie beim Geldabheben und bei ihrem Einkauf im Auchan in Luxemburg beobachtet hatte, war ihm aufgefallen, dass gleich gegenüber dem Einkaufszentrum in Kirchberg eine Zweigstelle der ABN Amro Bank lag. Bei dieser niederländischen Bank war er seit Jahren Kunde. Dies konnte ein Bankmitarbeiter der Luxemburger Zweigstelle ohne weiteres durch einen Anruf nachprüfen. Bei Einzahlung des hohen Geldbetrages würden ihm daher unangenehme Fragen über dessen Herkunft erspart bleiben. Darüber hinaus würde er das Geld später, gerade so wie er es brauchte, auf sein Konto in Amsterdam transferieren können. Er war nun doch froh, außer den gefälschten Ausweispapieren auch seinen offiziellen Personalausweis und seine BankCard bei sich zu haben. Die Schulden, die er bei Lin hatte, wollte er mit den 50.000, die er von den Bootsleuten beim Austausch von Marie erhalten würde, begleichen.

Als um 9 Uhr Henjas Wecker ging und sie langsam erwachte, stand Piets Planung für diesen entscheidenden Tag schon fest. Beide duschten ausführlich. Danach waren sie wieder einigermaßen munter. Den Rest besorgte ein extra starker Kaffee, den sie im altmodisch eingerichteten, trotzdem behaglichen Frühstücksraum der Pension einnahmen. Nachdem sie die Rechnung beglichen hatten, verließen sie das kleine Hotel. Während Henja den Wagen vom Parkplatz holte, wartete Piet auf der Straße und rief Paul an. Ihm teilte er kurz mit, dass er die entführte Braut in zwei bis drei Stunden am Hausboot abholen würde. Als Henja vorfuhr, bat er sie zum Plateau Kirchberg zu fahren. Dort angekommen dirigierte er sie direkt in die Tiefgarage des Auchan. Dann nahm er das Drogengeld und verabschiedete sich mit der Empfehlung, sie solle eine Weile durch das Einkaufszentrum bummeln. Er müsse seine Bank aufsuchen. In einer guten Stunde sei er spätestens zurück und würde sich übers Handy melden.
Wenig später betrat Piet die Amro Bank und erklärte einer der Empfangsdamen, dass er eine größere Bargeldeinzahlung tätigen wolle. Nach einem internen Telefonat und kurzer Wartezeit wurde er von einem Kundenberater im Empfangsbereich abgeholt. Der junge Mann entsprach genau dem Klischee, das man sich gemeinhin von einem Bankberater macht. Er war korrekt gekleidet. Langweiliger grauer Anzug. Jackett mit drei Knöpfen, von denen die beiden oberen geschlossen waren. Die farblose Krawatte bil-

dete eine Einheit mit dem hellen Hemd und unterstrich den faden Gesamteindruck. Die aschblonden Haare waren mit Gel gestylt und stramm nach hinten gekämmt. Die Pomadenfrisur, die auch gut zu einem Salongeiger der zwanziger Jahre des vorigen Jahrhunderts gepasst hätten, ließ den Jüngling älter aussehen als er vermutlich war. Dazu trug auch die schmale Brillenfassung der seitlich von breiten schwarzen Bügeln gehaltenen Designerbrille im Stil der fünfziger Jahre bei. Während er mit eiligen Schritten auf Piet zutrat und sich ihm vorstellte, lächelte er verbindlich. Sein Lächeln wirkte jedoch geschäftsmäßig und aufgesetzt. Piet hatte sich aus seinem Sessel erhoben und folgte dem Banker in dessen im zweiten Stock des Gebäudes gelegenes Büro. Dort bat dieser ihn, vor seinem leeren und blankpolierten Schreibtisch Platz zu nehmen und fragte: »Was kann ich für Sie tun?«

Piet kam nicht direkt zur Sache. Nach einigen allgemeinen Bemerkungen über das Wetter, zog er schließlich seine BankCard aus der Brieftasche und legte sie vor seinen Gesprächspartner. Dann erzählte er dem geduldig zuhörenden jungen Mann, dass er Antiquitätenhändler in Amsterdam sei und seit langer Zeit seine Geldgeschäfte über die Amro Bank abwickle. Aktuell habe er eine von dem Impressionisten Max Liebermann gemalte Dünenlandschaft an einen Kunden in Luxemburg für 216.000 Euro verkauft und diesem angeliefert. Da sein Auftraggeber unbekannt bleiben wolle, habe man das Geschäft trotz des beachtlichen Umfangs per Handschlag getätigt. Sein Kunde habe das Bild bar bezahlt. Durch die Abwicklung als »Privatgeschäft« solle die Umsatzsteuer, die bei dem hohen Anschaffungspreis beträchtlich wäre, gespart werden. Von dem Erlös des Bildes wolle er nun 20.000 Euro in einem Schließfach deponieren. Bei weiteren Besuchen in Luxemburg hätte er dann ohne große Formalitäten jederzeit Zugriff auf das Geld. Die verbleibenden 196.000 Euro wolle er auf sein schon bestehendes Konto bei der Amro Bank einzahlen. Der Banker wies ihn daraufhin, dass eine Direktüberweisung auf sein niederländisches Konto teuer sei und schlug ihm vor, ein weiteres Konto bei der Luxemburger Zweigstelle zu eröffnen. Spätere Transaktionen könnten dann einfach und kostengünstig abgewickelt werden. Das erschien Piet annehmbar.

Nachdem der junge Mann verbindlich erklärt hatte, dass ihn steuerliche Fragen nichts angingen, bat er Piet um seinen Ausweis und bereitete die Kontoeröffnung vor. Dann zählten sie gemeinsam den Einzahlungsbetrag durch. Als sie die Summe übereinstimmend festgestellt hatten, verschwand der junge Mann für kurze Zeit. Er zahlte den ihm überlassenen Geldbetrag an der Kasse ein. Zwei Kassierer überprüften, ob die Banknoten echt waren. Mit dem Einzahlungsbeleg und den für den Kunden bestimmten Kontounterlagen ging der Bankangestellte in sein Büro zurück. Gleichzeitig erledigte er die Formalitäten für die Anmietung des Schließfaches. Schließlich ging er mit Piet durch mehrere nacheinander zu öffnende Stahlgittertore in den Keller. Als er die letzte Tür zum Schließfachraum geöffnet, das Schließfach mit seinem Schlüssel aufgeschlossen hatte, zog er sich diskret in den Nebenraum zurück. Piet deponierte die 20.000 Euro in dem Schließfach und steckte den Schlüssel ein. Als sie wieder im Büro angekommen waren, erhielt er noch die kleine Einlasskarte zur Stahlkammer. Nach Vorlage dieser Ausweiskarte konnte er künftig jederzeit den Tresorraum betreten. Wie auf Knopfdruck brachte eine reizvoll lächelnde Bankfrau eine halbe Flasche Champagner und Gläser ins Zimmer. Sie stellte das silberne Tablett ab. Dann verließ sie diskret den Raum. Der junge Banker öffnete die Flasche und füllte die Gläser. Dann wandte er sich seinem neuen Kunden zu und meinte: »Auf eine gute und lange Geschäftsverbindung.«

Als Uwe die Bank verlassen und wieder auf der Strasse stand, fühlte er sich regelrecht erleichtert. Das Drogengeld hatte er sicher untergebracht und musste es nicht länger mit sich herumtragen.

Jetzt konnte er sich unbelastet auf den nächsten Coup konzentrieren.
Er rief Paul an und sagte ihm, dass er in einer guten Stunde am Hausboot wäre, um Marie abzuholen. Uwe und Julia schickte er eine SMS-Nachricht. Den Schiffsleuten teilte er mit, dass alles »im grünen Bereich« sei. Sie sollten sich keine Sorgen machen und in Trier am Marinesuchboot »Uranus« auf ihn warten. Bis zum späten Nachmittag erhielten sie telefonisch nähere Instruktionen. Danach rief Piet Henja an und bat sie, zum Osteingang des Auchan zu kommen.

Zehn Minuten später verließen Piet und Henja die Tiefgarage unter dem Einkaufszentrum. Nachdem sie das Stadtgebiet Luxemburg hinter sich gelassen und die Europastrasse 25 erreicht hatten, fuhren sie über Thionville nach Metz. Während der Fahrt erklärte Piet Henja, dass er in Metz zunächst zu seinem Hotel müsse, um das Zimmer zu räumen. Danach wolle er seinen Wagen aus dem Parkhaus holen. Anschließend müsse er noch einige Dinge erledigen. Dafür brauche er mindestens drei Stunden. Auf jeden Fall wäre es sinnvoll, wenn sie ihn am Hotel absetzen und umgehend nach Luxemburg zurückfahren würde. Nur so könne sichergestellt werden, dass sie ihren Leihwagen in der Mietwagenzentrale rechtzeitig abgeben könne. Henja ging seine Geheimnistuerei langsam auf die ohnehin angespannten Nerven. Obwohl ihr bewusst war, dass es wieder um irgendein faules Drogengeschäft ging, stellte sie keine Fragen, sondern fuhr stumm und in sich gekehrt weiter. Immerhin erklärte er ihr schließlich noch, wo und wann sie sich vor der Heimfahrt nach Holland treffen sollten. Als Treffpunkt hatte er das Cafe Theaterstuff am Robert-Schumann-Platz in Luxemburg ausgewählt. Der große Platz sei einfach zu finden. Er liege auch nicht weit von ihrer Pension entfernt. Als sie etwa eine Stunde später vor dem kleinen Hotel unterhalb der Kathedrale St. Etienne eintrafen, hatte Piet nicht einmal mehr Zeit für einen gemeinsamen Kaffee. Er stieg aus dem

Wagen, sagte »bis später« und verschwand in dem Hotel ohne weitere Erklärungen.

Henja dachte nicht daran, sofort nach Luxemburg zurückzufahren. Ein unbestimmtes Bauchgefühl signalisierte ihr, dass sie nicht einfach davonfahren durfte. Sie wollte wissen, was los war. Ihren Wagen rangierte sie so in eine Parklücke, dass sie sowohl den Hoteleingang als auch die Zufahrt zu dem oberhalb gelegenen Parkhaus beobachten konnte. Es dauerte auch nicht lange, bis Piet das Hotel verließ. Wie sie richtig vermutet hatte, ging er zum Parkhaus am Place de la Cathedrale. Als sein Wagen aus der Tiefgarage kam, folgte sie ihm in Richtung Mosel. Über die Rue de la Garde fuhr er bis zum Canal de Jouy. Hier hielt er an. Henja stellte ihr Fahrzeug hinter einer der riesigen Platanen ab. Sie öffnete die Fenster und wartete. Piet ging zielstrebig über eine Kanalbrücke auf die gegenüberliegende Seite. Sie sah, wie er auf eines der Hausboote stieg und glaubte auch noch, ein Klopfen wahrzunehmen. Dann war es still. Da sie sein Fahrzeug im Auge hatte, verließ sie ihren Wagen nicht, sondern wartete ab.

Piet war inzwischen zu Fuß auf der anderen Seite des Kanals angekommen. Über zwei nebeneinander liegende, federnde Holzbohlen, die dem Schiffer als Gangway dienten, stieg er auf Pauls Hausboot. Oben angekommen, schlug er heftig gegen die Deckhaustür. Der Freak öffnete. Er trug dieselben vergammelten Klamotten wie vor zwei Tagen. Seine Rastalocken wackelten wild auf dem Kopf herum, als er loslegte: «Ey Mann, war'n panikmäßiger Tag gestern. Deine Braut war richtig zickig. Glaubte schließlich sogar, ich hätte sie entführt. Gut, dass du sie abholst.« Dann fragte er: »Haste die Knete und das Koks für mich?«
Piet zog den vereinbarten Geldbetrag aus der Tasche und gab ihn Paul. Auch die 6 Gramm Kokain, die er abgewogen und in ein Plastiktütchen gefüllt hatte, zog er aus der Hemdtasche. Paul öffnete den Patentverschluss. Einen kleinen Teil der weißen Sub-

stanz schüttete er vorsichtig so auf ein Blatt Papier, dass eine Linie entstand. Dann beugte er sich zum Tisch herunter und zog die »Line« durch einen zuvor aufgerollten Geldschein in die Nase. Obwohl Piet den Stoff mit Lidocain und etwas Milchzucker gestreckt hatte, schaute Paul bald mit geweiteten Pupillen in die Welt. Bei seinen Konsumgewohnheiten würde das Kokain, das er neben dem selbstangebauten »Gras« nahm, für die nächsten drei Wochen reichen. Für ihn war alles in Ordnung.

Piet forderte ihn auf, ihm den Schlüssel zur Kammer zu geben. Er bat ihn, solange zu verschwinden, bis er mit der Braut das Schiff verlassen habe. So würden Geschrei und unnötige Auseinandersetzungen vermieden. Paul fand den Vorschlag echt geil und stahl sich guter Dinge unter Deck. In der Matrosenkabine im Schiffsbug wollte er warten, bis die beiden das Schiff verlassen hätten. Das Geld für das Verstecken der Braut hatte er leicht und schnell verdient. Das Kokain würde ihm zu ein paar schönen Träumen verhelfen.

Sofort nachdem Paul im Vorschiff verschwunden und nicht mehr zu hören war, ging Piet zu Maries Kammer. Behutsam öffnete er die verschlossene Tür. Marie saß auf der Liege und starrte wie gebannt auf den sich öffnenden Türspalt. Als sie Piet, alias Jan, sah, sprang sie auf. Dieser legte seinen Zeigefinger senkrecht über die Lippen und stieß ein kaum hörbares »psst« hervor. Dann nahm er Marie bei der Hand und deutete ihr durch Handzeichen an, leise zu sein. Auf den Zehenspitzen stiegen sie wortlos die Treppe zum Deck hoch. Als sie die hölzernen Dalben zum Uferweg überquert hatten, ging er schnell und schneller. Bis zur Kanalbrücke lief er und schleppte die immer noch angeschlagene Marie hinter sich her. Noch im Lauf zog er den Zündschlüssel aus der Tasche und entriegelte mit der Fernbedienung die Fahrzeugtüren. Nachdem sie im Wagen saßen, nahm er Marie in den Arm und sagte: »Gott sei Dank haben wir dich gefunden!« Marie lehnte sich an seine

Schulter und weinte einige Minuten lang hemmungslos. Anstalten, den Wagen zu verlassen, machte sie nicht. Damit wusste Piet, dass sie ihn, den falschen Kapitän, nicht als ihren Entführer entlarvt hatte. Auf die K.o.-Tropfen war eben Verlass! Sie hatten nicht nur kurzfristig betäubend gewirkt, sondern auch Maries Gedächtnis an das Geschehen ausgelöscht. An die Umstände der Entführung konnte sie sich offensichtlich nicht mehr erinnern. Dass Piet sie entführt hatte, wusste sie nicht. Sie hielt den Freak Paul für den Kidnapper. Genau das hatte Piet nach Pauls Bericht auch erwartet. Ihre Fehleinschätzung konnte er jetzt skrupellos ausnutzen. Darauf konnte er sein Lügengebäude aufbauen. Er gab Gas und fuhr mit quietschenden Reifen davon. In Windeseile erfand er eine Geschichte, die er ihr unterwegs auftischte. Sie schien ihm so überzeugend zu sein, dass er sie beinahe selbst glaubte und Marie sie einfach glauben musste.
Beim Fahren erklärte er ihr, er habe gehört, dass Mitglieder einer in Luxemburg und Frankreich operierenden Untergruppe der sizilianischen Cosa Nostra eine neue Einnahmequelle entdeckt hätten. Seit einiger Zeit würden die Gangster gezielt Ausländer beobachten, die auf Luxemburger Banken Geld abheben würden. Da es sich in einer Vielzahl von Fällen um Schwarzgeld handele, verhielten sich diese Bankkunden besonders vorsichtig und damit auffällig. In der Regel würden die beobachteten Personen größere Geldmengen abheben. Daher hätten sie meist Aktentaschen, Mappen oder sonstige Behälter dabei. Wenn sie die Banken verließen, würden sie sich nach allen Seiten umschauen, um festzustellen, ob sie beobachtet werden. Die vor den Banken in Fahrzeugen oder gelegentlich sogar in den Wandelhallen wartenden Mafiosi konnten daher ihre Opfer ziemlich leicht erkennen. Wenn diese mit ihren Autos die Parkplätze verließen, folgten sie ihnen und jagten ihnen das Geld an passender Stelle wieder ab. Dabei traten sie oft als angebliche Zollfahnder auf. Sie hielten die Autofahrer auf dem Weg in ihr Heimatland mit der Kelle an, legten gefälschte Dienstausweise vor und verlangten die Herausgabe

des nicht deklarierten Geldes. Wenn Leute bestritten, Geld abgehoben zu haben, durchsuchten sie deren Wagen bis sie es fanden und »beschlagnahmten« es. Ab und an stellten sie sogar falsche Quittungen über die Sicherstellung und Beschlagnahme der Geldbeträge aus.

Vermutlich hätten Uwe und Julia das Pech gehabt, beim Geldabheben beobachtet worden zu sein. Da eine Wegnahme dieses Geldes auf der Fahrt wegen der besonderen Umstände nicht gelungen sei, habe man einen anderen Weg suchen müssen. So seien sie wohl auf den Gedanken gekommen, sie, Marie, zu entführen, um Uwe und Julia zu erpressen und Lösegeld für ihre Freilassung zu fordern.

Leider seien sie dann nach ihrem Diskothekenbesuch auf dem Rückweg zum Boot im Park von mehreren Männern überfallen worden. Ihn habe man bewusstlos geschlagen.

Als er wieder zu sich gekommen sei, habe er sie vergeblich gesucht. Sie sei verschwunden gewesen. Er habe sich zusammengenommen und sei zum Boot gehumpelt, um Uwe und Julia zu informieren. Diese hätten inzwischen jedoch bereits Besuch von zwei Kidnappern gehabt und seien handfest bedroht worden. Die beiden Gangster hätten ihnen unmissverständlich klar gemacht, dass Marie sterben werde, wenn sie das in Luxemburg abgehobene Geld nicht binnen Wochenfrist rausrücken würden.

Uwe habe ihm erzählt, er habe die französische Polizei eingeschaltet. Diese habe die Vermissten- und die Strafanzeige jedoch nicht ernst genommen und habe keine Ermittlungen eingeleitet. Uwe und Julia seien so verärgert gewesen, dass sie beschlossen hätten, mit dem Boot nach Deutschland zu fahren. Einmal hätten sie sich dadurch selbst aus dem Schussfeld der Mafiosi gebracht. Zum anderen hätten sie in Deutschland polizeiliche Hilfe erwartet. Vor ihrer Abfahrt hätten sie die im Hafen liegenden Sportschiffer und ihn gebeten, nach ihr in Metz zu suchen. Durch einen glücklichen Zufall habe er in Unterweltkreisen das Gerücht gehört, dass Marie auf einer Peniche, die im Kanal de Jouy festlag, gefangengehalten werde. Er habe die wenigen in Frage kommenden Schiffe beobachtet und herausgefunden, wo man sie festhielt. Da sie nur von einem Mann bewacht worden sei, habe er dessen vorübergehende Abwesenheit genutzt, um sie zu befreien. Jetzt müsse man so schnell wie möglich aus Metz weg und nach Deutschland fahren. Wenn sie aus der Gefahrenzone heraus und sicher seien, dass sie nicht verfolgt würden, könne er Uwe und Marie beim nächsten Halt die geglückte Befreiung telefonisch mitteilen.

Uwe und Julia hatte Piet bereits vor seinem Hausbootbesuch darüber in Kenntnis gesetzt, dass sie langsam von Trier nach Schweich fahren sollten. Er würde sich später erneut telefonisch melden. Die Skipper, die die letzten Stunden in gespannter Erwartung an der Anlage des Clubschiffs »Uranus« gelegen hatten, waren froh, endlich eine Nachricht von dem falschen Kapitän zu erhalten. Uwe traf die zum Ablegen nötigen Vorbereitungen und meldete sich über sein Funksprechgerät bei der schräg gegenüberliegenden Schleuse an. Da andere Schiffe weder zu sehen noch bei der Schleuse angemeldet waren, wurden sie bereits fünfzehn Minuten später alleine durchgeschleust. Uwe war sichtlich erleichtert, als die Schleuse hinter ihnen lag. Schließlich konnte man nie wissen, wie lange man als Sportbootfahrer vor einer Schleuse warten musste. Auch der Schleusenplan für Berufsschiffe, den man einsehen konnte, half da nur bedingt weiter. Nun, sie hatten es geschafft und fuhren mit mittlerer Umdrehungszahl die siebzehn schleusenfreien Kilometer in Richtung Schweich. In einer Stunde und zwanzig Minuten würden sie am Zielort sein. Um diese Zeit sollte auch Marie dort sein. Der Austausch könne erfolgen. Das Lösegeld lag parat. Gespannt erwarteten sie den nächsten Anruf des Kapitäns.

58. Kapitel

Henja saß in ihrem Wagen und beobachtete, wie Piet zusammen mit einer Frau über den Uferweg und die Kanalbrücke zu seinem Fahrzeug rannte. Die elegant gekleidete, gut aussehende Dame sah sie zum erstenmal. Als die beiden im Wagen saßen, umarmte Piet die hübsche Frau und drückte sie an sich. Plötzlich war Henja klar, weshalb Piet sie an seinem Hotel so schnell loswerden wollte. Während sie in Frankfurt-Preungesheim im Gefängnis eingesperrt war, hatte er sich eine neue Freundin zugelegt. Mit ihr hatte er sich in Luxemburg und Metz getroffen. Auf einmal fielen ihr die mysteriösen Anrufe und sein seltsames Verhalten nach ihrer Rückkehr in die Amsterdamer Wohnung ein. Sein plötzliches und nicht erklärbares Verschwinden konnte nur einen Grund haben: Er wollte sich mit seiner neuen Geliebten treffen und sie verlassen. Es fehlte ihm nur der Mut, ihr das zu sagen. Wahrscheinlich fühlte er sich für ihre Inhaftierung und die schreckliche Haftzeit verantwortlich. Wo sie so lange für ihn eingesessen und ihn trotzdem nicht verraten hatte, konnte er sie nicht so einfach vor die Tür setzen. Henja fühlte sich schlecht, regelrecht abgeschoben. Am liebsten wäre sie nach Hause gefahren. Aber wo war das?

Piet startete den Wagen und fuhr los. Henja folgte ihm. Verfolgungsfahrten mit dem Auto kannte sie bisher nur aus Filmen. Trotzdem gelang es ihr ganz gut, unbemerkt an Piet dranzubleiben. Abhängen ließ sie sich nicht. Zum Glück herrschte nicht viel Verkehr. Nur einmal verlor sie den vor ihr fahrenden blauen Wagen kurz aus den Augen, holte ihn aber bald wieder ein. Piet fuhr über die Périphérique auf die Autoroute de l'Est in Richtung Luxemburg. Vor Thionville bog er auf einen Rastplatz ein und hielt das Fahrzeug an. Henja blieb weit genug entfernt stehen und beobachtete, wie er ausstieg und kurz telefonierte. Dann ging es weiter. Zu ihrem Erstaunen wählte er nicht den direkten Weg in die Stadt Luxemburg, sondern fuhr am Flughafen vorbei über die Autobahn 1 in Richtung Trier. Obwohl Henja noch nie jemanden observiert hatte, entwickelte sie ein gutes Gespür dafür, wie weit sie hinter dem anderen Fahrzeug herfahren konnte, ohne entdeckt zu werden. Jedenfalls war sie immer noch hinter Piets Wagen, als der an der Anschlussstelle Moseltal nach rechts abbog und dann über die Landesstrasse 145 in Richtung Schweich fuhr. In Schweich verließ er einen Kreisverkehr, kurz vor der Brücke, nach rechts in Richtung Moselufer. Dann fuhr er das Straßenkarree vor dem Hafen und dem Campingplatz so langsam ab, als suche er etwas. Schließlich parkte er den Wagen und stieg alleine aus.

Als Marie mit ihm kommen wollte, bat Piet sie im Wagen zu warten. Er wolle zunächst die Lage sondieren und feststellen, ob ihnen niemand gefolgt sei. Letztlich sei auch nicht auszuschließen, dass die Erpresser das Boot beobachtet hätten. Falls Uwe und Julia noch nicht im Hafen lägen, wolle er sie anrufen und fragen, ob ihnen verdächtige Personen aufgefallen seien. Da Marie noch vollkommen eingeschüchtert war, nahm sie die aufgebaute Drohkulisse ernst und blieb, ohne zu murren, im Fahrzeug zurück.

Henja stellte unterdessen ihren Wagen so ab, dass er Piet nicht auffallen konnte. Dann stieg sie aus und folgte Piet zu Fuß. Während er über den Uferweg am alten Fährturm vorbei zum Sportboothafen ging, nutzte sie die Pfade des dahinter liegenden Campingplatzes. Hinter den ausladenden Zelten der Camper fand sie genügend Deckung. Die zwischen den einzelnen Abschnitten wachsenden Hecken und Sträucher boten ihr Blickschutz. Als Piet den Hafenkran erreicht hatte, sah sie, wie er auf den Betonsockel stieg. Von hier überblickte er den Hafen. Systematisch ging er die einzelnen Stege und Boxen durch, konnte aber die *Andrea Doria* nicht entdecken. Schließlich ging er in Richtung Fährturm. An der

Einmündung des Hafens in die Mosel blieb er stehen und schaute in Richtung Issel. Er zog sein Handy aus der Tasche und telefonierte.

Uwe und Julia nahmen seinen Anruf kurz vor dem Ort Issel entgegen. Uwe suchte das Ufer nach der Kennzeichnung der Stromkilometer ab, entdeckte sie und teilte seinen Standort mit. Danach erklärte er, dass sie in etwa 15 Minuten in Schweich eintreffen würden.
Die Frage Piets, ob sie sich an die Vereinbarungen gehalten und keine Polizei eingeschaltet hätten, bejahte Uwe. Piet legte ihm nahe, dies auch jetzt, nachdem er den genauen Treffpunkt kenne, nicht zu tun. Bei den geringsten Anhaltspunkten für einen Polizeieinsatz würde er mit Marie sofort verschwinden. Was das für sie bedeuten würde, könnten sie sich selbst ausmalen.
Dann forderte er Uwe auf, nicht in den Hafen zu fahren, sondern am Längssteg unterhalb des Cafés am alten Fährturm anzulegen. Auf dem langen Steg könne er das Schiff besser beobachten. Hier könnte auch der Austausch Maries gegen die 50.000 Euro erfolgen. Das abgezählte Geld solle er in einer Plastiktüte mitbringen.

Henja sah, wie Piet sein Mobiltelefon wieder einsteckte. Er ging nicht gleich zum Wagen zurück, sondern suchte die Umgebung des Hafens systematisch ab. Dabei sah er sich alle Fahrzeuge, in denen Personen saßen, genauer an. Offensichtlich interessierte er sich nicht nur für die Insassen, sondern auch für die Kfz-Nummern. Erst nach seiner Erkundungstour ging er zu seinem Fahrzeug und der dort wartenden Freundin zurück.

Als Piet wieder im Wagen war, sagte er Marie, dass Uwe und ihre Schwester in einigen Minuten mit dem Boot eintreffen würden. Soweit er bei seinem Rundgang festegestellt habe, lägen keine Mitglieder des Mafiosi-Clans auf der Lauer. Trotzdem müsse man weiterhin äußerst vorsichtig sein. Obwohl er Marie mit seinen

Bemerkungen ängstigte, war diese froh, bald wieder bei Uwe und ihrer Schwester zu sein. Da sie den Kapitän immer noch für ihren Retter hielt, umarmte und küsste sie ihn.

Henja verstand die Welt nicht mehr. Wieso lief Piet allein die Gegend ab und kontrollierte den Uferweg, den Hafen und die im Viertel geparkten Autos? Warum ließ er seine Begleiterin allein im Fahrzeug zurück? Sollte der Rauschgift-Deal hier und jetzt über die Bühne gehen? Wartete er auf seine Abnehmer? Befürchtete er bei seinem Handel einen polizeilichen Zugriff und hatte deshalb die Umgebung abgesucht? Sie konnte sich keinen Reim auf sein Verhalten machen. Den Wagen ließ sie aber nicht aus den Augen.
Gefühlte zehn Minuten später sah sie, wie Piet wiederum alleine ausstieg und die Treppe zum Bootssteg hinunterging. Hier legte gerade ein größeres Kajütboot an. Piet ging zu dem Schiff und nahm die Leinen entgegen. Als das Boot festlag, verließ der Skipper den Steuerstand und sprang auf den Steg. Die beiden Männer sprachen miteinander. An ihren Gesten und dem ernsten Gesichtsausdruck konnte Henja erkennen, dass es kein freundliches Gespräch war. Irgendetwas schienen sie zu verhandeln. Was, konnte Henja nicht hören. Dafür stand sie zu weit weg.

Wenige Minuten später verließ Piet den Steg und ging zum Wagen zurück. Auch der Skipper kletterte wieder auf sein Boot. Als Piet diesmal am Wagen ankam, öffnete er die Beifahrertür. Die attraktive Frau stieg aus. Piet nahm ihre Hand. Gemeinsam gingen sie zum Anlegesteg. Etwa in Stegmitte blieb Piet stehen. Man sah, dass die Frau zum Boot weitergehen wollte. Doch Piet hielt sie am Handgelenk fest und schien sie zurückzuhalten.
In der Zwischenzeit war auch der Skipper von seinem Boot gesprungen und nähert sich dem stehenden Paar. In seiner linken Hand trug er eine größere Plastiktüte.

Henja war aufgeregt. Ihr Herz schlug so laut, dass sie es zu hören glaubte. Ihr Atem setzte stellenweise aus. Jetzt musste sie Piet zur Rede stellen. Was auch immer da unten ablief: einen weiteren Drogendeal wollte sie mit aller Macht verhindern. Sie nahm ihre Handtasche und lief die Treppe hinunter. Als sie auf dem Steg war, rannte sie laut kreischend, die Tasche schwingend auf die Dreiergruppe zu. Im selben Augenblick bekam Julia, die die Szene vom Schiffsdeck aus beobachtete, schreckliche Angst und schrie: »Marie, pass auf! Komm zum Boot!« Gerade in diesem Moment stolperte die wild herum wirbelnde Henja über ein hochstehendes Stegbrett. Die Handtasche entglitt ihr und fiel auf den Steg. Sie selbst prallte mit voller Wucht gegen Marie. Diese erlitt eine Panikattacke. Ihr Atem wurde schneller, ihre Beine zitterten und sie befürchtete, die Kontrolle über sich zu verlieren. Vollkommen verängstigt nahm sie an, von einer Angehörigen des Mafia-Clans, der sie entführt hatte, angegriffen zu werden. In ihrer Not wehrte sie sich und stieß die vermeintliche Gegnerin von sich weg. Die strauchelte, verlor das Gleichgewicht und fiel ins Wasser. Während das geschah, rannte Marie zum Boot. Julia zerrte sie blitzschnell aufs Deck, um sie in Sicherheit zu bringen.

59. Kapitel

Piet hatte zwar den Fall Henjas in die Mosel mitbekommen und das Aufklatschen gehört, kümmerte sich aber nicht darum. Henja war eine gute Schwimmerin. Sie würde damit zurande kommen und ans Ufer schwimmen. Er musste sich auf die Plastiktüte mit dem Geld konzentrieren. Da auch Uwe mitbekommen hatte, wie die auf Marie einstürmende Frau in die Mosel gefallen war, stand er kurze Zeit unentschlossen und ratlos auf dem Steg. Diesen Moment der Unsicherheit nutzte Piet aus, riss Uwe die Plastiktüte aus der Hand und stürmte die Treppe zum Fährturm hoch. Von oben warf er noch einmal einen Blick auf die Mosel und sah Henja stromabwärts treiben. Sie rief nicht um Hilfe und machte keine unkontrollierten Bewegungen. Piet lief so schnell er konnte zu seinem Wagen, startete und raste davon. Nach Henja sah er sich nicht einmal um. Sie musste sich selbst helfen. Er nahm an, dass Uwe, nachdem Marie wieder auf dem Boot war, umgehend die Polizei einschalten würde. Wenn diese eine Ringfahndung auslösen würde, durfte er nicht mehr in der Umgebung von Schweich oder überhaupt in Deutschland sein. Also fuhr er so schnell er konnte davon, um außer Landes zu kommen, bevor die Suche nach ihm losging.

Uwe verfolgte Piet nicht. Dafür war er nicht mehr schnell genug. Er ging zum Boot zurück und nahm die immer noch weinende Marie in seine Arme. Als diese sich ihre Geschichte von der Mafiaentführung von der Seele reden wollte und darauf drängte, schnell weiterzufahren, unterbrachen sie ihren Redefluss. So erfuhr sie, dass kein Mafia-Clan, sondern der falsche Kapitän Jan hinter ihrer Entführung steckte. Dieser Verbrecher habe sie erpresst. Gerade sei er mit den 50.000 Euro, die er für ihre Freilassung gefordert habe, abgehauen. Als Marie nun fragte, wer denn die wild schreiende Frau wäre, die sie auf dem Steg angegriffen habe, konnten Uwe und Julia das nicht beantworten. Uwe hob die immer noch auf dem Steg liegende Handtasche auf und brachte sie ins Cockpit. Dann sahen sie sich gemeinsam nach der ins Wasser gefallenen Frau um. Sie entdeckten sie etwa dreihundert Meter unterhalb des Stegs. Sie trieb in der Mitte des Flusses. Uwe machte den Motor an, löste eilig die Festmacherleinen und legte ab. Was immer sie für eine Rolle in dem Entführungsdrama gespielt hatte, sie mussten ihr helfen. Während der Fahrt bat Uwe Julia die Notrufnummer der Polizei zu wählen. Die Polizeibeamten sollte sie zu Hilfe rufen und gleichzeitig bitten, eine Fahndung nach dem Erpresser auszulösen. Der Mann in der

Notrufzentrale leitete den eingegangenen Notruf an den Dauerdienst weiter. Die Beamten versprachen, vor Ort zu kommen. Sie sagten auch zu, die örtliche Feuerwehr mit einem offenen Aluminiumboot an den alten Fährturm zu bestellen.

Die hilflos im Wasser treibende Frau war etwa dreißig Meter vor ihnen, als Uwe, Julia und Marie sahen, wie ihr Kopf langsam untertauchte. Als das mit Höchstgeschwindigkeit fahrende Boot die Stelle erreichte, war sie untergegangen. Versunken in der Mosel.

Uwe kreuzte eine zeitlang über und unterhalb der Stelle, kuppelte immer wieder die Schiffsschraube aus, um die Frau nicht zu verletzen, falls sie wieder auftauchen würde. Er hoffte, dass die Schallwellen des Echolots sie erfassen würden, wenn sie einige Meter unter dem Schiff hertrieb. Aber es tat sich nichts. Das Echolot schwieg. Auch die beiden Frauen, die am Bug der *Andrea Doria* standen, sich über die Reling beugten und angestrengt die Wasseroberfläche absuchten, entdeckten sie nicht.

Inzwischen waren auch zwei trailerbare, aber sehr schnelle Rettungsboote von Feuerwehr und DLRG eingetroffen und an der Sliprampe des Hafens ins Wasser gelassen worden. Die beiden mit drei Männern besetzten leichten Boote, die jeweils einen Taucher an Bord hatten und für die Suche nach Ertrunkenen mit kleinen Sonargeräten ausgerüstet waren, begannen ihre Arbeit. Das rote Feuerwehrboot schleppte einen Mini-Tauchroboter mit Kamera hinter sich her. Von dem Punkt an abwärts, wo Uwe die Frau zuletzt schwimmend gesehen hatte, durchkämmten die wendigen Aluminiumboote Planquadrat für Planquadrat. Anhand der Strömungsverhältnisse hatten sie sich ausgerechnet, wie weit die Frau ungefähr abgetrieben worden sein konnte. Dort gingen die beiden Taucher über Bord und setzten die Suche unter der Wasseroberfläche fort. Als Uwe einem der Boote in die Quere kam, rieten sie ihm, zum Hafen zurückfahren und mit den dort wartenden Polizeibeamten zu sprechen. Bei der Suche nach der in die Mosel gefallenen Frau könne er doch nicht mehr behilflich sein. Sie hätten alle nötigen Geräte an Bord und das technische »Know-how« um Ertrinkende zu retten oder Ertrunkene zu bergen.

Uwe sah das ein und fuhr langsam zum Hafen. An einer der ersten freien Boxen an der Hafenwand standen auch schon zwei Männer, die ihn heranwinkten und beim Festmachen halfen. Als die *Andrea Doria* festlag, baten die Männer, an Bord kommen zu dürfen. Auf Deck zeigten sie unaufgefordert ihre Dienstausweise vor. Danach wollte der ältere der beiden Kriminalbeamten ein kurzes Gespräch mit den Sportschiffern führen. Uwe schlug vor, dies unter Deck zu erledigen. Nacheinander stiegen alle die Treppe zum Salon hinunter und setzten sich. Die Beamten nahmen zunächst die Personalien auf und ließen sich die Ausweise vorlegen. Danach gab Uwe eine Kurzfassung der Geschehnisse ab. Julia ergänzte die Schilderung ihres Mannes mit einigen Details, die sie für wichtig hielt. Insbesondere wies sie darauf hin, dass sie ein Bild des Erpressers auf ihrer Digitalkamera habe. Die Beamten sahen sich das Bild an. Da die Qualität gut war, baten sie Julia ihnen die Speicherkarte zu überlassen. Nachdem Julia eingewilligt hatte, entnahmen sie den Memory Stick und legten ihn in ihr mitgeführtes Notebook ein. Danach übermittelten sie das Bild als E-Mail-Anhang an ihre Dienststelle. Zusammen mit der Personenbeschreibung und den Angaben, die Marie zu dem von ihrem Entführer benutzten Kraftfahrzeug machen konnte, löste die Zentrale die Personen- und Sachfahndung aus. Marie wusste, dass das amtliche Kennzeichen ein niederländisches war. Die Ziffern und Buchstaben konnte sie nicht mitteilen, da sie sich die nicht gemerkt hatte. Lediglich die Farbe des Wagens war ihr in Erinnerung geblieben. Den Fahrzeugtyp konnte sie nicht benennen. Die sahen ja heute alle gleich aus.

Zu guter Letzt erzählte Marie, wie sie entführt worden war. Sie wusste noch zu berichten, dass es ihr in der Diskothek »Le 2007« plötzlich schrecklich schlecht geworden sei. Daraufhin habe sie mit Jan das Lokal verlassen. An das nachfolgende Geschehen könne sie sich nicht mehr erinnern. Zu sich gekommen sei sie eine ganze Zeit später in einem kleinen, kaum möblierten Raum. Als sie den verlassen wollte, habe sie festgestellt, dass die einzig vorhandene Tür verschlossen war. Auf ihr Rufen sei ein ungepflegter Typ mittleren Alters erschienen. Der habe sie aufgefordert, sich nicht aufzuregen und still zu sein. Das Ganze sei doch nur ein cooler Scherz von ihren Freunden. Der Abschied vom Junggesellendasein müsse schließlich gebührend gefeiert werden. Sie komme schon noch rechtzeitig zu ihrer Hochzeit. Ihre heftigen Beschwerden über die unglaubliche Freiheitsberaubung habe der Mann nicht weiter beachtet. Er habe einen leicht weggetretenen Eindruck gemacht, sei jedoch nie aggressiv geworden. Er habe sie mit Lebensmitteln und Getränken versorgt. Ihr sei es zu dieser Zeit immer noch sehr schlecht gegangen. Sie habe sich zu schwach gefühlt, den Typen anzugreifen und einen Fluchtversuch zu wagen. Da er ständig wiederholt habe, dass sie am nächsten Tag nach Hause könne, habe sie sich fürs Erste in ihr Schicksal ergeben.

Mit der kurzen Darstellung der Vorfälle gaben sich die beiden Kriminalbeamten, die die Gespräche aufgezeichnet hatten, vorläufig zufrieden. Uwe versprach, eine ausführliche Tatschilderung zu verfassen und diese an die Polizeidienststelle zu übersenden. Außerdem regte er an, dass sie die von ihm an die deutsche Behörde gerichtete Vermisstenanzeige anfordern sollten.
Die beiden Kriminalbeamten hatten vor Uwes Rückkehr bereits einige Besucher des Cafes am alten Fährturm als Zeugen vernommen und deren Anschriften festgehalten. Aufgrund der gesicherten Aussagen konnten sie sich bereits ein erstes Bild des Geschehensablaufs auf dem Steg machen. Nachdem sie nun Uwe, Julia und Marie angehört hatten und deren Angaben mit den

Zeugenaussagen weitgehend übereinstimmten, war das Bild noch klarer geworden.
Zum Schluss der Vernehmung teilte Uwe den Kriminalbeamten mit, dass er und die beiden Frauen am nächsten Tag erst einmal nach Hause fahren würden. Der Schock, den seine Schwägerin erlitten habe, müsse dringend ärztlich behandelt werden. Das Boot werde er vorübergehend im Hafen Schweich zurücklassen. Seine Heimatanschrift und die Telefonnummer hätten sie ja, falls etwas zu besprechen sei.

Als die Anhörung beendet war, fiel Uwe ein, dass die Handtasche der ins Wasser gefallenen Frau noch im Cockpit lag. Er holte sie und übergab sie den Ermittlern, die sie an Ort und Stelle durchsuchten. Neben Ausweispapieren und den üblichen Utensilien fanden die Beamten eine angebrochene Tablettenschachtel mit dem Psychopharmakon »Tavor«.
Nachdem sie alle Gegenstände wieder sorgsam verstaut hatten, verließen sie das Boot.

Sie gingen noch einmal zum Längssteg vor dem Fährturm. Hier ließen sie sich von den Kollegen der Schutzpolizei berichten, wie die Suche nach der Frau verlaufen war. Zum Bedauern von Uwe, der mitgegangen war, hatten sie keine guten Nachrichten.

60. Kapitel

Die Sonne ging blutrot unter. Letzte Sonnenstrahlen verglühten zwischen den Wellen. Es dämmerte. Die am anderen Ufer aufragenden Berge warfen bereits dunkle Schatten auf die Mosel. Das Wasser wurde zusehends undurchsichtiger. Auch die Unterwasserkamera lieferte nur noch Bilder im Einheitsgrau. Selbst die kräftigen Lampen der beiden Taucher konnten gerade mal die ersten Meter der mit Schwebstoffen durchsetzten trüben Wassermasse durchdringen. Im Hinblick auf die schon verstrichene Zeit wurden die Rettungsleute immer mutloser. Schließlich beschlossen sie, nach Rücksprache mit der Polizei, die Suchaktion in spätestens einer Stunde abzubrechen. Die beiden Taucher stiegen in die Boote zurück. Dann suchten die Rettungskräfte die bereits mehrfach abgefahrenen Wasserflächen noch einmal ab und hofften, dass die Sonargeräte endlich ein treibendes Hindernis anzeigen würden. Leider hatten sie kein Glück. Mittlerweile war es vollkommen dunkel geworden. Der Mond hatte sich hinter gewaltigen Wolkentürmen versteckt. Das verstärkte nicht nur die düstere Stimmung, sondern erschwerte die Arbeit der Rettungskräfte noch mehr. Nach einer weiteren Stunde intensiven Suchens brachen sie die erfolglose Aktion ab.

Auch die Beamten der Schutzpolizeiinspektion, die in der Zwischenzeit beide Moselufer zwischen Schweich und dem Stauwehr bei Detzem zu Fuß abgesucht hatten, kamen nach und nach zum Hafen zurück. Trotz gründlicher Suche hatten auch sie die Frau nicht gefunden. An der Sliprampe des Hafens halfen einige von ihnen den Rettungskräften, die Boote auf die Trailer zu verladen. Als dies geschafft war, rückten Feuerwehr und DLRG-Helfer ab. Die Beamten der Schutzpolizei sprachen kurz mit ihren Kollegen von der Kripo. Danach fuhren auch sie zu ihrer Dienststelle zurück.
Bevor die beiden Kriminalbeamten den Unglücksort verließen, wandte sich einer von beiden noch einmal an Uwe und meinte: »Wenn die Frau ertrunken sein sollte, muss ihre Schwägerin mit der Einleitung eines Ermittlungsverfahrens wegen fahrlässiger Tötung rechnen. Darauf sollte sie sich einstellen.«
Uwe ging zum Boot zurück. Von der Bemerkung des Kripobeamten sagte er nichts. Trotz aller Freude über Maries Rückkehr war die Stimmung getrübt. Gemeinsam beschlossen sie, dass Uwe

am folgenden Tag mit dem Zug nach Hause fahren sollte, um den Wagen zu holen. Damit wollten sie dann nach Koblenz fahren. An eine Weiterfahrt in den Süden war vorläufig ohnehin nicht zu denken. Die *Andrea Doria* musste warten.

Am nächsten Morgen brach Uwe früh auf, fuhr mit dem Zug nach Koblenz. Ohne sich zu Hause länger aufzuhalten, nahm er seinen Geländewagen aus der Garage und fuhr los. Schon drei Stunden später traf er wieder am Schweicher Hafen ein. Julia hatte derzeit den Liegeplatz für die nächsten zwei Wochen angemietet und im Voraus bezahlt. Als sie die wichtigsten Sachen, einschließlich des nach Zahlung der 50.000 Euro verbliebenen Geldbetrags verstaut hatten, verließen sie Schweich.
In Koblenz brachten sie Marie noch am selben Tag zu dem mit Uwe seit gemeinsamen Schultagen befreundeten Psychiater Dr. Merz. Er schrieb sie aufgrund ihres Schockzustands für die nächsten zwei Wochen krank. Dann vereinbarte er mit ihr während des fraglichen Zeitraums mehrere Behandlungstermine. Marie übermittelte die Krankmeldung ihrem Arbeitgeber und war froh, nicht direkt in den stressigen Arbeitsalltag zurückkehren zu müssen.

61. Kapitel

Kurz nach seiner Abfahrt hatte sich Piet entschlossen, nicht zu dem mit Henja vereinbarten Treffpunkt nach Luxemburg zu fahren. Das war ihm zu gefährlich. Sie war ihm gegen seinen Willen gefolgt und konnte selbst sehen, wie sie nach Amsterdam zurückkommen würde. Er musste schleunigst aus dem Gefahrenbereich der örtlichen Fahndung verschwinden. So raste er über die Autobahn in Richtung Koblenz. Am Autobahnkreuz Wittlich bog er in Richtung Lüttich ab. Schon eine Dreiviertelstunde später passierte er die deutsch/belgische Grenze, ohne von der Bundespolizei angehalten zu werden. Damit war er seine Hauptsorge los. Bis Maastricht war es nicht mehr weit. Von dort aus konnte er in Ruhe über Eindhoven und Utrecht nach Amsterdam fahren. Vier Stunden später war er zu Hause. Erst hier kam er auf die Idee, Henja anzurufen, konnte sie jedoch auch nach mehrmaligem Anwählen nicht erreichen.

Er wartete bis 2 Uhr nachts auf Henja, aber sie kam nicht. Wahrscheinlich war sie nach Luxemburg zurückgefahren, um dort ihren Leihwagen abzugeben. Im Hinblick auf die fortgeschrittene Zeit dürfte dies nicht mehr möglich gewesen sein. Er nahm daher an, dass sie sich für eine weitere Übernachtung entschieden hatte. Ihm hatte sie das nicht mitgeteilt, weil sie sauer auf ihn war. Deswegen hatte sie sicher auch ihr Mobiltelefon abgeschaltet. Schließlich legte Piet sich hin.

Als sie bis zum späten Nachmittag des folgenden Tages immer noch nicht eingetroffen war, begann er sich um sie zu sorgen. Auf seine Anrufe erhielt er weiterhin keine Reaktion. Vielleicht hatte das Handy beim Sturz Henjas in die Mosel seinen Geist aufgegeben. Hatte sie sich bei dem unfreiwilligen Bad in der Mosel erkältet? Lag sie mit Fieber im Bett? Musste sie ärztliche Hilfe in Anspruch nehmen? Oder hatte sie es vielleicht doch nicht bis zum Ufer geschafft und war ertrunken? Obwohl er diesen Gedanken zunächst beiseite schob, drängte sich diese Möglichkeit zunehmend in den Vordergrund.
Er musste wissen, was passiert war und setzte sich an seinen Computer. Dann begann er über das Internet nach Polizeiberichten im Raum Trier/ Schweich zu suchen. Da er hier nicht fündig wurde, kam ihm die Idee nachzuschauen, welche lokalen Zeitungen einen Online-Service hatten. Schließlich stieß er auf den »Trierischen Volksfreund«. Er hangelte sich durch die Sparten und fand die Rubrik Blaulicht. Tatsächlich enthielt diese Sparte

Berichte über Polizeieinsätze im Großraum Trier. Bereits an dritter Stelle wurde berichtet, wie Polizei, Feuerwehr und Mitglieder der Deutschen Lebens-Rettungs-Gesellschaft gestern vergeblich nach einer bei Schweich in die Mosel gestürzten Frau gesucht hatten.
Durch das offene Fenster drangen die dumpfen Glockenschläge der Norderkerk in Piets Ohr. Jeder der acht aufeinander folgenden, laut schallenden Töne setzte sich wie eine Mahnung in seinem Bewusstsein fest. Was war er doch für ein mieser Typ. Aus reiner Geldgier und Angst vor der Polizei hatte er Henja im Stich gelassen.

62. Kapitel

Die folgenden zwei Wochen zu Hause vergingen wie im Fluge. Uwe schrieb einen ausführlichen Bericht über Maries Entführung und die Erpressung. Julia und Marie gaben eigene Schilderungen ab. Mit einem gesonderten Schreiben teilte er dem Polizeipräsidium Frankfurt, dem hessischen Landeskriminalamt und dem Bundeskriminalamt mit, dass Marie befreit werden konnte. Gleichzeitig bat er darum, die dort befindlichen Vorgänge an die Kripo Schweich weiterzuleiten, sofern dies bislang noch nicht geschehen war. Als er die schriftlichen Stellungnahmen zur Post brachte, ging er davon aus, dass ihnen eine Nachvernehmung bei der Kriminalpolizei erspart blieb. Aus seiner Sicht war alles gesagt. Tatsächlich gab sich die Kripo Schweich mit den schriftlichen Unterlagen zufrieden und verzichtete auf eine weitere Zeugenvernehmung. Den Ermittlungsvorgang legte sie der Staatsanwaltschaft Trier mit der Anregung vor, gegen den Erpresser einen Haftbefehl zu erwirken und ihn international zur Festnahme auszuschreiben.

63. Kapitel

20 vor zwei riss das schrille Klingeln Kommissarin Beate Lang unsanft aus ihrem Nachttraum. Bei der Schutzpolizeiinspektion Schweich hatte sich kurz zuvor der Angler Peter Jonas gemeldet. Dem war beim Nachtangeln auf Aal und Zander aufgefallen, dass auf der Mosel etwas trieb. Von der Mehringer Ufermauer aus, wo er stand, sah das gesichtete Treibgut wie ein Mensch aus. Polizeiobermeister Fritz und Polizeihauptmeister Jung waren schnell vor Ort. Nach mehreren Blicken durch ein Nachtfernglas waren sie ebenfalls davon überzeugt, dass eine leblose Person im Wasser trieb. Da weit und breit kein Kahn zu finden war und die freiwilligen Helfer von DLRG und Feuerwehr keinen Nachtdienst hatten, baten sie die Kollegen der Wasserschutzpolizei Trier um Unterstützung. Kommissarin Lang und ihr Kollege Manfred Borsch, den sie zu Hause verständigt hatten, trafen sich am Steiger der Wasserschutzpolizei Trier-West und machten das Boot WSP 44 klar. Vor dem Ablegen sahen sie sich die Flusskarte an. Dann fuhren sie mit Vollgas stromabwärts auf die angegebene Fundstelle zu. Die Schiffsführerin Lang drückte den Einhandgashebel bis zum Anschlag herunter. Der Bug zerschnitt das glatte Wasser und schob sich weit über die Wasserlinie. Der Motor dröhnte. Zwei Hunde bellten das mit Höchstgeschwindigkeit vorbeirauschende Polizeiboot an. Ihr Geheul und das Klatschen der meterhohen Heckwellen, die ans Ufer schlugen, weckte all die Dorfbewohner, die einen leichten Schlaf hatten. Die nächtliche Stille war dahin. Schon von weitem sahen die Wasserschutzpolizisten, die von ihren Kollegen an Land respektlos als »Enten-Bobbies« bezeichnet werden, ein wildes Flackern. Die Blaulichter von mindestens drei am Ufer stehenden Streifenwagen der Schutzpolizei, die inzwischen eingetroffen waren, zerrissen die Dunkelheit. In die blauen Blitze mischten sich die orange-gelben Blinklichter eines Kran-

kenwagens. Mehrere Martinshörner schallten durch die Nacht und sorgten dafür, dass die gespenstische Szene akustisch untermalt wurde. Kommissarin Lang drosselte die Maschine und ging schließlich in den Leerlauf. Auf keinen Fall wollte sie riskieren, die treibende Wasserleiche mit der Schiffsschraube zu zerstückeln. Borsch richtete den Suchscheinwerfer auf die dunkel schimmernde Wasseroberfläche. Der helle Strahl des Scheinwerfers tauchte aber nur einen kleinen Teil des Flusses ins Licht. Die sich auf dem Wasser widerspiegelnden Lichtblitze der Einsatzwagen erschwerten die Suche. Plötzlich rief Kommissarin Lang: »Da schwimmt was!« Borsch richtete den Scheinwerfer direkt auf die von seiner Kollegin bezeichnete Stelle. Im Lichtkegel erschien der leblose Körper einer Frau, die in Bauchlage stromabwärts trieb. Ihre Haare hatten sich fächerförmig über die Schultern gelegt. Der weite Rock schwamm aufgeplustert hinter den Haaren her. Kommissarin Lang manövrierte das Boot vorsichtig so dicht an den im Wasser treibenden Frauenkörper heran, dass Borsch diesen von der Heckplattform aus ergreifen und umdrehen konnte. Nachdem er sich durch Pulsfühlen davon überzeugt hatte, dass die Frau tot war, befestigte er den Karabinerhaken des am Heck installierten Stahlseils am Ledergürtel, den die Tote über ihrem Kleid trug. Dann hob er den Oberkörper leicht auf die Heckplattform und dirigierte Lang mit dem Boot, die Leiche im Schlepptau, vorsichtig in Richtung Ufer. Da sich trotz der Nachtzeit bereits neugierige Gaffer am Ufer und auf der Straßenbrücke Mehring eingefunden hatten, war die vorgesehene Landestelle weiträumig mit einem »Flatterband« abgesichert worden. Natürlich war auch der Hausfotograf der Lokalzeitung, der wie gewöhnlich den Polizeifunk abgehört hatte, vor Ort und schoss eine ganze Bildserie.
POM Fritz ging dem Boot, das wegen seines Tiefgangs nicht allzu dicht an Land fahren konnte, vom Ufer aus entgegen. Er stand fast bis zur Brust im Wasser, als er die Leiche zu fassen bekam und an Land ziehen konnte. Hier übernahmen die inzwischen eingetroffenen Kriminaltechniker von der Spurensicherung, die ihrem

Kollegen von der SPI gerne den nassen Teil der Arbeit überlassen hatten, die Leiche. Sie betteten sie auf eine Kunststoffunterlage. In ihren weißen Overalls und den hellen Handschuhen sahen die Kriminaltechniker wie Raumfahrer aus.

Die beiden Beamten der Wasserschutzpolizei, die bei den weiteren Ermittlungen nicht mehr gebraucht wurden, traten die Rückfahrt zu ihrem Heimathafen an. Diesmal fuhren sie etwas langsamer.
Ein Beamter der Mordkommission sah in der Eildienstliste der Staatsanwaltschaft Trier nach, wer Bereitschaftsdienst hatte. Als er festgestellt hatte, dass Staatsanwältin Dr. Blum Bereitschaftsdezernentin war, informierte er sie fernmündlich. Dr. Blum sagte ihr baldiges Kommen zu. Nachdem der Notarzt den Tod der Frau festgestellt hatte, nahm er mit den Beamten der Mordkommission die erste äußere Besichtigung der Leiche vor. Die Tatspuren wurden gesichert. Bei dem Kunstlicht erwies sich dies als schwierig. Durch Aufkleben von Plastikklebebändern versuchten sie, fremde Textilanhaftungen von der nassen Kleidung der Toten zu lösen. Die so erlangten, mikroskopisch kleinen Faserspuren konnten für die spätere Tataufklärung von unschätzbarer Bedeutung sein. Ihr Vorgehen dokumentierten sie fotografisch.

Dr. Blum traf eine halbe Stunde später mit ihrem Wagen ein. Nachdem der Einsatzleiter der Mordkommission ihr einen kurzen Bericht über den Ermittlungsstand gegeben hatte, sah sie sich die Leiche selbst an. Dann erklärte sie, dass sie mitten in der Nacht beim Institut für Rechtsmedizin in Mainz niemand mehr erreichen werde. Sie wolle am nächsten Morgen so früh wie möglich Kontakt zu den Gerichtsmedizinern aufnehmen und beim Amtsgericht den erforderlichen Beschluss zur Leichenöffnung besorgen. Nach Festlegung von Ort und Zeitpunkt der Obduktion werde sie sich melden.
In dieser Nacht war kein Bestattungsunternehmer mehr aufzu-

treiben. Die Staatsanwältin brachte ihren ganzen Charme auf, um den Fahrer des noch anwesenden Krankenwagens zu überreden, die Leiche in die Friedhofshalle von Mehring zu bringen. Dort sollte sie bis zum nächsten Tag verbleiben. Trotz erheblicher Bedenken des Fahrers gelang es ihr schließlich den Mann, der Tote nicht transportieren durfte, zu überreden. Die beiden Schutzpolizisten versprachen, ihn bei dem Transport zu begleiten und den Schlüssel zur Friedhofshalle, falls sie verschlossen war, bei der Gemeindeverwaltung zu besorgen. Dann fuhren sie im Konvoi davon. Auch Dr. Blum konnte wieder nach Hause fahren. Dort angekommen, fiel sie müde ins Bett und versuchte vergeblich, schnell einzuschlafen. Bis zum nächsten Morgen, wo sie einiges zu organisieren hatte, verblieben ihr nur wenige Stunden.

64. Kapitel

Am Sonntagmorgen fuhr der Leiter der Mordkommission Fred Bart in aller Frühe zu seiner Dienststelle. Auf dem Weg zu seinem Büro wechselte er einige Worte mit den Kollegen vom Dauerdienst. Die hatten sich die Nacht um die Ohren geschlagen und waren nicht sehr gesprächig. Als der Computer in seinem Büro hochgefahren war, setzte Bart eine POLAS-Abfrage an das Bundeskriminalamt ab. In dem polizeilichen Auskunftssystem POLAS werden alle Personen registriert, die bereits einmal strafrechtlich in Erscheinung getreten sind. Die Vorzüge dieser Datei schätzte er. Vorteil dieser Datei ist, dass neben den Namen der vermerkten Personen, deren Geschlecht, der Geburtsort, der letzte bekannte Wohnsitz, die Staatsangehörigkeit und die Aktenzeichen früher anhängiger Ermittlungs- und Strafverfahren erfasst werden. Die Datei enthält auch eine Beschreibung persönlicher Merkmale, was die Identifizierung von unbekannten Personen

erleichtert. Die Vernetzung dieser Datei mit dem Bundeszentralregister, dem Verkehrszentralregister, dem Gewerbezentralregister und dem Ausländerzentralregister ermöglicht es, schnelle und umfassende Informationen zu erhalten.
Bart hatte Erfolg. Nur zwanzig Minuten nach seiner Abfrage erhielt er die gewünschten Daten und konnte, insbesondere anhand eines Bildabgleichs, feststellen, dass es sich bei der Toten um Henja Stehen aus Amsterdam handelte. Da sich aus der Auskunft auch das Aktenzeichen des staatsanwaltschaftlichen Ermittlungsverfahrens wegen Verstoßes gegen das Betäubungsmittelgesetz bei der Staatsanwaltschaft Frankfurt ergab, forderte er diese Akten per E-Mail an.

65. Kapitel

Die Obduktion der Leiche sollte am Sonntagnachmittag Punkt 15 Uhr in der Leichenhalle des Friedhofs in Mehring stattfinden. Obwohl das kleine Gebäude nicht einmal über einen besonderen Kühlraum verfügte, war die Überführung der Leiche zum gerichtsmedizinischen Institut in Mainz daran gescheitert, dass der einzige Bestattungsunternehmer im weiteren Umkreis sich einen Bruch gehoben hatte. Die lange Überführungsfahrt wollte er nicht auf sich nehmen. Immerhin gelang es der Staatsanwältin am nächsten Morgen mit großer Mühe, den zuständigen Haftrichter zu Hause aufzutreiben. Mit Engelszungen überredete sie ihn zur sofortigen Fahrt von seinem Haus in das vier Kilometer entfernte Amtsgericht. Da er ein ausgesprochener Morgenmuffel und noch nicht ganz bei der Sache war, dauerte es einige Zeit, bis er eine Schreibkraft aufgetrieben hatte. Schließlich war er froh, die Formulierungen in dem vorbereiteten Antrag der Staatsanwältin wörtlich in seinen Gerichtsbeschluss übernehmen zu können.

Trotz dieser Arbeitsersparnis lamentierte er herum und übergab der Staatsanwältin den Beschluss zur Leichenöffnung mit nörgelnden Bemerkungen über die Störung seiner wohlverdienten Sonntagsruhe.

Die beiden Gerichtsmediziner und ihren Sektionsgehilfen hatte Dr. Blum schließlich unter Hinweis auf die besondere Eilbedürftigkeit des Falles und die verlockende Aussicht auf eine schöne Autofahrt durch das liebliche Moseltal nach Mehring gelockt. Gegen 15 Uhr am Sonntag stand sie gemeinsam mit dem immer umtriebigen Kriminalhauptkommissar Jörn Kilian und dessen schwergewichtigem Kommissariatsleiter Fred Bart vor der auf dem blankpolierten Stahltisch aufgebahrten Leiche. Bart, den sie im Morddezernat Blacky nannten, sah mit seinen feuerroten Haaren und seiner beachtlichen Leibesfülle aus wie die irische Ausgabe eines Sumo-Ringers. KHK Kilian gab den Obduzenten einen ausführlichen Bericht über den bisherigen Ermittlungsstand. Er teilte den Ärzten mit, wann und wo die Frauenleiche gefunden worden war und machte, soweit bekannt, auch Angaben über die Person der Toten. Dann wies er die Ärzte besonders darauf hin, das man in der Handtasche der Toten das Beruhigungsmittel »Tavor« gefunden habe. Soweit er sich daran erinnere, sei vor mehr als zwei Jahrzehnten der Politiker Reiner Barschel nach Einnahme genau dieses Medikaments in der Badewanne eines Genfer Hotels ertrunken. Schließlich übergab der Kripobeamte Prof. Dr. Wolter den Beipackzettel, in dem Nebenwirkungen wie Benommenheit, Schwindel, Muskelschmerzen, Verwirrtheit, Krampfanfälle, Kontrollverlust und sogar Suizidgedanken aufgeführt waren.
Bart teilte ergänzend die Erkenntnisse mit, die bei der polizeilichen Leichenbesichtigung gewonnen worden waren. Insgeheim ärgerte er sich, dass er nicht, wie ursprünglich geplant, zu seinem in Sloten liegenden Segelboot gefahren war. Es wäre doch etwas ganz anderes, jetzt durch den Slotergat aufs Slotermeer und rüber

nach Woudsend zu schippern. Aber diese Chance hatte er nicht genutzt. Die paar Stunden, beim Segeln die große Freiheit zu erleben, hatte er vertan. Er war zu Hause geblieben und damit jederzeit erreichbar, wenn Not am Mann war, Kripoalltag.

Staatsanwältin Dr. Mechthild Blum hasste Obduktionen, besonders in solchen Fällen, die sie in ihrem Dezernat, mangels Zuständigkeit, später gar nicht bearbeiten musste. Dank ihres unwiderstehlichen Charmes war es ihr zu Beginn ihrer Laufbahn mehrfach gelungen, männliche Kollegen zu überreden, anstehende Obduktionen für sie wahrzunehmen. Im Laufe der Zeit war deren Entgegenkommen indes eingeschlafen. Vorherrschend war jetzt die Ansicht, dass alle, die diesen Job wählen, ihn ohne Wenn und Aber auszuführen hatten. So fand sich niemand mehr, der ihr die ungeliebte Aufgabe abnahm. Sie musste selbst ran. Nun stand sie in ihrem blauen Kostüm und der dazu passenden konservativen, aber um so weißeren Rüschenbluse, auf hochhackigen Schuhen, gleichsam overdressed, in der sterilen Leichenhalle. Ihre in Locken weit über die Schultern fallenden schwarzbraunen Haare umrahmten das ebenmäßige, blasse Gesicht, aus dem sie mit tiefgründigen, leicht übermüdeten Augen in die Welt sah. Die langen Wimpern, die dunklen Augenbrauen, die gleichmäßig schönen Zähne und die vollen Lippen verliehen ihr ein liebliches Aussehen. Dieses Aussehen führte oft zu beachtlichen Fehleinschätzungen, denn es stand in krassem Widerspruch zu ihrer beruflichen Linie als Anklägerin. Von dem ganzen in Mode gekommenen Resozialisierungsgeschwätz hielt sie aufgrund ihrer bisherigen Erfahrungen mit Straftätern herzlich wenig. Bei ihr galt noch immer das Prinzip von Schuld und Sühne. Ihre knallharten und mitleidlosen Strafanträge hatten ihr bei den Knackis im Gefängnis den Spitznamen »Der eiskalte Engel« eingebracht.

Von einer gepflegten Erscheinung konnte bei Gerichtsmediziner Prof. Dr. Wolter keine Rede sein. Seine Haare standen wirr auf dem Kopf herum. Die an Knien und Hinterteil ausgebeulte speckige Hose saß viel zu tief. Aus der Hose war auch noch das Hemd herausgerutscht. Der grüne Arztkittel, der sich wegen fehlender Knöpfe nicht mehr richtig schließen ließ, flatterte unbändig an ihm herum. Zu allem Überfluss prangte auf seiner rechten Hand ein Furunkel. Handschuhe zog er bei der Obduktion nicht an. »Schreckliche Vorstellung, von einem solchen Rechtsmediziner einmal aufgeschnitten zu werden«, dachte Dr. Blum so für sich.

Sektionsgehilfe Moser gab ebenfalls ein tristes Erscheinungsbild ab. Das einzig Positive an ihm war, das er paffte wie ein Schlot. Der Tabakrauch, der aus seiner im rechten Mundwinkel hängenden Pfeife strömte, überlagerte zumindest den leicht süßlichen Leichenduft, der sich inzwischen im Raum verbreitet hatte und machte diesen etwas erträglicher.
Wie in der Strafprozessordnung vorgesehen, erfolgte zunächst die »äußere Leichenschau«. Dabei wurde die Tote von oben bis unten, von den Seiten und von hinten, vom Kopf bis zu den Füßen detailliert angesehen. Gewaltmerkmale wurden dabei nicht gefunden. Sie wurde gewogen und vermessen. Wolter untersuchte die schon in geringem Maße vorhandenen Leichenflecken und prüfte, ob diese noch wegzudrücken waren. Da dies nicht der Fall war, musste die Frau länger als 12 bis 14 Stunden tot sein. Um das Ausmaß der Leichenstarre festzustellen, bewegte er Arme und Beine der Toten hin und her. Die unangebrachte und dümmliche Bemerkung von Moser, »einen so schönen Busen sieht man selten«, brachte Kriminalhauptkommissar Kilian, obwohl sonst auch selbst ein Freund flotter Sprüche, auf die Palme. Als er hierzu gerade etwas bemerken wollte, kam ihm die Staatsanwältin mit ihrem: »Ich darf doch sehr bitten, Herr Moser«! zuvor.
Auch das weitere Vorgehen des eingespielten Gruselteams, der Zweitobduzent hielt sich diskret zurück, war außergewöhnlich. Die »innere Leichenschau«, bei der Kopf-, Brust- und Bauchhöhle geöffnet werden müssen, war furchterregend. Insgesamt erinner-

te das Auseinandernehmen ihres »Opfers« mehr an Leichenfledderei, als an wissenschaftliche Arbeit. Moser schnitt die Kopfhaut auf und zog sie über den Schädel nach unten. Die Kopfhaare hingen jetzt unter dem Kinn und wirkten an dieser Stelle wie der Rauschebart eines skalpierten Trappers. Dann fummelte Moser mit seiner elektrischen Oszillationssäge so lässig herum wie ein frischgebackener Heimwerker, der erstmals im Leben einen Schwingschleifer ausprobiert. Das beim Aufsägen des Schädeldaches entstehende kreischende Geräusch schien ihn mehr zu belustigen als zu belasten. Mit lautem Klatschen landete das entnommene Gehirn in einer am Fuß des Seziertisches bereitgestellten Stahlschüssel und wabbelte im Formalin, als hätte es ein Eigenleben, noch einige Mal hin und her. Auch das Öffnen der Brusthöhle verlief wenig zimperlich. Mit der sogenannten »Rippenschere«, die aussah wie die Kombination einer Geflügelschere mit einer Gartenschere, schnitt Moser das Brustbein auf. Die Rippen ragten jetzt wie die Spanten eines verrottenden Schiffswracks in die Luft. Die Bauchdecke klaffte rechts und links offen zur Seite. Der stärker werdende Verwesungsgeruch raubte einem den Atem. Dr. Wolter entnahm die inneren Organe und versuchte festzustellen, ob krankhafte Veränderungen, die auf eine natürliche Todesursache hinweisen könnten, vorlagen. Als Dr. Wolter Lunge, Luftröhre und Bronchien aufgeschnitten hatte, stellte er Wassereinlagerungen fest. Man konnte mithin davon ausgehen, dass die Frau im Wasser noch gelebt und geatmet hatte. Bei all seinen Aktionen lief der Gerichtsmediziner wie aufgedreht um den Seziertisch herum und plapperte unentwegt vor sich hin. Er versuchte den Todeszeitpunkt einzugrenzen und stellte gewagte Hypothesen über mögliche Fremdeinwirkungen und Todesursachen auf. Dann dozierte er über die Stadien der bei Wasserleichen üblichen Waschhautbildung und wies dabei insbesondere auf die stark gequollenen Handinnenflächen der Toten hin. Ganz nebenbei diktierte er auch noch das vorläufige Obduktionsprotokoll in ein tragbares Aufnahmegerät. Seine ständigen Zoten

und die fröhlich unter Herausnahme des Mageninhalts sächsisch hervorgenuschelte Bemerkung: »Nu schaun se mal. Die hat Brotkartoffel gegessen. Is doch toll, nich wahr«?, konnte einem glatt den Appetit für die nächsten Stunden verderben.
Schließlich nahm er Proben des Mageninhalts, sicherte Blut und Urin in einem besonderen Glasröhrchen. Dies war erforderlich, um die Stoffe später im Labor auf Rückstände von Arzneimitteln, Drogen und anderen Giften zu untersuchen oder für etwaige DNA-Analysen zu nutzen. Er stellte in Aussicht, im Institut ein toxikologisches Zusatzgutachten zu erstellen. Darin würde er besonders darauf eingehen, ob er den Wirkstoff von »Tavor«, Lorazepam, in den Körperflüssigkeiten nachweisen konnte. Sei das der Fall, würde er auch eine Konzentrationsbestimmung vornehmen und auf mögliche Ausfallerscheinungen eingehen.

Nach zweistündiger Arbeit wurden die sezierten Organe, soweit sie für weitere Untersuchungen nicht gebraucht wurden, wieder in den Leichnam zurückgelegt. Dann setzte Moser die abgetragene Schädeldecke wieder auf, zog die Haut mit den Haaren hoch und nähte die Leiche wieder zu. Trotz aller Grobschlächtigkeit gelang ihm das gut. Es war also nicht zu befürchten, dass Angehörige, die ihre liebe Tote vor der Bestattung noch einmal sehen wollten, reihenweise in Ohnmacht fallen würden.

Der Zweitobduzent, der die ganze Prozedur ohne Handreichungen und ohne jeden Kommentar überstanden hatte, war verärgert. Obwohl er keine Anstalten gemacht hatte, seinen Arztkittel anzuziehen und aktiv in das Geschehen einzugreifen, war er nun doch irgendwie betroffen. Der Sektionsgehilfe war beim Aufschlagen des Brustbeins derart unvorsichtig mit dem Obduktionsbesteck umgegangen, dass ein abgetrennter Knochensplitter in hohem Bogen direkt auf der hellbraunen Wildlederjacke des Arztes gelandet war. Dort hatte er einen blutigen Fleck hinterlassen. Jetzt wollte der Arzt darüber diskutieren, wer ihm diesen

Schaden ersetzen würde. Staatsanwältin Dr. Blum hielt sich bedeckt. Ihr war das ziemlich egal. Etwas ruppig wies sie ihn darauf hin, das er den Schaden bei Übersendung der Liquidation aufführen könne. Der zuständige Kostenbeamte der Staatsanwaltschaft werde seine Forderungen dann pflichtgemäß prüfen.

Als Dr. Wolter der Staatsanwältin nach getaner Arbeit vorschlug, doch gemeinsam noch in eine auf dem Weg zur Leichenhalle entdeckte Straußwirtschaft zu gehen, um eine kleine Mahlzeit einzunehmen und einen Schoppen zu trinken, lehnte sie dankend, unter Hinweis auf einen für den Abend geplanten Konzertbesuch, ab. Während sie zu den Fahrzeugen gingen, bat sie ihn trotzdem, die feingeweblichen und chemisch-toxikologischen Untersuchungen im Laufe der folgenden Woche durchzuführen und ihr den schriftlichen Obduktionsbericht alsbald zukommen zu lassen. Dann verabschiedete sie sich, sorgsam darauf bedacht, dem enttäuschten Dr. Wolter nicht die Hand zu reichen. Die Leiche gab sie noch nicht frei. Sie fuhr eilig nach Hause, verpackte die bei der Obduktion getragene Kleidung in einen Wäschesack, den sie am nächsten Morgen in der chemischen Reinigung abgeben wollte. Danach duschte sie, zog sich um und hoffte, während des weiteren Bereitschaftsdienstes nicht mehr zu einem neuen Tatort gerufen zu werden.

66. Kapitel

Die Akten flatterten Montagmorgen in Trier Staatsanwalt Hunold auf den Tisch. Hunold war jetzt knapp zwei Jahre bei dem »Verein«. Er war jung, zielstrebig, aber ein unangenehmer Ehrgeizling. Er verfolgte jeden, dessen er habhaft werden konnte. Unerbittlich. Große Haie und kleine Fische. Das war ihm gleich.

Hauptsache, es diente seiner Karriere. Gefühle interessierten ihn nicht. Was ihn interessierte, war seine Statistik. Die musste stimmen. Und wenn sie nicht stimmte, machte er sie stimmig. So trennte er Verfahrensteile ab. Die abgetrennten Vorgänge ließ er als neue Sachen eintragen. Das führte zu einer wunderbaren Aktenvermehrung. Dann erledigte er Teilkomplexe, verband die Akten wieder und erzielte so ohne großen Aufwand, dass sie im Register als erledigt ausgetragen wurden. Durch diesen und andere Tricks lagen die erledigten Fälle immer über den Neueingängen. An der Stirnwand seines Büros hing eine riesige Grafik, in der er die Eingangs- und Erledigungszahlen farbig darstellte. Wie viel Zeit er damit verplemperte, blieb sein Geheimnis. Jeder, der sein Büro betrat, wurde mit dieser bunten Monats- und Jahresstatistik konfrontiert. Hunold konnte minutenlang vor seinem überflüssigen Machwerk stehen, um es selbst zu bewundern und anderen zu zeigen. Wer Erläuterungen wünschte, kam so schnell nicht wieder aus seinem Büro. Wie es sich für einen angepassten Juristen gehörte, hatte er die verbleibenden Wände mit Justiz-Karikaturen von Honoré Daumier geschmückt. Auf dem Schreibtisch stand das obligatorische Familienbild. Seinem Behördenleiter, der sich allerdings nicht durch überragendes Kunstverständnis auszeichnete, gefiel das. Aber auch der Generalstaatsanwalt und der vorgealterte, missmutige Leiter der Strafrechtsabteilung des Justizministeriums, denen die statistischen Monatsberichte der Dezernenten zur Kontrolle vorgelegt wurden, hatten einen positiven Eindruck von ihrem Mitarbeiter. Man hielt ihn für einen engagierten, einen »guten Mann«. Das war wichtig. Vielleicht konnte das die maßgeblichen Leute dazu bringen, seine mehrjährige Probezeit abzukürzen. Er wollte so schnell wie möglich zum Lebenszeitbeamten aufsteigen. Fehler durfte er sich nicht erlauben. Schon gar nicht während der Probezeit.

Als er die Ermittlungsakte zu lesen begann, war ihm sofort klar, dass er einen spektakulären Fall erwischt hatte. Räuberische

Erpressung zum Nachteil eines ehemaligen Landtagsabgeordneten. Einfach wunderbar. Ganz nach dem Geschmack der Windmaschine. Ein PEP – politisch exponierte Persönlichkeit –, seine Ehefrau und seine Schwägerin als Opfer. Das war presseträchtig. Aus dieser medientauglichen Geschichte ließen sich Artikel und Schlagzeilen bauen. Er brauchte die Gerichtsreporter vor der Hauptverhandlung nur mit gezielten Informationen zu füttern. Sie würden es ihm danken und sich in ihren Beiträgen mit lobender Erwähnung revanchieren.

Um so größer war seine Enttäuschung, als er nach vollständigem Durcharbeiten der Akten feststellen musste, dass die Identität des Entführers und Erpressers noch nicht eindeutig geklärt war. Die Zeugen hatten zwar eine Täterbeschreibung des Holländers abgegeben. Der von ihnen genannte Name Jan ter Heide war aber augenscheinlich falsch. Ob der vermutliche Wohnort dieses Beschuldigten Amsterdam war, stand in den Sternen. Die Blöße, einen Haftbefehl für einen Beschuldigten mit Aliasnamen und ungeklärtem Wohnsitz zu beantragen, wollte sich der junge Staatsanwalt nicht geben. Er würde zum Gespött des ganzen Gerichts, wenn der zuständige Haftrichter seinen Antrag ablehnen sollte. Nein! Blamieren würde er sich nicht.

Also nahm er die Akten und verfügte sie an die Kriminalpolizei Schweich zurück. Die Kriminalbeamten beauftragte er, erst einmal die Identität des Beschuldigten eindeutig festzustellen. Wenn diese ermittelt worden sei, werde er den Haftbefehl erwirken und die Ausschreibung zur Festnahme veranlassen.

67. Kapitel

Ein paar Tage später landeten die Ermittlungsakten gegen Jan ter Heide wieder auf dem Schreibtisch von KHK Kilian. Er wusste zunächst nicht recht, was er damit anfangen sollte.
Also rief er Staatsanwalt Hunold an. Der vertrat die Ansicht, dass die Stellung eines Rechtshilfeersuchens an das Internationale Rechtshilfe-Zentrum der Bezirksstaatsanwaltschaft von Amsterdam viel zu lange dauern würde. Ein solches Ersuchen laufe über seinen Abteilungsleiter, den Leitenden Oberstaatsanwalt, die Generalstaatsanwaltschaft, das Ministerium der Justiz, das Ministerium des Inneren und das Bundeskriminalamt. Bis das Gesuch endlich durchgewinkt worden sei, sei der Beschuldigte längst über alle Berge. Es müsse einen schnelleren Weg geben, den Erpresser in Holland zu ermitteln.

Nach dem Gespräch vertiefte sich Kilian in die beigezogene Strafakte der Staatsanwaltschaft Frankfurt gegen Henja. Als er die Urteilsgründe des Landgerichts durchlas, wurde ihm plötzlich klar, dass irgendeine Verbindung zwischen Henja und dem gesuchten Erpresser bestehen musste. Was hätte diese Frau sonst veranlasst, laut schreiend auf den Steg in Schweich zu laufen. Fremden gegenüber würde man sich so nicht verhalten. Der Mann auf dem Steg musste ihr Freund gewesen sein. Nach Maries Aussage hatte sein Auto ein holländisches Kennzeichen. Höchstwahrscheinlich war er der Drogenhändler aus Amsterdam. Im Urteilstenor befand sich die Anschrift Henjas : Prinsengracht 46. Name und Anschrift ihres Freundes hatte sie in Ihrem Strafverfahren zwar nicht genannt. Es sprach aber alles dafür, dass die beiden zusammengewohnt hatten. Aus den Urteilsgründen ergaben sich auch Hinweise darauf, wo das Antiquitätengeschäft ihres Freundes lag. Damit konnte man etwas anfangen. Das waren brauchbare Ermittlungsansätze. Eine Dienstfahrt nach Amsterdam wäre nicht schlecht. Leider war es auch deutschen Polizeibeamten verboten, im Ausland ohne Bewilligung der fremden und der eigenen Regierung zu ermitteln. Während Landesgrenzen für Schwerkriminelle keine Hindernisse darstellten, blieben sie für Strafverfolger nur schwer überwindbar. Die in Den Haag etablierte europäische Polizeibehörde – Europol – hat keine eigenen Ermittlungsbefugnisse. Die konnte man vergessen. Auch im vereinten Europa blieb der offizielle Bewilligungsweg für grenzüberschreitende Ermittlungen daher langwierig. Viel zu langwierig.

Kilian hatte die rettende Idee. Als er noch im Drogenkommissariat tätig war, hatte er oft mit Beamten aus Amsterdam in einer gemeinsamen Ermittlungsgruppe zusammengearbeitet. Im Laufe der Zeit hatten sich zwischen den deutschen und niederländischen Beamten Freundschaften entwickelt. Einmal im Jahr traf sich die alte Truppe entweder in Holland oder in Deutschland, um gemeinsam zu feiern. Einen besonders intensiven Kontakt pflegte Kilian zu Klaas Sonneveld. Den rief er auf seiner Dienststelle in Amsterdam an und schilderte ihm den Fall. Schließlich bat er ihn auf dem »kleinen Dienstweg« um Hilfe. Sonneveld versprach, sich um die Sache zu kümmern. Nachdem das Bild und die wesentlichen Aktenteile per E-Mail auf seinem Computer angekommen waren, druckte er alles aus.

68. Kapitel

Piet hatte inzwischen herausgefunden, dass Henja ertrunken war und nur noch tot geborgen werden konnte. Voller Wehmut dachte er an die schöne gemeinsame Zeit mit ihr zurück. Aber eine tiefgehende Trauer stellte sich nicht ein. Während der Haft hatte sich Henja offensichtlich zu ihrem Nachteil verändert. Nach ihrer Rückkehr aus Preungesheim war sie ihm fremd geworden. Sie war nicht mehr die fröhliche, lebenslustige junge Frau, die er kannte. Ihre Vorbehalte gegen ihn und seine Art zu leben waren schwerwiegend. In Amsterdam hatte sie sich ihm nicht liebevoll genähert, sondern ihn abgewiesen. Vielleicht hätte sich dies mit der Zeit wieder gebessert. Aber diese Annahme verdrängte er. Jetzt wollte er glauben, dass ihre Gefühle für ihn erkaltet waren. Schon aus Gründen des Selbstschutzes. Für ihr tragisches Schicksal wollte er sich nicht verantwortlich fühlen. Schließlich hatte sie ihn gegen seinen Willen verfolgt und beobachtet. Durch eigene Unachtsamkeit war sie gestolpert und ins Wasser gefallen. Was konnte er dafür? Möglicherweise hatte die spontane Abwehrreaktion Maries ein wenig dazu beigetragen. Das hatte er aber nicht so genau mitbekommen.

Richtig! Er war nicht hinter ihr hergesprungen. Das konnte man ihm vorwerfen. Sein mangelnder Einsatz war auch darauf zurückzuführen, dass er befürchtete, die 50.000 Euro zu verlieren und gefasst zu werden. Aber das war nicht alles. Er hatte sich tragisch geirrt. Henja war eine ausgezeichnete Schwimmerin. Während ihrer Arbeit mit Jugendlichen war sie zur Rettungsschwimmerin ausgebildet worden. Sie konnte blendend kraulen und tauchen. Bei ihren Fähigkeiten hätte sie das nahe Ufer, trotz Kleidung, leicht erreichen müssen. Dass sie in der Mosel ertrinken würde, hatte er nicht erwartet. Das konnte er nicht vorhersehen, redete er sich ein.

Nun war das Unglück geschehen und musste von den Behörden untersucht werden. Damit, dass er sofort mit Henjas Tod in Verbindung gebracht werden würde, rechnete Piet nicht. Henja trug einen anderen Namen als er. Deutsche und niederländische Behörden würden sich wegen der Überführung der Leiche daher nicht an ihn, sondern an ihre Eltern wenden. Zu denen hatte er keinen Kontakt. Er hatte sie nie kennengelernt. Was sie bei Henjas gelegentlichen Anrufen über ihn erfahren und davon im Gedächtnis behalten hatten, wusste er nicht. Viel konnte es nicht sein. Während Henjas Inhaftierung hatten sie sich jedenfalls nie bei ihm gemeldet.

Wie alle Straftäter glaubte auch Piet, dass man ihn nicht erwischen würde. Selbst wenn man ihm tatsächlich auf die Spur kommen sollte, würde das Monate dauern. Die Beweise, die deutsche Ermittlungsbehörden in der Hand hatten, ihn als Entführer und Erpresser zu identifizieren, waren einfach zu dünn. Aber vorbereiten wollte er sich trotzdem auf diesen Fall. Man konnte nicht genug auf der Hut sein.
Vorsichtshalber hatte er ein in der Herengracht liegendes Wohnboot für ein Jahr angemietet. Eine Umzugsfirma war beauftragt. Der Umzugstermin stand fest. In drei Wochen würde er seine bisherige Wohnung verlassen.
Mit seiner langjährigen Mitarbeiterin Claire Galem hatte er vereinbart, dass sie die nächsten Monate das Antiquitätengeschäft selbstständig führen sollte. Seinen neuen Wohnsitz hatte er ihr nicht mitgeteilt. Er hatte lediglich zugesagt, sich in regelmäßigen Abständen telefonisch oder persönlich bei ihr zu melden.
Irgendwann würden die Ermittlungen der deutschen Behörden im Sande verlaufen. Er konnte warten. Und wenn sie ihn dann doch als Täter identifizieren könnten, würden sie ihn nicht finden. Auf dem Wohnboot wäre er Mark Velder, sein nach Indonesien ausgewanderter Cousin. Bei Polizeikontrollen könnte er sich mit den fachmännisch gefälschten Papieren, die er sich im Amsterdamer Rotlichtbezirk »Walletjes« rechtzeitig besorgt hatte, ausweisen.

69. Kapitel

Piets Überlegungen zu unzureichenden und schwerfälligen Ermittlungsmöglichkeiten der Strafverfolger erwiesen sich schon bald als falsch. Er hatte sich erneut grob verschätzt. Den »kleinen Dienstweg« und seine Möglichkeiten kannte er nicht. Für ihn war es unvorstellbar, dass der Drogenfahnder Sonneveld sich gleich nach dem Anruf seines deutschen Freundes und Kollegen mit dem ausgedruckten Digitalbild in die Prinsengracht begab. Kommissar Zufall kam Sonneveld zu Hilfe. Nach etwa zwei Stunden kam ein Mann die Gracht hoch und ging zu dem Haus Nr. 46. Der Mann sah aus wie der auf dem übermittelten Bild dargestellte Erpresser. Sonneveld hielt sich bedeckt. Mit der Kamera zoomte er den Mann heran und fotografierte ihn. Er sprach ihn nicht an, sondern ging zu seiner Dienststelle zurück. Während der nächsten zwei Tage checkten er und seine Kollegen von der Drogenfahndung das Umfeld des Verdächtigen ab. Mit Hochdruck sammelten sie Erkenntnisse. Von Szenemitgliedern, Hinweisgebern und V-Personen bekamen sie wertvolle Informationen. Innerhalb einer einzigen Woche war der Tatverdacht gegen Piet van der Valk so weit konkretisiert, dass die Staatsanwaltschaft Amsterdam die Durchsuchung seiner Wohnung bei Gericht beantragen konnte. Als der Beschluss des Ermittlungsrichters einen Tag später vorlag, zogen die Polizeibeamten los.

Es war genau 6 Uhr morgens, als es an der Haustür Prinsengracht 46 klingelte. Piet kam schlaftrunken an die Tür. Vor ihm stand eine größere Personengruppe. »Polizei!«, schoss es ihm durch den Kopf. Das konnte doch nicht sein. Beamte und Schnelligkeit? Das schloss sich irgendwie aus. Und doch! Diesmal waren die Beamten schnell. Seinem Reflex, nach oben abzuhauen, widerstand Piet. Was sollte er auf dem Speicher? Vom Dach aus konnte er nicht mehr weiter. Einer der Männer zog seinen Dienstausweis und hielt ihm einen Durchsuchungsbeschluss vor die Nase. Ohne Piets Reaktion abzuwarten, verteilten sich die Ermittler auf die einzelnen Wohnräume. Die Durchsuchung erfolgte akribisch. In einem versteckt hinter der Badewanne eingemauerten Safe fanden die Kriminalbeamten die für Lin bestimmten 50.000 Euro. Damit gaben sie sich jedoch nicht zufrieden. Sie stellten alles auf den Kopf. Nach drei Stunden zogen die Fahnder ab. Sie nahmen mehrere Kisten voll Beweismaterial mit und verstauten alles in den unweit geparkten Fahrzeugen. Das Material sollte auf der Dienststelle weiter ausgewertet werden. Bei der Grobsichtung hatten die Beamten im Schreibtisch neben aufschlussreichen Kontoauszügen den Einzahlungsbeleg und die Unterlagen für die Schließfachanmietung bei der Luxemburger Amro-Bank gefunden. Der Drogenfahnder Sonneveld, der Piet inzwischen eindeutig identifiziert hatte, bat diesen sich anzuziehen und ein paar notwendige Sachen zu packen. Als Piet das getan hatte, erklärte er ihm die vorläufige Festnahme.

Bei der Vernehmung auf der Wache sagte Piet kein Wort. Er rief seinen Anwalt an. Da Rechtsanwalt Doeksen am Morgen wegen anderer Termine nicht erscheinen konnte, wurde die Vernehmung abgebrochen. Piet kam in die Arrestzelle. Erst am frühen Nachmittag erschien der Anwalt endlich. Er bat, zunächst mit seinem Mandanten ungestört sprechen zu können. Die Polizeibeamten brachten ihn aus der Arrestzelle in das Vernehmungszimmer zurück. Dann verließen sie den Raum. Nach dem Gespräch teilte Doeksen den Kripobeamten mit, dass sein Mandant auch in seinem Beisein keine Angaben zur Sache machen werde. Eine schriftliche Einlassung für seinen Mandanten würde er frühestens abgeben, nachdem die Staatsanwaltschaft ihm Akteneinsicht zugebilligt habe.

Im Laufe des Nachmittags bemühte sich Sonneveld um einen Haftbefehl gegen Piet. Da in der Wohnung handschriftliche

Aufzeichnungen über abgewickelte Drogengeschäfte gefunden worden waren, stellte der Ermittlungsrichter den Haftbefehl wegen Handeltreibens mit Betäubungsmitteln aus. Den Haftbefehl und einen von ihm geschriebenen längeren Vermerk übermittelte Sonneveld der Kripo Schweich. Die nahm die Unterlagen zu den deutschen Akten und sandte diese an die Staatsanwaltschaft Trier zurück.

Staatsanwalt Hunold war zufrieden. Den Fall, den er gerade bearbeitete, legte er zur Seite. Dann bat er einen Mitarbeiter seiner Geschäftsstelle, den Namen Jan ter Heide auf dem Aktendeckel zu löschen und den zutreffenden Namen Piet van der Valk aufzunehmen. Danach ließ er ein Aktendoppel anlegen. Als auch das erledigt war, beantragte er beim zuständigen Haftrichter einen Haftbefehl. Den bekam er am nächsten Tag. Obwohl er wusste, dass Piet zur Zeit in Amsterdam einsaß, ließ er ihn mit dem Haftbefehl international zur Festnahme ausschreiben. Mit Hilfe der Aktenzweitschrift bereitete er noch am gleichen Tage ein Auslieferungsersuchen an die niederländischenBehörde vor. Er wusste: Das würde dauern.

Und es dauerte. Drei Monate später lag Staatsanwalt Hunold noch immer keine Reaktion auf sein Auslieferungsersuchen vor. Er schimpfte auf die für die Praxis zu zähen Regelungen des Gesetzes über internationale Rechtshilfe in Strafsachen. Das Verfahren gegen Piet van der Valk wegen räuberischer Erpressung und erpresserischem Menschenraub stellte er vorläufig ein, um es wenigstens aus dem Register zu bekommen.

Der Geldwäschebeauftragte der Amro-Bank in Luxemburg hatte die hohe Bareinzahlung Piets den luxemburgischen Steuerbehörden gemeldet. Die niederländische Steuerfahndung war darüber informiert worden und selbst aktiv geworden. Das Ergebnis der durchgeführten Finanzermittlungen erhielt die Staatsanwalt-

schaft Amsterdam. Staatsanwalt Henri Cuypers verarbeitete sie in seiner Anklage. So war van der Valk von der Amsterdamer Staatsanwaltschaft nicht nur wegen Drogenhandels, sondern auch wegen Steuerhinterziehung angeklagt worden. Die zuständige Strafkammer hatte die Anklage nach wenigen Wochen zugelassen und einen Termin zur Hauptverhandlung bestimmt.
Auch während der Hauptverhandlung äußerte sich van der Valk nicht zu den gegen ihn erhobenen Vorwürfen. Obwohl ihm Staatsanwaltschaft und Gericht Strafmilderung für den Fall, dass er seine Lieferanten nenne, in Aussicht gestellt hatten, schwieg er beharrlich. Auf einen solchen »Deal« konnte er sich nicht einlassen. Die Angst vor Lin und seinen gewalttätigen Triaden war einfach zu groß. Lieber ein paar Monate länger im Knast, als ein paar Jahre früher unter der Erde.
Schon drei Monate nach Anklageerhebung wurde Piet van der Valk von den Strafrichtern zu einer Freiheitsstrafe von vier Jahren verurteilt. Das Gericht hatte den Verkaufserlös aus den Drogengeschäften für verfallen erklärt und das sichergestellte Geld eingezogen. Das Urteil war noch nicht rechtskräftig. Piets Anwalt hatte Revision eingelegt. Einen Versuch war es wert. Manchmal führte ja schon allein der größer werdende zeitliche Abstand zur Tat dazu, diese in milderem Licht zu sehen.
Bei einem nach der Hauptverhandlung beantragten Haftprüfungstermin war der Antrag des Rechtsanwalts, den Haftbefehl aufzuheben oder außer Vollzug zu setzen, vom Gericht als unbegründet abgelehnt worden. Piet blieb in Untersuchungshaft und wartete darauf, dass das Oberlandesgericht Termin im Revisionsverfahren bestimmen würde.

Uwe und Julia hatten bei dem Amsterdamer Gericht keine Ansprüche auf Rückzahlung der erpressten 50.000 Euro gestellt. Sie nahmen an, dass die Trierer Staatsanwaltschaft die niederländische Gerichtsentscheidung nach Abschluss des Verfahrens anfordern und einsehen würde. Solange van der Valk später auch im deutschen Strafverfahren schweigen würde, käme der Verdacht, dass das von Julia in Luxemburg abgehobene Geld »Schwarzgeld« war, erst gar nicht auf.

Staatsanwalt Hunold wollte gegen van der Valk erst Anklage erheben, wenn seinem Rechtshilfeersuchen entsprochen worden war. Vorher machte das wenig Sinn. Aber er hatte ja Zeit. Van der Valk saß gut in Haft. Mit einem Revisionserfolg rechnete Hunold nicht. Nach seiner Meinung würde das Urteil des erstinstanzlichen Gerichts rechtskräftig werden. Bevor van der Valk nicht die halbe Freiheitsstrafe verbüßt hätte, würde ihn selbst die liberale niederländische Justiz nicht aus dem Gefängnis entlassen.

Ein Ermittlungsverfahren gegen Marie wegen fahrlässiger Tötung zum Nachteil von Henja war zwar eingeleitet, aber aus Rechtsgründen eingestellt worden. Zum einen war durch die Zeugenaussagen nicht eindeutig zu belegen, dass die Abwehrbewegung von Marie für den Sturz Henjas ins Wasser mitursächlich geworden war. Zum anderen konnte Professor Dr. Wolter in seinem toxikologischen Gutachten nicht sicher ausschließen, dass Henja aufgrund nachgewiesener Medikamenteneinwirkung schwimmunfähig geworden und ertrunken war.

Marie war aber auch ohne Strafverfahren wieder voll im Stress. Den Entführungsschock hatte sie weitgehend überwunden. Mit Schwester und Schwager telefonierte sie regelmäßig. Sie plante bereits, ihren nächsten Urlaub mit den beiden am Mittelmeer zu verbringen.

Dort waren Uwe und Julia inzwischen mit ihrem Boot angekommen. Nicht lange nachdem Marie sie verlassen und ihre Arbeit wieder aufgenommen hatte, waren sie über Metz und Nancy zur Saône getuckert. Über die Rhône hatten sie es dann in dreiwöchiger Fahrt von Lyon bis Port Saint-Louis am Mittelmeer geschafft.

Alter Hafen Marseille

Sie hatten den Golf de Fos in Richtung Marseille überquert. Dabei konnte die *Andrea Doria* erstmals beweisen, dass sie seetüchtig war. Als Uwe und Julia im Vieux Port Marseille festmachten, wussten sie, dass sie sich auf ihr Schiff verlassen konnten.

Marseille. Die Stadt war mit Vorurteilen belastet. Zeitungsberichte über ausufernde Kriminalität, Bücher von Jean-Claude Izzo und der Film »French Connection« hatten ihr Bild geprägt. Eine Stadt voller Gauner und Gangster, verdreckten Kais und Straßen voller Diebe, Schläger, gestrandeten Seeleuten und aufdringlichen Nutten. Aber als es dunkelte, die Lampen der den Hafen umrahmenden Altstadthäuser angingen und sich auf dem Wasser widerspiegelten, entstand ein beruhigendes Gefühl der Geborgenheit. Dazu trug auch die auf einem Hügel über der Stadt schwebende »Notre-Dame de la Garde« bei, die ihr strahlendes Licht zum Hafen schickte. Sie beschlossen, ein paar Tage hier zu bleiben. Julias Befürchtungen, sich in der Heimatstadt der französischen Mafia und dem Zentrum des Drogenhandels zu befinden,

Calanque d´En Vau

waren nach dem Genuss einer echten Bouillabaisse und einem oder zwei Gläschen Pastis in einem nahegelegenen Bistro verflogen. Von Marseille aus fuhren sie in die Calanques und fanden naturschöne Ankerplätze zwischen bizarren Felsen.

Danach erkundeten sie die reizvolle Küste und die schmucken Häfen der Côte d'Azur. Zur Zeit lagen sie im alten Hafen von Antibes. Schöne Eindrücke und eine mistralfreie Bootsfahrt hatten ihnen geholfen, die schrecklichen Ereignisse zu verdrängen.

Irgendwann, wenn van der Valk ausgeliefert und in Deutschland angeklagt werden würde, müssten sie noch einmal als Zeugen zur Verfügung stehen. Aber das war lange hin. Jetzt hatten sie erst einmal eine unbeschwerte, wunderbare Zeit.

An Marie dachte Uwe oft. Manchmal besuchte sie ihn in seinen Träumen.

Danksagung

Mein herzlicher Dank gilt allen, die die Entstehung des Buches konstruktiv begleitet haben.

Besonders bedanken möchte ich mich bei den Freunden, die sich viel Zeit genommen haben, das Manuskript sorgfältig und kritisch zu prüfen und zu überarbeiten: Harald Bast, Horst Jarosch, Dietmar Kurz und Jörg Schmitt-Kilian.